Monika Taubitz
Treibgut

Monika Taubitz

Treibgut

*Nach meiner Lesung
am 9.4.87 in
Überlingen
herzlich
Ihre
Monika Taubitz*

Quell Verlag Stuttgart
Verlag Butzon & Bercker Kevelaer

1. Auflage 1983
2. Auflage 1986

ISBN 3-7918-1049-9 (Quell Verlag)
ISBN 3-7666-9304-2 (Butzon & Bercker)

© Quell Verlag Stuttgart 1983
Printed in Germany · Alle Rechte vorbehalten
Einbandgestaltung: Wolfgang Schweigert, Quell Verlag Stuttgart
Einbandfoto: Ewald Stark
Satz: Werner Jerratsch, Heidenheim/Brenz
Druck: Quell Verlag Stuttgart

Diese Erzählung schildert Erfahrungen und Erlebnisse aus den Jahren 1946 bis 1951. »Treibgut« ist die Fortsetzung des 1977 erschienenen Romans »Durch Lücken im Zaun«.

Ich bin oft hier angekommen. In diesem Ort, den ich nie finden konnte. Annäherung mit Vorbehalt, mit Neugier, mit Erwartung, mit Anteilnahme oder Gleichgültigkeit, auch mit Herzklopfen. Nichts trifft diesen Ort!

An seinen Wahrzeichen, die es wohl nicht gibt, sehe ich vorbei. Meine Distanz zu einem Ort ohne Mitte.

Dieser Ort, wie ein weitmaschiges Netz vom Strom aus landeinwärts geworfen.

Ein Netz, das uns im Fallen auffing, an das wir uns mit steifen Fingern klammerten, durch das wir hindurchfielen, von dem wir abtropften mit der Zeit, tot oder lebendig.

Ich habe jetzt auf den Winter zurückgegriffen. Auf die kühle Annäherung an die gerade Linie des Deiches hinter den entlaubten Bäumen. Dort weiß ich den Strom, breit und mächtig, das kalte vergiftete Wasser silbrig im Gegenlicht, weiß ich Ebbe und Flut und den öligen schwarzen Tang zwischen dem Treibgut.

Wie immer weiche ich der Stadt aus und sehe nur den Strom vor seiner Mündung in die dunkle See. Den Strom habe ich seit jeher gekannt und verstanden. Der Stadt tue ich unrecht, wenn ich ihr mißtraue.

Ich habe nachgedacht: die Tatsache, daß ich einmal alle ihre Straßen kannte, deren Namen wußte, habe ich verdrängt. Vor Jahren war ich traurig, weil ich zu vergessen begann, doch damals war ich sehr jung.

Ich habe sie nicht mehr in den Griff bekommen, die fremde Stadt, meine gut bekannte.

Jetzt im Winter ist das anders. Der Schnee der Fremdheit über allem. Das schafft die Kälte der ersten Ankunft. Da endlich ist sie: die Stadt und wir — in die Fremde geworfen.

Die Fremde begannen wir zu erlernen, uns in ihr einzurichten, und heute kann sie schön sein in ihrer Unverbindlichkeit.

Du reist im Intercity mit Speisewagen, bequem, warm, satt, mit der angenehmen Unterhaltung der vorbeifliegenden Bilder vor deinem Abteilfenster, mit deiner Lektüre, deinen wechselnden, unaufdringlichen Mitreisenden.

Umsteigen. Der Nahverkehrszug folgt dem Schatten des Deiches nordwärts.

Der Schnee der Fremdheit über allem. Unter den Verwehungen wirken die Ortsschilder an den geklinkerten Bahnhöfen rissig, unwirklich. Wie Attrappen die aus der Schneewüste auftauchenden Dörfer, die abweisenden, einsamen Gehöfte in breiter Dachobhut hinter einer Schildwache sturmgebeugter Bäume. Undeutlich der ferne Horizont mit dem graugetürmten, riesigen Himmel über uns.

Eine Uhr ist stehengeblieben. Eine Bahnhofsuhr, die sich der Zeit nicht anpaßt, ihren Dienst nicht tut, die Auskunft verweigert, irritiert. Jetzt spüre ich bereits die Zeitverschiebung, und Kälte kriecht durch meinen dicken Wintermantel.

Die Mitreisenden sitzen sich stumm gegenüber, schauen auf ihre Hände. Sie scheinen nichts zu bemerken. Ich aber protestiere. Heftiger, als es in diesem schweigsamen

Land angebracht wäre. Der Schaffner zuckt die Achseln und geht weiter. Nicht er, sondern die Gleichgültigkeit der Mitreisenden ängstigt mich. Ich erkenne sie alle wieder, wie sie da sitzen und wegsehen.

An einem Haltepunkt reiße ich die Tür auf. Schneewirbel drängen herein. Einem vorbeigehenden Bahnarbeiter mit gelbem Schutzhelm gebe ich die dringende Botschaft an den Zugführer mit. Hier fürchte ich die Kälte, die beginnende Vereisung, das Zuwachsen des Abteilfensters bis auf ein enges Sehloch mit dem Blick in bestürzende Leere.

Das Dämmerdunkel des Waggons, die verglimmenden Aschereste im erkaltenden Eisenofen, das schadhafte Dach, durch das der Schnee fällt, der Frost sich einnistend festbeißt, das raschelnde Stroh mit dreißig Menschenleibern, die fahlen Rauchfahnen vor den Mündern, das leise Klappern leerer Blechnäpfe, der Tote mitten unter uns.

Unterwegs haben wir viele verloren.

In der Schneewüste sind sie zurückgeblieben, ohne Laut versunken. Hier und da hat man Wagen abgekoppelt und irgendwohin abgeschoben.

Wir haben auf den Abstellgleisen gestanden, nächtelang, tagelang.

Irgendeine Lokomotive hat uns mitgenommen: westwärts, dann nordwärts. Das eintönige Rattern der Räder verriet kein Ziel. Ein Zug voller Menschen, und keiner kennt das Ziel. Draußen vor dem Sehloch, der Schnee der

Fremdheit über allem. Über einem Lande, das sich den Ankommenden versagt.

Getarnt bis zur Unkenntlichkeit, keine Handreiche, kein Hinweis, kein andeutungsweises Lüften der weißen Maske.

Schon ist es uns gleichgültig, wohin wir fahren. Wären nicht Hunger und Kälte!

Ausgestoßen aus unseren Häusern, kennen wir keinen Ort. Keinen Ort, der zum Bleiben verlocken könnte. Wir werden immer einen anderen suchen. Und nie mehr in Häusern wohnen.

Was wir auch bauen, es werden schöne Unterkünfte sein, die wir leichten Herzens wieder verlassen können.

Meine Botschaft ist angekommen. Das Abteil erwärmt sich rasch. Ich bin im Besitz der bürgerlichen Ehrenrechte, eines gültigen Reisepasses, eines Personalausweises, einer Fahrkarte, einer Anzahl Reiseschecks, eines ordentlichen Koffers, guter, nicht übertrieben modischer Kleidung, und ich bin berechtigt, gewisse Ansprüche zu stellen.

Und ich kenne mein Ziel. Vor kurzem bin ich wieder einmal umgezogen. Ich sitze im Zug, obwohl die letzte Bücherkiste noch nicht ausgepackt ist.

Vor allem kenne ich mein Ziel, und meine Reise ist freiwillig. Dieses Mal wenigstens.

Dennoch bin ich dem Ziel ausgeliefert, je rascher ich mich ihm nähere.

Wir wurden vor der Stadt ausgeleert, in sie hineingestoßen, über sie verhängt wie eine der zehn Plagen Ägyptens. Aber wir waren zu entkräftet, um das wahrzunehmen. Wir hatten Hunger und Durst, Sehnsucht nach unseren Häusern, nach einer warmen Ecke, nach einem mehr als abschätzenden Blick.

Doch sie sahen weg.

Fenster und Türen waren geschlossen, und nicht allein, weil es Winter war. In Meeresnähe öffnen sich die Fensterflügel nach außen, und Stürme, die sich gegen sie werfen, schließen sie nur fester und unverrückbarer in ihrem wilden Ungestüm. Wir wagten nicht einmal, leise anzuklopfen.

Vagabunden wir! Ungewaschen, ungekämmt, in zerrissenen, zerdrückten und schmutzigen Mänteln, von denen wir kaum die hängengebliebenen Strohhalme zu schütteln vermochten. An den kraftlosen Armen baumelte das Gepäck, das uns noch geblieben war. Über unseren Schultern hingen Kartoffelsäcke, ausgestopft mit unseren Habseligkeiten. Steifbeinig sammelten wir uns auf den Bahnsteigen, wankten über den ungewohnt festen Boden unter unseren Füßen.

Hohläugig, grau im Gesicht, manche von Mißhandlungen entstellt, begannen wir die Bahnhofstraße zu überfluten wie phantastisch und übertrieben ausstaffierte Statisten für einen Horrorfilm. Letzte, grauenvolle Endszene des Großdeutschen Reiches.

Solch einen Anblick sollte man Kindern ersparen. Doch da und dort sah man die leichte Bewegung der Vorhänge hinter geschlossenen Fenstern.

Diese Stadt kannte Bedrohungen und war auf sie gefaßt, lehrte auch ihre Kinder, ihnen ungerührt und furchtlos ins Auge zu blicken. Doch nun stieg nicht der Blanke Hans über den Deich, von den Winterstürmen aus Nordwest aufgehetzt, jetzt waren wir es. Die größte Springflut, die Flut vom 4. März 1946, wälzte sich von Osten her durch die Hauptstraße und riß ihr Treibgut mit.

Ich bleibe kurz auf dem Bahnhofsvorplatz stehen, während sich die Mitreisenden in alle Richtungen vereinzeln. Fast lautlos zerstieben sie im ungewohnten Schnee. Von Deichhöhe blicke ich hinunter in die Hauptstraße. Neben mir, am Bahnhofsgebäude, die Markierungen vergangener Sturmfluten. Die vom 4. März fehlt. Sie war anderer Art und ist in verstaubten Statistiken und grauen Aktenbündeln untergetaucht. Ich werde den Staub abzuklopfen versuchen. Das hat man nicht gern in einem wohl nüchternen, doch saubergefegten und renovierten Ort.

Die Bahnhofstraße, so erkenne ich trotz der beginnenden Dämmerung, hat sich seit meiner letzten Ankunft hier zum Wandel entschlossen. Das müde, eintönige Grauweiß wurde überputzt. Die bunten Fassaden einiger Jugendstilhäuser erwecken den Eindruck, die Stadt sei auch außerhalb der Stoßzeiten lebendiger geworden. Früher hatte ich manchmal den Eindruck, es wohne niemand hinter ihren geschlossenen Fenstern.

Die kleinen Pinten und Seemannskneipen sind diskret in den Seitenstraßen versteckt. Dort spielen sich die in

Hafenstädten üblichen Zwischenfälle ab, ohne das Gesamtbild zu stören. Trotz ihrer Nähe, seltsam entrückt, wie die gewaltigen Pieranlagen jenseits des Deiches, mit den Alleebäumen.

Die Bäume sind mit den Jahren groß und schön geworden, und ihre Wurzeln leisten langsame aber gründliche Wühlarbeit. Eines Tages werden sie den Tribut dafür fordern, daß sie der Stadt eine grüne Oase gewesen sind. Aus dem Hinterhalt werden sie auch die begeisterten Umweltschützer treffen, die wie wild für sie gekämpft haben. Sie werden der Sturmflut ihre verborgenen Deichtore in voller Breite öffnen. Die Stadt ist daran gewöhnt, mit Risiken zu leben.

Ich nehme jetzt doch ein Taxi. Mein Koffer ist schwerer geworden vor der geraden, sich endlos hinziehenden Bahnhofstraße. Und es ist noch ein Gewicht dazugekommen. Der Nordwest fällt mir außerdem in den Rücken.

Wir konnten die Füße nicht mehr heben und schlurften in breitem Strom dem Massenlager entgegen. Es ist nicht sicher, ob ich mir damals bereits das Bild dieser Straße einprägte, doch ist es kaum anzunehmen. Nur an die geschlossenen Fenster und Türen erinnere ich mich deutlich, an das vorsichtige Rücken der sauber gefältelten Gardinen.

Die Unterkühlung kann ich nicht nachempfinden, nicht einmal vorhin im Zug gelang es mir, als mich die Kälte kurz und heftig ansprang. Und mein Hunger ist kein richtiger Hunger, meine behagliche Müdigkeit keine

Erschöpfung, keine hoffnungslose Entkräftung und sinnlose Leere.

Woher nehme ich das Recht, von mir zu erzählen, da meine Wahrnehmungen sich mit denen des Kindes vermischen, das ich zu dem Zeitpunkt der großen Flut gewesen bin?

Ich werde versuchen, dem Kinde nachzuspüren. Es ist zu spät, ihm unter die Arme greifen zu wollen, ihm ein Fenster zu öffnen, ein Stück Brotrinde zu reichen, ihm gar einen freundlichen Blick zu gönnen. Warum auch gerade ihm unter den Zahllosen?

Jetzt, wo ich mir ein Taxi leisten kann, das gleichzeitig über dasselbe Pflaster rollt, ist es vergeblich, ihm sein Kreuz tragen helfen zu wollen. Kein Hauptmann von Cyrene, der diesen Weg mitgegangen ist.

Das Kind wäre zu Tode erschrocken, hätte ein Fremder sein Bündel auch nur berührt. Äußerlich war das Kind wohl unverletzt, aber es wäre vor jeder Berührung ausgewichen wie vor einem empfindlichen Schmerz. Fremder Zuspruch, hätte es ihn überhaupt gegeben, hätte unhörbar bleiben müssen, denn ihm dröhnten noch das Rattern der Räder in den Ohren, das Röcheln des Sterbenden, die Schreie aus vergangenen Nächten.

Die dunklen, verängstigten Augen waren niedergeschlagen und suchten die Pflastersteine ab für den nächsten mühsamen Schritt. Zuweilen hoben sie sich kurz, um sich zu vergewissern, daß es nicht allein war. Neben ihm keuchte die Mutter unter der Last ihrer Säcke. Sie war sonst immer eine fröhliche Frau gewesen. Nun hing ein Schleier über ihren Augen. Aber es war gut, ab und zu ihre Stimme zu hören. Die Worte blieben unverständlich, wurden übertönt von den Stimmen in seinem Innern und von dem scharrenden Geräusch zahlloser Füße vor und hinter ihnen.

Und dann erhob sich ein Nordwest, der sich mit Kraft und eisiger Schärfe der eindringenden Flut entgegenstemmte und an den Gepäckstücken rüttelte. Hier und da öffneten sich steifgefrorene Hände, und ein Bündel mehr blieb am Straßenrand zurück.

Das Kind hing mit den Augen an der schmalen Gestalt vor ihm und es war, als würde es von ihr ein wenig mitgetragen. Tante Lena verschwand beinahe unter den prall gefüllten Säcken, brach auch hin und wieder in die Knie, aber der Strom geriet wegen ihr kaum ins Stocken, so schnell hatte sie sich jedesmal wieder aufgerafft. Dabei stützte sie sich kurz auf den alten klappernden Emailleeimer, den sie zusammen mit einer Waschschüssel und einem sich langsam entflechtenden Weidenkorb mitschleppte. Diese drei Dinge hatte sie eigenhändig aus den Ruinen des zerbombten Breslau geholt, während sie in den Viehwaggons abgestellt worden waren.

Da war er wieder, der kalt flammende Morgenhimmel vor den erloschenen Feuern der ausgebrannten Stadt. Und Tante Lena, die sich über die Schutthalden hinunterließ und zwischen den Trümmern verschwand.

Diese nicht enden wollenden Augenblicke! Das Patrouillieren der Miliz, ihr Fluchen, der schrille kurze Pfiff der

Lokomotive, die angstvollen Rufe. Die Hände, die vielen ausgestreckten Hände, denen es gemeinsam gelang, Tante Lena doch noch in den anfahrenden Waggon zu ziehen. Waschschüssel, Eimer und ein verbeulter Stahlhelm hatten dreißig Menschen in den folgenden Tagen unersetzliche Dienste geleistet.

In der anderen Hand trug Tante Lena den Kartoffelsack mit ihrem Bettzeug, und es gelang ihr, so sehr der Sturm auch daran rüttelte, ihn und die braune Ledertasche an den Daumen gehängt, Meter für Meter weiterzuschleppen.

Diese Tasche war ebenso gute, solide Sattlerarbeit wie der Ranzen des Kindes, der bereits einige Schülergenerationen überlebt hatte. Diese Tasche! Wenn das Kind sie nur anblickte, lief ihm das Wasser im Munde zusammen.

Wenige Tage zuvor, als der Zug, weit im Osten, auf offener Strecke stehengeblieben war, hatte sich Tante Lena mit ihr in der Hand aufgemacht. Einer dünnen Rauchfahne vertrauend, die aus einem einsamen Bauerngehöft aufstieg, hatte sie das weglose Schneefeld überquert, die Bannmeile der Angst, der Vorsicht, der Vernunft überschritten und das fremde Haus betreten. Und als sie wieder herauskam, war es, als schwebe sie von ferne im weißen Schneelicht unter grauem Himmel, beschützt und unsichtbar geleitet.

Wieder griffen die vielen Hände nach ihr und zogen sie über die Rampe, gerade als der Transport sich ohne Vorankündigung in Bewegung setzte.

Die dampfenden Schweinekartoffeln aus der braunen Ledertasche, immer zwei für jeden, bedeuteten Wärme,

Sättigung und Leben für alle, und das Kind dachte mit Verlangen an sie.

Tante Lena blickte sich nicht mehr um, denn das kostete zuviel Kraft, und zu leicht konnte sie dabei das Gleichgewicht noch einmal verlieren. Dennoch sprach ihre Gestalt aufmunternd mit dem Kind. An ihrem Rucksack baumelte ein rußgeschwärzter Feuertopf. Den hatte sie vorhin nach der Ankunft auf dem Bahnhof zwischen den Gleisen gefunden und am Riemen befestigt, während sich die Menschenmassen zu sammeln begannen.
Der Niederlage, dem Chaos Dinge zu entreißen, die lebensnotwendig waren, das gelang Tante Lena wie keinem anderen Menschen. Als Zeichen des Anfangs bezeichnete sie Eimer, Schüssel, Korb und Kochtopf. Und wären nicht die schadhaften, unschönen Stellen im Emaille gewesen, das sich an einer Stelle auflösende Weidengeflecht sowie die in Klumpen angesetzte Rußschicht, so hätte man glauben können, diese Gegenstände seien unter dem Zwang der Notwendigkeit aus dem Nichts, allein durch die Stärke eines Gedankens entstanden.
Abermals geriet der Zug ins Stocken. Zahlreiche Füße verloren den Rhythmus des Schlurfens, knickten um. In den vorderen Reihen mußte jemand zusammengebrochen sein. Helfer des Roten Kreuzes überholten uns im Laufschritt, eine Bahre tragend. Danach wurde es noch schwerer, den übermüdeten und geschwächten Körpern abermals den Weitermarsch zu befehlen.
Was mochte in dem Kind vorgehen? Was mochte es denken? Ich nehme an, daß es nichts mehr gewesen ist,

daß es nichts mehr dachte und fühlte, nichts mehr sah und hörte, den kleinen Körper und seine Last nur dem Wind entgegenstemmte, seinen Füßen Schritt für Schritt abrang. Vor ihm schaukelte noch immer der schwarze Feuertopf wie ein Metronom, dem es folgen mußte.

Ich stelle vom Taxi aus fest, wie kurz doch der Weg eigentlich gewesen ist, der zu bewältigen war. Aber ich bin ausgeruht, im Besitz meiner Kräfte. Kein Riemen schneidet in Schulter- oder Handgelenk.

Inzwischen flammen die Lichter auf. Langsam bewegen wir uns weiter. Die Scheinwerfer tasten vorsichtig die Straße ab, gleiten über funkelnde Schneeglätte.

Am Stadtrand liegt das Hotel. Wenige seiner Fenster sind erleuchtet. Zu dieser Jahreszeit gibt es kaum Besucher, Reisende und Geschäftsleute sind nur während der Werktage hier zu Gast. Die Empfangshalle liegt leer im Halbdunkel. Wärme strömt mir entgegen. Aus dem Schatten löst sich der Portier, und ich werde zuvorkommend begrüßt.

Mein Zimmer mit Bad und WC steht bereit, hübsch eingerichtet: Schreibtisch und Sessel, eine Tischlampe, die anheimelndes Licht verbreitet. Die Bibel auf dem Nachttisch, ein Bonbon auf dem Kopfkissen. Vor dem Fenster die Winterbäume des Parks, wie Silhouetten in den blassen Himmel geschnitten.

An anderen Orten nehme ich jede Annehmlichkeit als selbstverständlich hin, aber hier werde ich mich immer von neuem wundern, wenn ich freundlich empfangen und in einen angenehmen Raum geleitet werde.

Als die Tür hinter mir ins Schloß fällt, glaube ich für einen Augenblick, alles müsse in sich zusammenstürzen wie ein Kartenhaus, wie eine Attrappe aus den Kulissen eines Theaterstücks, und ich stünde in Wirklichkeit draußen vor geschlossenen Fenstern und Türen. Immer fallen mir Bild und Text zu einem anderen Stück ein, das die Geruhsamkeit meiner Ankunft stört und fragwürdig macht.

Irgendwie hatten wir die Schule, die als Auffanglager diente, doch erreicht, in letzter Aufwendung unserer nachlassenden Kräfte uns und unser Gepäck in eines der noch freien Klassenzimmer im oberen Stockwerk geschleppt. Es war eng dort für die vielen hereindrängenden Leiber. Tische und Bänke waren nur zusammengeschoben, aber nicht hinausgeräumt worden, und die Plätze wurden knapp. Die Strohschütte war dünn. Jeder fühlte das Bedürfnis, sich ausstrecken zu müssen, und manche legten sich auf die blanken Tische. An den Pappbechern mit der heißen Suppe wärmten wir unsere Hände und unsere Mägen. Ein Junge aus unserem Dorf packte mit seinen klammen Fingern so heftig und ungeschickt zu, daß überquellend mindestens die Hälfte des Inhalts verlorenging. Ersatz gab es nicht.

Schließlich ermannten wir uns ein wenig, und wir versuchten festzustellen, was uns geblieben war. Ein Sack mit einigen Wertsachen war uns bereits in Glatz gestohlen worden, aber von den anderen Sachen fehlte anscheinend nichts. Wir zählten sie wieder und wieder, irrten uns dabei und zählten von neuem. Wir zählten auch die Leute aus unserem Dorf, erhoben uns sogar noch einmal, um in anderen Schulräumen nach anderen Eisersdorfern zu forschen.

Langsam wurde klar, daß man uns auseinandergerissen, in der Fremde vereinzelt, wie Spreu in alle Winde geworfen hatte. Bereits in Kohlfurt waren einige Waggons abgekoppelt, fremde Wagen angehängt worden, und später geschah das noch einige Male. Viele unserer Freunde und Bekannten fehlten. Familien und Versprengte aus Nachbardörfern oder aus anderen schlesischen Orten saßen stattdessen ebenso ratlos zwischen uns und riefen verzweifelt nach ihren eigenen Angehörigen.

Mehrere Eisersdorfer konnten Auskunft darüber geben, daß einige von uns von den Polen gewaltsam zur Zwangsarbeit zurückgehalten worden waren. Uns, die Überzahl, hatten sie mit vorgehaltenen Gewehren vertrieben. Aber kaum hatten wir uns auf der notdürftigen Strohschütte niedergelassen, halbwegs auf die kommende Nacht eingerichtet, da sprach einer, laut und deutlich die leise murmelnden Gespräche übertönend, sein tägliches Abendgebet: »Heim will ich! Und wenn es sein könnte, ich ginge noch in dieser Nacht zurück!«

Bewegung lief durch den Raum, zustimmende Rufe wurden laut. Lieber Gott! Ja, heim wollten wir alle! Heim wollten wir trotz aller Grauen und Schrecken der vergangenen Monate, trotz aller Schläge, Plünderungen, Brandschatzungen, Demütigungen und Vergewaltigungen.

Heim wollten wir zu unseren verwüsteten Häusern, in unsere niedergewalzten Gärten, zu unserem brüllenden zurückgelassenen Vieh, zu den rauchgeschwärzten Ruinen, zu den geschändeten Gräbern und zu unseren unbegrabenen Toten.

Zwei oder drei Tage lang hatten wir weder Russen noch Polen gesehen, nur die korrekt patrouillierenden englischen Besatzungssoldaten, die uns weder bedrohten noch schlugen, und schon glaubten wir wieder an die Ertragbarkeit des Unerträglichen. Wir hatten sie selbst durch unser Überleben bewiesen.

Nach und nach kamen wir zur Ruhe. Wir waren inzwischen so gewandt, daß wir im wachen Zustand unseren Gedanken jede Richtung geben konnten. Wir versetzten uns an Orte, die wir liebten. Es wurde Sommer, wenn wir es wollten, und das Verlorene war in ungezählten Bildern lebendig und einsatzbereit. Wir wärmten uns daran. Nur unserer Träume wurden wir nicht Herr, und wir fürchteten die Nächte, wenn die Lichter erloschen und wir ihnen erbarmungslos ausgesetzt waren.

Im Klassenzimmer war es still geworden. Ich bin sicher, über das Kind aussagen zu können:

Es vergewisserte sich noch einmal seiner Umgebung, ehe es die Augen schloß. Neben ihm hockten Mutter und Tante Lena, weiter entfernt Böhms, die Nachbarn aus Eisersdorf, Christian und Verena, die Spielgefährten vom Akazienberg.

Heute, inmitten der ungeordneten Massen am Bahnsteig, war es von den beiden Freunden in die Mitte genommen worden. Für Augenblicke hatten sie sich freigemacht, sich abgesondert, waren zum Deich hinübergelaufen, um über seine begrenzende Linie hinauszuschauen auf den breiten grauen Strom, auf die rasche, meerwärts gerichtete Strömung, auf die vorbeiziehenden Schiffe, die schräg schwimmenden Bojen und auf das jenseits liegende Land, das sie vom Akazienberg aus schon immer befahren hatten mit ihren kühnen, einsatzbereiten Traumschiffen. Nun sahen sie es leibhaftig vor sich, doch sie zogen sich zurück, schweigsam und verändert. Auch später sprachen sie nie mehr davon. Die Zeit der gemeinsamen Spiele, die Sommer auf dem wunderbaren Berg waren endgültig vorbei.

Jetzt saßen Christian und Verena in einer Ecke des fremden Schulzimmers aneinandergelehnt, schauten herüber, winkten kurz mit halb erhobenen Händen, die wie leblos auf das Stroh zurückglitten. Barbara gelang ein Lächeln. Isolde hielt ihren Kopf an der Schulter ihrer Mutter verborgen. Frau Böhms Gesicht sah aus der Ferne betrachtet aus, als sei es von tiefen Schatten verhangen. Doch das Kind wußte, daß die blauschwarze Gesichtshälfte von einem Bluterguß verursacht war, der von den Fußtritten polnischer Miliz herrührte. Auf dem einen Ohr, das ebenfalls schwärzlich unter dem nach hinten gekämmten und im Nacken verknoteten Haar hervorschaute, war sie taub. Dabei lagen die Verhöre in den Folterkammern der Miliz bereits ein paar Wochen hinter ihr und Isolde.

Das Kind schloß die Augen, und die Bilder liefen vor ihm ab: Jener Januarabend, als die Polin Böhms Haus angezündet hatte und die Flammen aus Dachgestühl und

Fenstern loderten, als Funkengarben zum Nachbarhaus herüberflogen. Das Kind sah sie zitternd auf sich zukommen, witterte den Brandgeruch, hörte das Brausen des aufbrechenden Feuersturms, die Schreie der geprügelten Helfer und der Feuerwehrleute, die ebenfalls am Löschen gehindert wurden. Sah spät in der Nacht Mutter und Tante Lena von ihren vergeblichen Versuchen mit rußgeschwärzten Gesichtern und Brandgeruch in Haar und Kleidern die Treppe heraufschleichen. Beobachtete endlich den verspäteten Einsatz der Feuerwehr, als die glühenden Balken des Dachstuhls eben funkenstiebend zusammenbrachen. Sah die erloschene Ruine des nächsten Morgens, die daraus aufsteigende Rauchsäule und dahinter den beinahe freigelegten Akazienberg in seiner verrußten Schneehülle, die in der Nähe des brennenden Hauses zerschmolzen war. Erschrak vor dem harten Zauber des vom gefrierenden Löschwasser verwandelten Apfelbaumes, der vor der Toreinfahrt glitzernd im Morgenlicht Wache hielt. Erschrak mehr noch vor dem erstmals verschlossenen Gartentor des Nachbarhauses mit dem Schild: Betreten verboten! In deutscher und polnischer Aufschrift. Fühlte sich durch den Park schleichen, durch die dunklen Gänge bis zu Böhms Unterkunft im Schloß tasten, die Klinke leise und vorsichtig hinunterdrücken. Erblickte Böhms, eng zusammengedrängt, von den schweren Mißhandlungen der ersten Verhöre bereits erschreckend gezeichnet, aber lebend. Sah sie zum letzten Male lebend vereint. Sah dann nichts mehr.

Sah nur das schwarze Loch, in das es jedesmal an dieser Stelle zu fallen glaubte, hörte Stimmen, fing Gesprächsfetzen auf wie damals, als Herr Böhm für immer abgeholt wurde. Wußte nun, seit ein paar Tagen, daß sie ihn totgeschlagen hatten. In Ullersdorf, im berüchtigten Hause der Miliz, totgeschlagen und verscharrt irgendwo. Schrie leise auf und fühlte sich von der Mutter in den Arm genommen. Es dauert eine Weile, bis es ihre beschwichtigenden Worte verstand, die Augen zu öffnen wagte und mit Erstaunen das fremde Klassenzimmer wahrnahm.

Doch sogleich fand es sich in der neuen Wirklichkeit zurecht, wußte auch, daß sie nicht mehr zuhause, dafür aber verhältnismäßig sicher waren, ahnte, daß sie nicht mehr vom Tode, von namenlosen Quälereien verfolgt, dafür aber in Armut in die Leere der Fremde hinausgeworfen waren.

Noch sah es vertraute Gesichter um sich versammelt, es waren Eisersdorfer Gestalten, die es erkannte. Ihre nun verwahrlosten Kleider störten es jetzt nicht. Im Gegenteil! Wie in einem dichten Schutzmantel, der aus vielfältigen Flicken gefertigt war, fühlte es sich geborgen vor der Häßlichkeit des Viehwaggons, vor der Kahlheit des Klassenzimmers und der Fremde dahinter.

Dort lagerten der Hentschel Bauer mit Frau und Kindern, der Kaufmann Steiner mit seiner Familie, der Pfarrer mit seiner Haushälterin, die Lehrerin, Fräulein Franke. Das alte Ehepaar Klix, das aus Berlin in die Grafschaft Glatz evakuiert worden war, hatte die anstrengenden Fußmärsche durch die Winterkälte ebenfalls überlebt. Ein wenig abseits saßen die anderen Nachbarsleute, Frau Weber mit ihrer Tochter Else. Herr Weber war nicht mehr bei ihnen, und das erklärte Frau Webers sorgenvolles Gesicht.

Ihr Mann hatte bereits im Ersten Weltkrieg ein Bein eingebüßt und jetzt, während der langen Fahrt im eisigen Viehwaggon, war ihm das zweite erfroren. Vom Bahnhof aus hatten ihn Sanitäter sogleich ins Krankenhaus gebracht, wo eine Amputation unumgänglich wurde.

Das Kind dachte an ihn, an den fröhlichen Mann, den es in Eisersdorf oft besucht hatte, um ihm zuzusehen, wie er lange Reihen hölzerner Männlein lustig bunt bemalte und währenddessen phantastische Geschichten erzählte. Wohl ahnte das Kind, daß er es mit der Wahrheit dabei nicht sehr genau nahm, und Frau Weber hatte das auch öfter durch warnende Zwischenrufe bestätigt. Dennoch hatten sie zusammen viel gelacht, die ferne Welt, unglaubliche Abenteuer und köstliche Begegnungen mit seltsamen Fabelwesen erlebt.

Herrn Webers freundliches Gesicht mit den lustigen Lachfältchen und seinem listigen Augenzwinkern hatte selbst, als die Sanitäter ihn vom Bahnhof aus mitnahmen, die Tränen des Kindes mit dem Ausruf zurückgehalten:

»Ich erwische als erster ein richtiges Bett! Und wenn ich zurückkomme, habe ich in der kleinsten Ecke Platz.«

Jetzt betete das Kind, daß Herr Weber die Operation überleben möge, damit er bald mit den anderen nach Eisersdorf zurückkehren könne, legte sich auf die dünne Strohschütte und schlief ein.

Abends war noch eine Frau ins Klassenzimmer getreten. Um durch Soforthilfe ein gutes Beispiel zu geben, hatte sie sich den Herrn Pfarrer aus dem Elendshaufen herausgelesen und für die Nacht in ihr Haus aufgenommen. Mochte er wohl dereinst der beste Fürbitter für ihre guten Werke sein?

Jedenfalls war ihr Blick gewiß durch diese Berechnung getrübt, denn sonst hätte sie die hochschwangere Bäuerin, die von Mißhandlungen entstellte Frau Böhm, das zitternde Ehepaar Klix nicht übersehen können. Unser Pfarrer aber erhob sich aus unserer Mitte und folgte ihr, ohne sich nach uns umzusehen.

Ob bereits in dieser Nacht das Kind von Angstträumen geschüttelt wurde, kann ich nicht sagen, doch ist es anzunehmen. Viele Geräusche, unruhiges Rücken, Husten, Stöhnen, Schnarchen, Sprechen im Schlaf, verstecktes Weinen und Flüstern erfüllten das Massenquartier. An den Fenstern rüttelte der Sturm in ungewohnter Stärke, und es war kalt. Nebelhörner tönten langgezogen und schaurig vom nahen Strom her.

Es war eine unruhige Nacht.

Der Schnee in Meeresnähe ist kurzlebig. Bereits am nächsten Morgen hatte er sein Weiß verloren und schwamm in tauigen Resten über Straßen und Plätze. Der Sturm hatte mit Gewalt den Winter zerbrochen, nun barst das Eis in den Wassergräben und Löschwasserteichen. Gegen Morgen war es still geworden, doch er kehrte mit Regengüssen zurück und warf sich in Böen gegen die vereiste Stadt.

Es gab keinen Schutz gegen dieses Wüten, der dickste Mantel, das beste Schuhwerk wurden zu unzuverlässigen, nutzlosen Verkleidungen. Kalt und durchweicht klebten sie an den Trägern. Wer ein Dach über dem Kopf hatte, blieb zuhause. Wer unbedingt hinausmußte, ging in Gummistiefel und Ölzeug vermummt und wirkte einer dunklen, sich kaum voneinander unterscheidenden Mannschaft auf hoher See zugehörig, zwischen die wir unpassenderweise geraten waren.

Wir mußten trotzdem unser Massenlager verlassen, uns auf Wohnungssuche begeben. Jemand hatte uns eine Adresse in die Hand gedrückt, und wir suchten die Straßen nach ihr ab. Durch ein offenstehendes Deichtor kämpften wir uns in die Hafenregion durch. Vor Schranken und Stacheldraht patrouillierten Besatzungssoldaten, und ein wenig abseits stand das rotziegelige Haus.

Eine Frau öffnete, warf keinen Blick auf den Zettel, den Mutter mit feuchten, steifen Fingern aus ihrer Handtasche geangelt hatte, und führte uns in ein Zimmer. Wir sahen uns schweigend um. Saubere, in akkurate Falten gelegte Gardinen milderten den Blick auf das vor den Fenstern wütende Wetter und auf die in den grauen Himmel greifenden Kranriesen am Pier. Ein weinrotes Plüschsofa, plüschbezogene Sessel und hochlehnige Stühle, ein gedrechselter Tisch, dessen Politur durch die Spitzendecke glänzte, irgendein bedrückend düsteres Tapetenmuster, dunkle, schwere Rahmen, die ihre Bilder fest umklammert hielten, eine auf Dackelbeinen stehende Vitrine mit staubfrei aufbewahrten zierlichen Nutzlosigkeiten.

Ein Platz zum Sitzen wurde uns nicht angeboten, und das war uns auch verständlich. Wir waren äußerlich gesehen nicht in der Verfassung, solch ein geheiligtes Reich zu betreten. Und doch wären wir gern hiergeblieben, irgendwo mußten wir schließlich bleiben. Wir konnten uns vor Erschöpfung kaum noch aufrecht halten. Mit aller Vorsicht und Zurückhaltung hätten wir uns niedergelassen.

Mutter bemerkte, und das stand in seltsamem Kontrast zu unserer vernachlässigten und durchnäßten Kleidung, daß wir in Schlesien auch ein schönes Haus hätten, das in den letzten Jahren viel über sich ergehen lassen mußte: Evakuierte, Flüchtlinge, die wechselnde Besatzung der Russen, die gewaltsame Übernahme durch die Polen.

Die Frau schien zuzuhören, jedenfalls nickte sie kurz und meinte, daß wir das Zimmer ja haben könnten. Mutter war aufrichtig und altmodisch genug, um nach dem Mietpreis zu fragen. Die Frau nannte ihn, und wir rechneten rasch nach. Seit einem Jahr hatten wir keinen Pfennig verdient, keine Witwenpension, keine Rente erhalten. Unsere Reichsmarkscheine, die inzwischen beinahe jeden Wert verloren hatten, trugen wir, in Mäntel- und Kleidersäume eingenäht, ständig mit uns herum. Und ständig wurden es weniger.

»Nein«, sagten Mutter und Tante Lena einstimmig nach kurzer Überlegung, »nein, leider können wir uns diesen Preis nicht leisten.« Und die Frau ließ uns gehen.

Wir kämpften uns wieder zum Lager durch. Ich weiß nicht mehr, ob wir Schuhwerk und Kleidung notdürftig trocknen konnten und wieviele Tage wir mit vergeblicher Suche nach einer Unterkunft dort noch zubringen mußten.

Schließlich wurden wir einer Frau draußen auf der

Sielstraße zugewiesen. Ich erinnere mich, daß Helfer von der Stadt da waren, die uns begleiten mußten, um notfalls die Aufnahme zu erzwingen, denn es gab genügend Beispiele, wo vor den Menschen trotz Bescheinigung und Stempel hohnlachend die Türen zugeschlagen worden waren.

Unsere Begleiter hatten einen Handwagen mitgebracht. Eigenhändig luden sie unser Gepäck auf, und wir hatten nur nebenher zu gehen. Es war weit genug. Als wir in die Friedrich-Ebert-Straße einbogen, war kein Ende abzusehen.

Wegen des Sturms kamen wir nur langsam voran und konnten uns ein wenig umsehen. Stadthäuser aus den Anfängen des Jahrhunderts, hin und wieder von Weideland unterbrochen, kleine und mittlere Geschäfte ohne Auslagen in den Schaufenstern, eintönige Mietshäuser aus neuerer Zeit, ein paar Villen, vornehm hinter Vorgärten zurückgesetzt. Das war ein Stück dieser jungen, durch zwei Kriege in ihrer Entwicklung unterbrochenen Stadt. Sie wirkte uneinheitlich und unglücklich. Einen Mittelpunkt schien sie nicht zu besitzen. Dagegen stießen sehr breite Straßen rechtwinkelig gegeneinander. Die Straßenkreuzungen wirkten wie weite Plätze. Großzügig waren sie auf dem Reißbrett geplant worden. Da und dort hatte man Bauwerke errichtet, Häusergruppen ausgeführt. Angefangene Häuserzeilen brachen mit fensterlosen Brandmauern unvermittelt ab; große Lücken waren geblieben. Bauland für die Zukunft. So war von der Ausdehnung her ein größeres Stadtgebiet entstanden. Doch keiner, der 1946 die Stadt sah, wagte zu hoffen, daß sie irgendwann in unserem Jahrhundert noch fertig werden könnte.

Wir kamen auch an zwei oder drei Ruinen vorbei. »Ein paar Bomben«, erklärte uns einer der Männer, »haben die Amerikaner wohl irrtümlicherweise hier abgeworfen. Sie waren für unser Hüttenwerk, für die außerhalb liegenden Flugzeugwerke und natürlich für Bremerhaven bestimmt. Unsere Hafenanlagen benötigten sie ja für ihre Landung während der Invasion. Es hat hier und an ein paar anderen Stellen einige Tote gegeben.«

Als wir schließlich an die Sielbrücke kamen, zog sich die Straße immer noch kilometerweit schnurgerade nordwärts, jetzt nur noch von Viehweiden und Wassergräben gesäumt. Wir bogen am Siel ab und folgten ihm unter einer langen Baumreihe. Parallel dazu verlief eine Häuserzeile. Etwa vierzig kleine Siedlungshäuser bildeten vorläufig die nördliche Begrenzung der Stadt. Ohne Hausnummern wären sie kaum voneinander zu unterscheiden gewesen. Schließlich hielten wir an.

Die Frau, die uns öffnete, preßte ärgerlich ihre Lippen zusammen, als sie uns und die Männer sah. Unsere Begleiter wechselten ein paar Worte in Plattdeutsch mit ihr, die wir nicht verstehen konnten. Hochrot im Gesicht, brachte sie schließlich hervor: »Ihr kommt zu früh. Ich habe euch noch nicht erwartet!«

Die Männer beachteten sie nicht weiter, sie luden unser Gepäck ab und begannen, es die schmale Stiege hinaufzutragen. »Paßt auf die Wand auf, es ist alles frisch renoviert«, schrie die Frau hinter ihnen her, und wir sahen, daß ihre Unterlippe zitterte.

Dann schob sie sich an uns und den Männern vorbei und stieß heftig die Tür zum Bodenraum auf. Ein eisiger Luftzug wehte uns entgegen. Im Dämmerlicht konnten wir die einzementierten Dachplatten zwischen den Sparren erkennen.

Nach kurzem Zögern schloß die Frau die Tür zur Dachkammer auf.

»Ihr kommt zu früh«, wiederholte sie.

Nach einem abschätzenden Blick, mit dem sie uns verächtlich gemustert hatte, wandte sie sich wieder an unsere beiden Begleiter:

»Ihr helft mir umräumen! Die Sachen da drin, die sind neu, sind mir einfach zu schade für die da.«

Die Männer zuckten die Achseln, als sie ein wenig verlegen zu uns herübersahen, aber dann räumten sie unter der Regie unserer Wirtin das Zimmer um. Kleiderschrank, Tisch, Stühle und Waschkommode wurden auf die zugige, feuchte Bodenkammer hinausgetragen, ein paar alte wurmstichige Ersatzstücke von der Bühne an ihre Stelle gerückt.

»Tut uns leid«, sagten die Männer zu uns, bevor sie gingen, »aber es ist wohl besser so. — Na ja, denn mal viel Glück!« Sie tippten kurz gegen ihre blauen Schirmmützen und entfernten sich so unauffällig wie möglich.

Die Frau erklärte uns noch einmal, daß wir auf die Wand aufpassen müßten, daß das Plumpsklosett unten neben der Waschküche sei, daß das Kind in der Waschküche spielen könne, denn über ihrem Kopf könne sie überhaupt keine Geräusche und schon gar keinen Krach vertragen, daß wir kein Wasser vergießen dürften, da es sofort zwischen den Dielen ins untere Stockwerk, also in ihre gute Stube laufe, weil in diesen Häusern bekanntlich die Einschütte fehle, daß wir nicht die Haustür, sondern wie sie und ihre Kinder auch, den Hintereingang benützen müßten, daß das Wasser aus der Waschküche zu holen und dort auch wieder wegzugießen sei, daß wir möglichst wenig oder lieber gar keinen Besuch empfangen sollten, daß eine Küchenbenützung auf keinen Fall und ohne Ausnahme in Frage käme, daß im Keller überhaupt kein Platz für unsere Sachen sei und daß wir auf die frisch renovierte Wand und ebenso auf die neue Treppe achtgeben sollten.

»Immer ich«, rief sie verzweifelt aus, »immer die Witwen, die sich nicht wehren können. Mein Mann ist in Rußland gefallen, und wegen seines lächerlichen Parteiabzeichens bekomme ich diese Strafe. Ich allein auf der ganzen Straße bekomme Flüchtlinge!«

»Vertriebene, nicht Flüchtlinge«, korrigierte sie Tante Lena jetzt ruhig, aber bestimmt. »Glauben Sie, wir wären freiwillig hierhergekommen? Wir hatten selbst ein schönes Haus, in dem wir zufrieden und glücklich und vor allem zuhause waren.«

»Das kann jeder behaupten«, unterbrach sie unsere neue Wirtin, »hinterher kann jeder was erzählen. — Wie kann man sich vertreiben lassen von dem, was einem gehört? Einfach lächerlich! Mich jedenfalls brächte niemand aus meinem eigenen Hause fort. Nie, nie, nie und nimmer!«

Mit verächtlicher Handbewegung wandte sie sich zum Gehen.

»Und passen Sie bloß auf die Wand auf«, rief sie abschließend noch einmal, ehe sie die Kammertür hinter sich zuwarf.

Wir sahen uns schweigend eine Weile in der engen Behausung um. Dann durchmaß Mutter mit ausholenden Schritten den Raum:

»Dreiachtzig mal dreineunzig, schätze ich!« Die stark abgeschrägten Wände, mit türkisblauer Farbe grundiert und mit Legionen kleiner brauner Männchen schabloniert, sahen kühl und bilderlos auf uns herab. Ein einziges breites Bett, eine Brennhexe, eine Kommode mit Waschschüssel und Wasserkrug, ein dunkelbraun gebeizter Tisch mit zerrissener Wachstuchplatte und wurmstichigen Beinen, zwei alte Stühle, der dunkle, ebenfalls ausgetauschte Schrank, das war die notdürftige Einrichtung.

Doch nicht die ärmliche Möblierung machte uns betroffen und schweigsam, und wir froren nicht nur wegen der an den Wänden glitzernden Eiskristalle bis ins Innerste.

Im Eisenöfchen lag wahrhaftig ein wenig Brennmaterial übereinandergeschichtet. Kurz darauf knisterte das Feuer, und schwache Wärme verbreitete sich in seiner Nähe.

Tante Lena ging auf leisen Sohlen hin und her und begann, unsere Habseligkeiten auszupacken und zu verstauen, während Mutter den Ofen nicht aus den Augen ließ und endlich aufgebracht ausrief:

»Schleich hier nicht so herum wie ein Einbrecher! Wir haben wohl das Recht, uns am hellichten Tage wie normale Menschen zu bewegen.«

Tante Lena ergriff die leere Wasserkanne und stieg vorsichtig die Treppe hinunter. Auf dem Rückweg wartete die Wirtin bereits unter der Küchentür und wiederholte eindringlich:

»Passen Sie bloß auf die Wand auf!« Zwei blonde, hellhäutige Kinder, ein kleines Mädchen und ein etwas älterer Junge, drängten sich neugierig hinter ihr hervor, beäugten schweigend Tante Lena, und dann lächelten sie scheu zu ihr herüber.

»Guten Tag!« sagte der Junge schließlich leise, und das Mädchen echote schüchtern: »Guten Tag auch!«

Inzwischen war uns wärmer geworden. Wir wuschen uns sorgfältig, suchten Wäsche und Kleider aus unseren Säcken hervor und begannen, uns langsam etwas besser zu fühlen.

Ich kann mir vorstellen, wie das Kind, die Haare frisch gekämmt und zu zwei Zöpfen geflochten, am Fenster stand und hinausschaute. Draußen stürmte es noch immer. Schneeregen wurde gegen die Scheiben geworfen und trübte den Blick.

Unten verlief, von der Baumreihe gesäumt, der Schotterweg. Auf dem schmalen Grünstreifen zwischen ihm und dem Kanal waren bereits im letzten Kriegsjahr kleine Beete angelegt worden. Da und dort standen noch zerzauste Gestalten auf dem vereisten Ackerland: Grünkohl und Rosenkohl.

Weiter drüben erblickte das Kind die geradlinige Wasserstraße des Kanals. Vom jenseitigen Ufer, halb verdeckt von Schrebergärten, sahen vereinzelte größere Stadthäuser zur Arbeitersiedlung herüber. Eine breite Straße führte von dorther auf den Siel zu, endete jedoch unvermittelt am gegenüberliegenden Grünstreifen. Die Brücke fehlte. Die Straße führte ins Wasser. Das Kind seufzte. Abgeschnitten von den anderen waren sie in ein Haus verbannt worden, in dem sie niemand haben wollte.

Sein Blick fiel in bestürzende Leere, suchte die Stelle, an der sich ein Brückenbogen spannen sollte, und endete im Nichts, sah den riesigen, grauen Himmel, der das Land niederdrückte, ihm nicht die kleinste Erhebung erlaubte. Hörte den tyrannischen Sturm, der, alles beherrschend, um das Haus orgelte, sah die geduckten Bäume in untertäniger, schiefgewachsener Haltung trotzend überleben, beobachtete die gekräuselte Wasseroberfläche des Kanals, wich immer wieder vor dem Eisregen zurück, den der Sturm wütend gegen die Fensterscheiben warf. Sah in den schmelzenden Eiskugeln zerrinnendes Licht schimmern und dachte dabei an Eisersdorf.

Dachte an die schön geschwungene Linie der Berge mit ihren dunkelgrünen Wäldern, an die rote Dächerherde zwischen blühenden Holunderbüschen, an die knarrende Wetterfahne des Schloßturms, die über den üppigen Parkbäumen zu schweben schien. Und es sah die lebendig blitzenden Wellen der Biele flink über die bunten Kieselsteine hüpfen. Die weiße Kirche mit dem Zwiebelturm schien der freundliche Wächter des Dorfes zu sein. Hinter ihr erhob sich die Weißkoppe in voller Breite und hielt die Stürme fern. Das Bild wollte sich eben vollenden und den uralten Wohnturm dazustellen.

Das Kind kniff die Augen zusammen, um mehr in den kleinen Kugeln zu erspähen.

Dort schlängelte sich die beschattete Allee zum Melling hügelan, eine helle Rauchfahne segelte über den Akazienberg. Es vernahm den Pfiff der Lokomotive. Und wenn es in das Brausen des Sturms hineinhörte, erkannte es die Geräusche des Dorfes wieder: das Muhen der Kühe, das Geklapper der Pferdehufe auf der Asphaltstraße drüben, den fernen Hahnenschrei, das Scheppern der Milchkannen, das fröhliche Meckern der Ziegen. Und über allem Vogelgezwitscher und Bienengesumm und das Morgenläuten der Kirchenglocken.

Das Kind beugte sich noch weiter vor, lehnte die Stirn ans Fenster und glaubte, vertraute Stimmen zu erkennen. Das war Mutter, die über den Zaun hinüber mit Frau Weber sprach. Der Kirchvater hielt an der Toreinfahrt an und grüßte herüber. Und drüben, auf dem Akazienberg, tönten viele Kinderstimmen durcheinander. Das Kind konnte sie nicht voneinander unterscheiden, solch ein Jubeln und Jauchzen war das. Dann aber glaubte es zwischendurch seinen Namen zu vernehmen, sah auch Verenas und Christians hoch erhobene Arme herüberdeuten und winken. Winken! Winken! Schüchtern und ein wenig ungläubig hob es die Hand, — und das Bild zerrann unter den Regengüssen.

Noch einmal gelang ihm der süße Zauber: die Verwandlung aller Eiersdorfer Gärten zu einem einzigen Paradies, in dem die Jahreszeiten friedlich nebeneinanderwohnten. Der Apfelbaum hob sich wie ein summender Strauß zu seinem Kammerfenster empor. Schneeball und

Goldregen leuchteten von fern. Unter den Kirschbäumen Blüten wie feiner Schnee.

Auf den Beeten kreisten wie ineinanderstürzende Farbspiele eines Kaleidoskops Sommer- und Herbstblumen: die üppigen Dahlien, die strahlenden Gesichter der Sonnenblumen, hoher schmaler Rittersporn, die Bläue des Himmels besiegend. Wie Schmetterlingsflügel und ebenso zart wie sie, Cosmea und blühende Wicke. Wetteifernd glühten Rosen und Mohn und die bunten Sterne der Zinnien.

Blüte und Frucht erlebten denselben Tag: Gleich gelben Ampeln hingen die reifen Birnen drüben am Spalier. Aus den Sträuchern blinkten die Beeren, in vollen Trauben übereinanderhängend. Neben den Bäumen auf dem Rasen standen Körbe, überquellend von Obst.

Zwischen die Düfte von Reseda und reifen Früchten mischte sich der würzige Harzgeruch des Waldes und der herbe Duft der nahen Kornfelder.

Aus dem Nachbarhaus trat jetzt Barbara in ihrem blauen Kleid. Sie trug einen Korb am Arm, und Frau Böhm winkte mit dem Kuchenteller aus dem offenstehenden Küchenfenster. In der Mitte des Gartens aber, bei dem Baum, dessen Zweige sich unter dem Gewicht der blauen Pflaumen am tiefsten senkten, stand Herr Böhm, die Augen prüfend zum Himmel erhoben; stand da mit seinem gelben Sommerhut, langte nach einer Pflaume und pflückte sie.

Hier bekamen die köstlichen Bilder einen scharfen Riß. Vorbei! Diesen Frühling, diesen Sommer und diesen Herbst gab es längst nicht mehr. Zerstampft lagen die

Gärten, vereist die Apfelbäume, verbrannt das Nachbarhaus, ermordet der Nachbar, vertrieben sie alle, sie alle, die das Kind gesehen hatte.

Wie betäubt wandte es sich um. Im trüben Gegenlicht war sein Gesicht nicht zu erkennen, und es schwieg auf vorsichtig gestellte Fragen. Ohne Widerstand ließ es sich von der Mutter auskleiden und zu dem breiten Kahn von einem Bett bringen. Es versteckte sich unter seinem Eiserdorfer Kopfkissen und atmete den Geruch ein, der noch von zuhause in ihm hängengeblieben war.

Es klopfte leise an der Kammertür. Die beiden Kinder der Wirtin fragten nach ihm und ob es mit ihnen spielen dürfe. Es hob den Kopf nicht, lugte aber mit einem Auge unbemerkt unter dem Kissen hervor. Blinzelte nach dem blonden Jungen und seiner Schwester, die ihrer Mutter so wenig ähnelten und hörte Tante Lena antworten:

»Morgen gerne! Morgen kommt sicher ein ganz anderer Tag!«

Am Morgen nach meiner Reise erwache ich ausgeruht. Erstaunlicherweise war mein Schlaf frei von Angstträumen und störenden Bilderfolgen.

Die Sachlichkeit dieses Ortes, dieses auf dem Reißbrett entworfenen Gemeinwesens, greift auch auf mich über. Diese Sachlichkeit also ist mein Schlafmittel, und ich benötige selten ein anderes. Sachlich die Herrschaft über die Probleme zu erringen: Sie vor sich ausbreiten, sie sichten und zählen, sie gegeneinander abwägen, sie ordnen und nochmals überprüfen, sie ad acta legen oder im Auge behalten, sie einkreisen, sie durchleuchten, sie lösen oder ganz einfach mit ihnen weiterleben. Es hat den Anschein, dies sei klug gehandelt.

Dieser Ort lebt mit seinen Problemen. Viele hat er gelöst, wie jenes der großen Flut von 1946. Seit seiner Gründung aber lebt er mit der unabänderlichen Tatsache, sich unter Null, also unterhalb des Meeresspiegels zu befinden. Ebenso lange lebt er mit der änderbaren Tatsache, zu niedrig eingedeicht zu sein. Sachlich betrachtet, gründet er auf einem dem Meere abgetrotzten Gebiet. Heroischer Boden. Faust II.

Daß niemand zunächst dieses gigantische Menschenwerk bewohnen wollte, ist kaum erwähnenswert. Freigelassene, für die es nur eine Wahl zwischen zwei Möglichkeiten gab, haben sich schließlich in seinen Geraden, in seinen rechten Winkeln und Planquadraten eingewohnt.

Die kühle Gelassenheit, der Gefahr ins Auge zu sehen, ist den späteren Einwohnern des Ortes geblieben. Mehr noch! Sie haben aus der kühnen Haltung, übermächtigen Naturgewalten gegenüber sich bisher siegreich behauptet zu haben, gelernt, scheinen prädestiniert zu sein, mit Problemen zu leben.

Sie haben sich inzwischen von Problemen einkreisen lassen, um sich sachlich mit ihnen messen zu können. Von Nordost droht das gewaltige Mündungsgebiet des Stromes, das den Gezeiten heftiger unterworfen ist als das Land am offenen Meer. Von Westen her kann ihm die See selbst über die weiten Marschen hinweg in den Rücken fallen. An der nördlichen Stadtgrenze verströmt das große Asbestwerk seine giftigen Gase stundenweise, unterstützen andere allmächtige Industriekonzerne die Risiken, mit denen es sich anscheinend zu leben lohnt. Sachlich hat man das Problem zu lösen gesucht. Heute versuchen sich Natur und Chemie in friedlicher Koexistenz.

Die Kühe dürfen weiden, wenn das Werk kein Gift verströmt. Und die Werke dürfen ihre Abgase verströmen, wenn die stattlichen Herden der Marschbauern in ihre blankgebohnerten Unterstände unter den tief herabgezogenen Dächern zurückgekehrt sind.

Im Süden schließt sich der Kreis mit seinem teuersten und fragwürdigsten Risiko: dem Atomkraftwerk.

Die übergreifende Sachlichkeit der Stadt läßt mich ebenfalls störungsfrei schlafen, in Ruhe meine frischen Brötchen im Frühstückszimmer verzehren. Ich erkenne die Notwendigkeiten und genieße den vorzüglichen Kaffee. In der linken Hand halte ich die Zeitung, die von keinerlei örtlichen Protestaktionen zu berichten hat.

Die Seewetterämter melden auf Nordost drehende Stürme und kündigen erneute Schneefälle sowie die Gefahr von Eisglätte an.

An die ersten Tage damals erinnere ich mich kaum, nur an eine Reihung von Notwendigkeiten, die erfüllt werden mußten. Wie wir das Maß zum Wohnen in der engen Dachkammer fanden, weiß ich nicht mehr. Jedenfalls gelang es uns, von der Stadt zwei weitere Bettgestelle mit ausgestopften Strohsäcken zu ergattern. Die Betten wurden nach langem Hin und Her so geschickt angeordnet, daß später neben Eisenofen, Schrank, Kommode, Tisch und Stühlen noch eine Apfelsinenkiste für ein paar Bücher unter dem Fenster Platz fand.

Vor Behörden mußten wir schlangestehen, endlose Fragebogen ausfüllen, Lebensmittelkarten abholen. Wir mußten zum Gesundheitsamt und nach langer Unterbrechung wieder einmal zur Schule. Tante Lena reihte sich vor dem Arbeitsamt in das Heer von Arbeitssuchenden ein.

Es fehlte an allem. Was uns geblieben war, reichte nicht entfernt für den bescheidensten Haushalt. Wir besaßen ein wenig Besteck, doch weder Teller noch Tasse noch Wasserglas. Mutter hatte ihr Nähzeug zwar gerettet, doch fehlten ihr Flicken und Stopfgarn zum Ausbessern. Unterwegs hatte sie ein paar Haarnadeln verloren, es war nicht möglich, neue zu erstehen. Mit einem Bild aus unserem geretteten Fotoalbum wollten wir die kahle Wand schmücken, wir besaßen weder Rahmen noch Hammer noch Nagel zum Aufhängen. Ging etwas entzwei und wäre es zu reparieren gewesen, so mußte das aufgeschoben werden, weil Reißnägel und Klebstoff nicht vorhanden waren. Schuhcreme, Zahnpasta, Seife und Streichhölzer waren bald aufgebraucht, die Schnürsenkel, bereits mehrmals geknotet, vom häufigen Naßwerden zerfasert. Ersatz war nicht zu bekommen. Selbst Bindfäden waren Mangelware.

Dennoch waren wir im Gegensatz zu unzähligen anderen, die noch unterwegs ausgeraubt worden waren und nur besaßen, was sie auf dem Leibe trugen, vom Glück begünstigt. Jeder hatte sein Federbett, sein Kopfkissen und sogar die Bettwäsche dazu gerettet. Wir besaßen Messer und Gabel, einen Korb, einen Eimer, eine Waschschüssel und einen Feuertopf.

Mutter trennte aus einem Mantelsaum ihr Goldkettchen, Großvaters Krawattennadel, Tante Lenas Silberkette und die kostbare Brosche, die zu Großmutters Brautschmuck gehörte, wieder heraus.

Außer diesen wenigen Erinnerungsstücken, von denen wir uns nicht trennen wollten, besaßen wir ein paar Dinge, die bei der hereinbrechenden Hungersnot von den reichen Marschbauern eingetauscht wurden. Für den schönen, leichten Panamakoffer, der, unter einem Kartoffelsack getarnt, den Transport überstanden hatte, bekamen wir ein halbes Pfund ranzige Butter und für das Opernglas, an dem viele Erinnerungen an vergangene Breslauer Spielzeiten hingen, zwei Pfund Erbsen und eine bereits ziemlich abgeschabte Speckschwarte. Das Glas wollte der Bauer als Fernrohr benutzen, damit er von seinem Hofe aus das Vieh auf den weitläufigen Weiden beobachten und zählen konnte. Wir waren schamlos ausgenutzt worden, aber der Hunger machte uns schwach und wehrlos.

Wir prüften sorgfältig die wenigen Dinge, die uns geblieben waren, doch keines war mehr entbehrlich. Weder auf dem Schwarzen Markt noch beim Tauschen würde uns die geringste Chance bleiben. Eine lange, schwierige Hungerzeit war zu bestehen. Auch waren die Bauern bereits wählerisch geworden. Manche Einheimische, die ja ebenfalls unter der Knappheit der Lebensmittel litten, hatten sich von ansehnlicheren Wertstücken getrennt, als wir sie zu bieten hatten. Die guten Stuben der Marschhöfe waren überfüllt. Da und dort stapelten sich Klaviere, Möbel und Perserteppiche auf den Tennen.

Immer wieder versuchten wir auch, in den Geschäften der Stadt etwas zu erstehen. Doch die Regale schienen wie leergefegt. Unser Geld war wertloses Papier geworden und lockte keinen Ladenhüter unter dem Tisch hervor. Allein der Tauschhandel, von dem wir ausgeschlossen blieben, blühte.

Nur unsere Rationierungskarten für Rauchwaren eröffneten uns einige bescheidene Möglichkeiten. Gegen Abend standen wir damit an der Sielbrücke und erwarteten die heimkehrenden Arbeiter. Sie kamen vom Werksgelände, das von den Amerikanern besetzt war, und brachten oft unschätzbare Dinge mit, die sie dort organisiert hatten. An Bohnenkaffee und Schokolade wagten wir sowieso nicht zu denken, aber ein Stückchen trockenes Brot oder ein einzelnes Brett von einer Kiste konnten wir manchmal einhandeln.

Kistenholz ergab leicht entzündbares Brennmaterial und war sehr gefragt.

Inzwischen hatten wir gelernt, Papierbriketts herzustellen. Das Papier wurde zunächst gewässert, dann zusammengedreht und gepreßt und anschließend getrocknet. Allerdings war Papier ebenfalls schwer zu bekommen. Tante Lena fand eine Buchhandlung, erstand dort die dicksten Wälzer, und wir, die wir Bücher liebten und seit jeher als unsere Freunde betrachtet hatten, behandelten sie nun wie die ärgsten Barbaren des Dritten Reiches:

Wir verarbeiteten sie ungelesen zu Briketts und verbrannten sie.

Als Tante Lena schließlich gar zu häufig in der Buchhandlung auftauchte und dort jedesmal dieselben dicken Bücher kaufte, wurde der Buchhändler neugierig. Er fragte sie, wie sie um alles in der Welt so viel und so rasch und immer dasselbe lesen könne, vor allem diese Art von Lektüre. Daraufhin besah sie sich die Bücher näher. Es war die damals außer Kurs gesetzte Ideologie des Kommunismus, die da so billig zu haben war. Und sie erklärte dem erstaunten Buchhändler, auf welche Weise wir uns an ihr erwärmten.

An einer anderen Stelle erwarb sie dunkelgrünes Ölpapier. Ein zusammengefalteter Bogen reichte aus, um morgens das Wasser für den Malzkaffee zum Sieden zu bringen und unsere Kammer mit Gestank zu erfüllen.

Es war eine einzige Jagd vieler Tausender nach Eßbarem und nach Brennmaterial. Hunger und Kälte zu besiegen, war Tag für Tag Mittelpunkt unserer Bemühungen, Ziel unserer endlosen, oft vergebens gegangenen Wege.

Es gelingt mir jetzt wieder, das Kind zu sehen, das ich damals gewesen bin: Es hockt auf dem Strohsack seines Bettgestells und hat den braunen Schulranzen geöffnet. Alle Schätze, die ihm geblieben sind, haben darin Platz. Pflichtschuldig hat es seine bunte Fibel mitgebracht, Griffel, Bleistift, ein paar Farbstifte, Scherben der zerbrochenen Schiefertafel, Bilderbücher, deren Geschichten es liebt und auswendig kennt. Ferner besitzt es noch einen dieser kleinen hölzernen Matrosen, die Herr Weber zu Tausenden bemalt hat. Zwei winzige Figuren aus der verlorenen Puppenstube sind in mehrere Kleidchen eingerollt worden, welche seiner ältesten Puppe gehören.

Diese Puppe hält das Kind fest im Arm, preßt sie an sich. Es gibt keinen Ort, zu dem es von dieser Puppe, die es zu seinem zweiten Geburtstag geschenkt bekam, nicht begleitet worden wäre.

Da war zunächst Markt-Bohrau, als der Vater noch lebte und dort Lehrer war. Die Erinnerung an einen Garten wie an ein wogendes Meer aus Dahlienblüten. Hinter einer gelben, summenden Wand aus Goldrute Vaters lächelndes Gesicht. Mutter mit einem Korb voller reifer Pfirsiche. Auf dem Wiesenpfad, der sich zwischen Lärchen hinter der Kirche hervorschlängelt, Tante Lena. Dahinter, in Soldatenuniformen, die beiden erwachsenen Stiefbrüder. Der ältere ist kurz darauf gefallen, der jüngere in französische Kriegsgefangenschaft geraten.

Das Haus ist nur noch in Gedanken lebendig. Auf seinem Schutthügel wachsen bereits Brennesseln und Disteln. Den blühenden Garten haben russische Panzer bei der Invasion niedergewalzt.

Mit der Puppe im Arm war das Kind zu Onkel Franz und Tante Frieda nach Heidersdorf bei Neisse gefahren. Es sitzt auf der Schaukel und schwingt in die Nähe der Tannenspitzen empor. Unten bilden der Vetter und die Cousinen einen fröhlichen Kreis, durch den man nicht in die Tiefe fallen kann. Onkel und Tante stehen auf der Veranda und winken ihm zu.

Das Haus lag genau in der Schußlinie. Die Deutsche Wehrmacht hat es gesprengt, eine Heimat zerstört, zur Verteidigung des Großdeutschen Reiches, für Volk und Vaterland.

Die Puppe begleitete das Kind auf dem Umzug nach Breslau. Das war nach Vaters Tod im Herbst 1941 gewesen. Sie saßen zusammen am Kachelofen, als der Winter die Stadt zu verwandeln begann, schauten gemeinsam vom Steinbalkon der Adalbertstraße 76, wenn der Frühlingswind die Zugvögel heimbrachte, wenn die Parkbäume drüben am Waschteich grüne Wimpel bekamen, unten die Straßenbahn bimmelte, bevor sie vom Lehmdamm her in die Adalbertstraße einbog, und wenn sich das vielstimmige Geläut vom Dom, von der Kreuzkirche und von Maria auf dem Sande mit dem der Michaeliskirche vermischte.

Das Kind hielt die Puppe mit verkrampften Händen schmerzhaft an sich gepreßt, wenn es unten im Luftschutzkeller saß, wenn die Erde bebte, die Mauern wankten, feine Risse bekamen und doch noch einmal standhielten, während der brüllende Feuersturm durch die Stadt jagte, sie versengte und verdarb.

Das Haus war mit der Festung gefallen. Eine Ruine wie alle Häuser, in denen das Kind einmal gewohnt hatte. Bis auf das eine: bis auf Großvaters Haus in Eisersdorf. Das stand auch heute noch nach den wilden Stürmen der Besatzungszeit. Jetzt hatte es Hanja ganz in Besitz genommen, mit allem, was darin gewesen war und was doch ihnen gehörte.

Von allen seinen Puppen war ihm nur diese eine geblieben. Mit ihr im Arm hatte das Kind in die schwarze Mündung des Gewehrlaufs geblickt. Unter den Drohungen der Miliz hatte sie ihr gleichmütiges Gesicht behalten, es mit ihren furchtlosen, ein wenig abwesenden Augen angeschaut, ohne versteckte Angst, ohne verborgene Hoffnungslosigkeit und Trauer, ohne leere Versprechungen. Dieses kleine Puppengesicht blieb gleich, während des Trecks über vereiste Straßen, während des langen Transports im Viehwaggon, jetzt hier in der fremden Stadt, in der engen Dachkammer, immer blieb es ihm zugewandt.

Zuletzt holte das Kind sein Kaleidoskop aus der braunen Tasche, hob es ans Auge, drehte es gegen das Licht, verdeckte mit bunten Glasteilchen den großen grauen Himmel draußen vor dem Fenster und sah seine farbigen Bilder im raschen Wechsel ineinanderstürzen.

Sah seine bunte Welt in Scherben. Wußte, daß nichts festzuhalten, daß nichts wiederholbar war. Keine Rückwärtsdrehung brachte Vergangenes zurück. Doch immer wieder gelang die Verzauberung. Für Augenblicke hielt es die Bilder gebannt, las ihre Zeichen, ordnete sie seiner Welt zu, die es gekannt hatte und wußte doch gleichzeitig, daß es nur ein bunter Scherbenhaufen war, in den es blickte.

Ich sehe das Kind auf dem überfüllten Schulhof der Nordschule, bemüht, in dem Gewimmel seine Eisersdorfer Schulkameraden wiederzufinden. Ich sehe es in einem großen Klassenraum eingepfercht mit vielen anderen Kindern an die Wand gelehnt dastehen, während ein langer

Zeigestock von Brust zu Brust wandert, von unlösbaren Aufgaben begleitet. Ich sehe das Kind zusammenzucken, als der Zeigestock wie ein Gewehrlauf — wie jener Gewehrlauf — auf es zukommt, und höre, wie seine Stimme versagt. Seine Stimme, die durchaus fähig wäre, in zusammenhängenden Sätzen zu erklären, warum es so wenig weiß, warum es so viel von seiner bisherigen Schulzeit versäumte, daß aus der Breslauer Pestalozzischule ein Lazarett und aus der Eisersdorfer Dorfschule eine Reparaturstelle für Panzer geworden sei, und daß es nach dem Krieg deutschen Kindern verboten worden war, ihre eigene Schule zu betreten.

Aber der Zeigestock ist inzwischen weitergewandert, nur selten eine richtige Antwort erhaltend. Kinder aller Altersstufen, aus allen Gegenden Ostdeutschlands, dicht zusammengedrängt, damit der normale Schulbetrieb nicht zu sehr gestört wird. Diese ungeschickten Schüler, blaß vor Hunger und Kälte, arm an Schulwissen, aber reich an Erfindungsgabe, wie aus einem gefundenen Stück Blech ein Löffel zu biegen oder wie die nächste Mahlzeit zu besorgen sei.

Abwechslungsweise sitzen oder stehen sie. Die sitzenden mühen sich ab, in den steifgefrorenen Händen zwischen den Fäustlingen den Federhalter, den Bleistiftstummel, den Griffel, oder den Bleistift zu halten.

Sie schreiben in ausradierte Schulhefte, auf die Rückseiten von Formularen und Fragebogen, auf Abfallpapier einer Druckerei, auf Fehldrucke, auf Packpapier, auf Pappkarton und Tafelscherben und auf die Ränder von Zeitungen.

Später werden sie eine alte zugige Baracke mit zwei Räumen dazubekommen, die eher einem Schuppen als einer Schule ähnlich sieht. Doch sie werden nun wenigstens alle zur gleichen Zeit sitzen können. In Mäntel vermummt, dicke Mützen über die Ohren gezogen, werden sie die Mäuse durchs Klassenzimmer huschen sehen und gleichzeitig versuchen, das Versäumte nachzuholen.

Im ersten Jahr wird die Klasse des Kindes zwanzigmal die Lehrer wechseln. Lehrer, die mit der großen Flut hergeschwemmt und wieder fortgespült wurden. Es werden einige daruntersein, die nach kurzer Zeit von der Behörde als Betrüger entlarvt und entlassen werden.

Ich sehe das Kind aus der Schule kommen. Seine Mitschüler wohnen alle in anderen Richtungen, und so trottet es allein die langweilige Straße entlang. Plötzlich fliegt ein Stein dicht an seiner Schläfe vorbei. Erschrocken bleibt es stehen, schaut sich um, begreift nicht, daß er ihm gegolten haben soll. Bestürzt sieht es weitere Steine auf sich zukommen, wird schmerzhaft an der linken Schulter getroffen, begreift immer noch nicht, beginnt aber zu rennen, hört aus dem Hinterhalt den Ruf: »Flüchtling! Flüchtling!«

Atemlos erreicht es die Sielbrücke, hält an und sieht, daß seine Verfolger zurückgeblieben sind. Langsamer biegt es in die Sielstraße ein. Da stürzen aus einem der Häuser mehrere Kinder heraus, umringen es, halten es wie mit Klammern an Armen und Schultern, reißen ihm johlend die Mütze vom Kopf. Unter niederprasselnden Schlägen dröhnt es vielstimmig in seinen Ohren: »Flüchtling! Katholik! Flüchtling! Katholik!«

Gelähmt von der entsetzlichen Erkenntnis, daß das Gründe sein können, um geschlagen und verfolgt zu werden, versäumt es, sich zu wehren, hält nur das Gesicht hinter den Armen geschützt, wird von der Überzahl die Straße entlanggetrieben, und seine Hilferufe bleiben unbeachtet.

Eine lange Häuserzeile mit vielen geschlossenen Fenstern und Türen, und niemand sieht etwas und niemand hört etwas, denn niemand will sehen und niemand will hören.

Anderntags nimmt das Kind einen langen Umweg in Kauf und versucht, über die zweite Sielbrücke unbehelligt heimzukommen. Aber es glückt ihm auch hier nicht. Zunächst mag es der Mutter nichts erzählen, denn wie traurig würde sie werden, wenn sie den Grund der Schlägereien erführe. Doch da sind die schmutzige Mütze, der unersetzbare abgerissene Mantelknopf und die blauen Flecke am Körper des Kindes.

Trotz aller Furcht will es selbständig bleiben, den Weg allein und nicht wie ein Kleinkind an der Hand von Erwachsenen gehen. Beinahe täglich wird es geschlagen. Schließlich begleiten es ein paar kräftige Eisersdorfer Jungen, gehen mit ihm den weiten Weg, zeigen ihre Fäuste und verschaffen sich und dem Kind für eine Weile Respekt.

Später wird eine schlesische Lehrerin an die Schule der Übeltäter versetzt. Ihr gelingt es endlich, daß die Kinder ihre Wegelagerei aufgeben.

Nur eine Straße noch bleibt zu bestehen. Einmal in der Woche, jeweils am Samstag, trägt das Kind das Sonntagsblatt zu einer alten Frau, die leider im allerletzten Haus untergekommen ist.

Ich sehe das Kind an der Straßenkreuzung langsamer gehen, beobachte, wie es vor dem Geschäft an der Ecke zögernd stehenbleibt, wie es die in den Schaufensterscheiben sich spiegelnde berüchtigte Straße vorsichtig absucht. Doch an sonnigen Tagen, wenn sich viele Kinder draußen tummeln und die Erwachsenen in ihren Gärten arbeiten, ist alle Vorsicht zwecklos. Das Kind beginnt also, im Sturmschritt das Spießrutenlaufen hinter sich zu bringen. Während die Meute sich auf das fremde Kind stürzt, richten sich da und dort Väter von ihren Beeten auf, staken steifbeinig zum Zaun und beobachten lachend das grausame Spiel. Für diejenigen, die, sich ihre Tabakspfeife in Brand steckend, gemächlich aus den Fenstern lehnen, ist es ein billiges Wochenendvergnügen, das sie von ihrer hohen Warte aus sichtlich genießen.

Das Kind leidet unter der Verachtung und hämischen Freude der erwachsenen Zuschauer mehr als unter den Schlägen der Kinder. Und mehr als die Beulen am Kopf schmerzen es geschlossene Fenster und Türen und das Schweigen dahinter.

Wir saßen abends meistens zusammen in der Dachkammer und besprachen, Strom oder Stearinkerzen sparend, was uns bewegte. Die Dunkelheit erleichterte uns das Sprechen. Unbemerkt konnten wir uns hin und wieder über die Augen wischen.

Die Rachegelüste der Polen, die sie freilich an unschuldigen Menschen, an Frauen und unmündigen Kindern ausließen, die Siegerorgien der Russen waren irgendwie verständlich gewesen, denn an beiden Völkern hatten die Nazis im Namen des Deutschen Volkes schwerste Verbrechen begangen. Russen und Polen handelten zudem den Aufrufen entsprechend, die gegen Kriegsende unheilverkündend, aufputschend und enthemmend in pausenlosen Wiederholungen durch die Radiostationen des Ostens gesendet worden waren, Ilja Ehrenburgs Aufruf zum Foltern und Töten: »Es gibt nichts Lustigeres als tote Deutsche!«

Neun Monate lang hatten wir nun die Willkürherrschaft erduldet, waren zuhause und auf der Straße Freiwild gewesen. Entrechtet und wehrlos waren wir ihr mit unseren Körpern und mit unserem Besitz ausgeliefert worden. Doch wir hatten uns den Haß unserer Peiniger wenigstens erklären können.

Der Haß, der uns jetzt verfolgte, traf uns tiefer. Waren wir nicht alle Angehörige eines Volkes? Hatten unsere diktatorischen Vertreter nicht großmäulig aller Welt verkündet, welch eine einmalige Menschenrasse wir seien? Und nun? Hatten wir nicht alle den Krieg verloren und mußten wir nicht gemeinsam unsere Schuld zu zahlen versuchen — der eine mehr, der andere weniger? So fragte Mutter mit Erbitterung in der Stimme immer wieder.

»Die böse Saat des Dritten Reiches geht auf«, sagte Tante Lena. »Die strenge Kontrolle der Sieger, das Ausfüllen noch so vieler Formulare, noch so langwieriger Entnazifizierungsverfahren vermag eine verdorbene Gesinnung nicht so rasch zu verändern. Im Gegenteil! Als schlechtes Erbteil geht sie auf die Jungen über, unmerklich, aber so sicher wie nach einem Naturgesetz. Die eingeübte Verfolgung der Schwachen und Wehrlosen, der Minderheiten überhaupt, wie sollte sie plötzlich zu hemmen sein, auch wenn die Schwachen und Wehrlosen jetzt nicht mehr die verachteten Volksgruppen von gestern, vor allem Juden sind? Schwache und Wehrlose gibt es immer. Jetzt sind wir es. Und die Peiniger hören nicht auf, Peiniger zu sein, nur weil in der Stunde Null jemand in das wahnwitzige Treiben eingegriffen hat. Latent bleibt das Gift wirksam in den Peinigern jeder Nation. Nur fehlt den Peinigern anderer diese Erkenntnis wahrscheinlich noch mehr als den unsrigen, da sie für jede Untat jetzt ihren Schuldigen haben: nämlich uns. Irgendwie ähneln sie alle einander.

Und darüber die dünne Haut der Biederkeit gezogen. Die durchscheinende Lüge darunter. Sie wird sich ebenso in den Kindern rächen und einbürgern.

Das notgedrungene oder freiwillige Schweigen zum Unrecht so viele Jahre hindurch, wie sollte es jetzt zu brechen sein, wie sollte es jetzt Verfolgten die Türen öffnen können?

Die wahre Vergangenheit entpuppt sich nicht auf Fragebogen, sondern in Taten. Und Schweigen ist auch eine Tat.

Wir sind jetzt die Verfolgten. Aber durch diese Leiden erfahren wir eine Reinigung unserer Gesinnung und unserer Herzen.«

Die Pause, die nun entstand, war nicht sprachlos, und sie dauerte lange.

»Ich habe wieder zu viel und zu lange geredet«, schloß Tante Lena mit einem ihrer üblichen Zusätze, in denen sie ihre uns überlegene Klugheit und Weitsicht in das Normalmaß zurückzuholen versuchte.
»Armes Kind! Acht Jahre sind kein Alter für solche Gespräche. Aber wie du mich kennst, wirst du sie noch oft zu hören bekommen, und später wirst du auch verstehen, was ich mit dieser ›bösen Saat‹ gemeint habe.«

Der geplante Sonntagsausflug war der reine Leichtsinn unseren kostbaren Schuhsohlen und unseren durch den Hunger bereits sehr geschwächten Kräften gegenüber. Doch Mutter wirkte schon zwei Tage zuvor beinahe beschwingt durch die Aussicht auf eine Wanderung in Gottes freier Natur, wie sie es nannte. Auch Tante Lena brachte kein vernünftiges Gegenargument zuwege, versuchte es gar nicht; in ihrer Liebe zur Natur glichen die sonst recht ungleichen Schwestern einander.

Seit beinahe einem Jahr war dies der erste richtige Spaziergang außerhalb einer geschlossenen Ortschaft, denn seit der Besetzung unserer Heimat war das freie Herumlaufen ein großes Risiko gewesen. Mit Schaudern dachten wir noch an unseren heimlichen Gang nach Glatz zurück, den wir unternehmen mußten, um endlich zu erfahren, ob Tante Maria und Onkel Josef das Kriegsende lebend überstanden hatten. Damals waren wir an der Biele entlanggeschlichen, um uns vor den wie irrsinnig fahrenden Militärautos, vor Zwangsarbeit und Verschleppung zu flüchten. Dabei gerieten wir in den Kugelhagel der Russen, die am Bieleufer Schnaps tranken, zum Zeitvertreib nach Fischen schossen und dabei jedes andere sich bietende Ziel gern aufs Korn nahmen.

Hier fühlten wir uns nicht gefährdet. Außerdem waren die Sperrstunden bereits auf den späten Abend bis zum frühen Morgen beschränkt worden. Wir waren beinahe sicher, in größerem Abstand zu Hafen-, Fabrik- und Bahnanlagen kaum einem Besatzungssoldaten zu begegnen. Und wenn schon! Die ihre Pflichten leger ausübenden Amerikaner verhielten sich korrekt. Von Frauen verlangten sie selten einen Ausweis zu sehen, und Kindern warfen sie meistens mit breitem Grinsen einen Kaugummi zu.

Wir wanderten westwärts und hatten bald die Sielstraße vergessen und die ersten Bauernhöfe hinter uns gelassen. Auf schmalen, geklinkerten Pfaden gerieten wir weit ins Weideland hinein, von breiten Wassergräben begleitet, die sich uns hin und wieder quer entgegenstellten und zwangen, die Richtung zu ändern.

Der Schnee war unter den Regenstürmen der ersten Märztage geschmolzen, das Eis in den Gräben getaut. In den stillen Wasserspiegeln bewegten sich Wolkenberge. Man spürte den Vorfrühling. Schwarzweißes Ostfriesenvieh weidete ringsumher in ruhiger Gelassenheit. Das Land in Meeresnähe war feucht und grün. Trotz des kühlen, graubewölkten Himmels sangen die Vögel anders als vor ein paar Tagen.

Mutter sprach die ganze Zeit von unserem Eisersdorfer Garten, der jetzt zu bestellen gewesen wäre, und der eigentlich ihr ureigenstes Reich war, in dem sie unbeschränkt geplant und geschuftet hatte, um dann jede hervorsprießende Pflanze, diesen sich ankündigenden Segen, diese immer neuen Wunder, überschwenglich zu begrüßen und zu preisen. Wir beide waren mehr die Nutznießer gewesen, die, gleich den Vögeln des Himmels, weder säten noch ernteten.

Und sie träumte weiter von den Wäldern, die das Bieletal begleiteten, die den dunkelgrünen Saum für die an den Hängen emporsteigenden Äcker bildeten. Sie erzählte von den tiefen Wäldern des Altvater und von seinem märchenhaften Wurzelwald.

»Das kennst du alles noch nicht«, sagte sie bedauernd, »aber wenn wir zurück sind, werden wir alles nachholen.«

»Und die endlosen Wälder Oberschlesiens!« schwärmte Tante Lena weiter. »Unter ihnen lag das schwarze Gold, die Kohle, verborgen. Die Wälder selbst beschenkten uns das Jahr hindurch mit ihrem Reichtum an verschiedenen Hölzern, mit Zapfen, mit jungen Tannen- und Fichtensprossen und mit einem Übermaß an Beeren und Pilzen.«

Sie erzählte aus der Zeit nach dem Ersten Weltkrieg, als sie mit ihrer Hungertuberkulose bei Nacht und Nebel die Breslauer Universitätsklinik verlassen hatte, um sich in ein einsames Forsthaus tief in die oberschlesischen Wälder zu flüchten. Ihre Mutter, die sich bereits dorthin zurückgezogen hatte, war wenig erstaunt, ihre jüngste Tochter plötzlich auftauchen zu sehen. Sie vertrauten beide der Heilkraft der Wälder für Leib und Seele.

»Wer hat dich, du schöner Wald, aufgebaut so hoch da droben? Wohl, den Meister will ich loben, solang...«

An dieser Stelle unterbrach Mutter das spontan begonnene Eichendorfflied und schaute sich erschrocken um. Dann blickte sie uns wie geschlagen an. Es klang nach einem Urteilsspruch, als sie sagte: »Hier gibt es keinen Wald!«

Ungläubig starrten wir in die Weite, aber es war so. Fern am Horizont wölbte sich ein einziger bewaldeter Hügel, und den versuchten wir nun anzusteuern.

Unter diesem riesigen, grauen Himmel, verloren in der endlosen Weite, hatten wir das Gefühl, nur das sanfte, schützende Dach, nur die grünen Arme eines Waldes könnten ein Ort zum Wiederfinden sein.

Im Näherkommen entzifferten unsere Augen das vermeintliche Ziel aber als einen Bauernhof mit tief heruntergezogenem Dach, der von einer vom Sturm schiefgepeitschten Baumgruppe umstanden war.

»Unsere höchsten Berge sind die Maulwurfshügel«, hatte unsere Wirtin kürzlich in einem Anflug von Humor gesagt, aber wir hatten das nicht wörtlich genommen. Und daß eingedeichtes, gräbendurchzogenes, dem Meer abgetrotztes Marschland meist waldlos ist, kann man in jedem Schulbuch nachlesen.

Dennoch war die Wirklichkeit anders. Diese von keiner Begrenzung gehaltene Weite, diese absolute Ebene, um kein Gran von der Geraden abweichend, diese totale Waldlosigkeit, erschien uns als die maßloseste Übertreibung der Leere, die sich Mensch und Natur im Verein in unseren Breitengraden ausgedacht hatten.

Wir schwiegen und waren endgültig in die Fremde gefallen. Ja, wir fühlten uns so verlassen vor dieser gewaltigen Leere, daß wir in dieser Stunde glaubten, auch aus der Hand Gottes gefallen zu sein. Jeder Meter unseres Rückzugs kostete uns sinnlose Schritte. Schritte wohin?

In den Ort, dessen Mitte die hohen Eisenkräne zu sein schienen, die jetzt als einzige in den riesenhaften Horizont zwergenhaft hineingriffen und aus der Ferne gesehen eher einem bedeutungslosen Nichts als einem Zeichen ähnelten!

In den Ort, der Schleusen und Deichtore schloß, um es mit den Naturgewalten des Meeres aufzunehmen und der sich jetzt hartnäckig sträubte, in einer Menschenflut unterzugehen? Mutter weinte.

Tante Lena sagte nach langem Schweigen: »Ich erkenne nun den zweiten Grund ihrer Ablehnung. Es ist Notwehr von einer Stärke, wie sie sich nur in einem so hart umkämpften Land entwickeln kann. Seht ihr denn nicht, daß wir in all unserer Schwäche, allein durch unsere Masse, wie getürmtes Treibgut, das die letzten Pfeiler rammt und zum Einsturz bringen kann, zu einer echten Bedrohung werden? Der kommende Sommer wird uns hier nichts schenken, und nicht einen einzigen dürren Ast werden wir finden, so weit wir auch gehen mögen. Doch täglich kommen zu uns Tausenden Hunderte dazu, die die Not vergrößern und die Chance des Einzelnen verkleinern.

Wahrhaftig! Wir müssen den Leuten hier noch dankbar sein, daß sie uns vor der Endstation aussteigen ließen. Nur wenige Kilometer weiter, bei Ebbe ins Meer verfrachtet, der steigenden Flut überlassen, das wäre etwas gewesen, was sie unter Ablehnung verstehen könnten!«

»Aber Lena!« unterbrach Mutter vorwurfsvoll deren Gedankengänge.

Tante Lena sprach bereits weiter, jetzt jedoch ohne jede Spur von Ironie und Sarkasmus: »Wirklich! Dieses Umland läßt uns im Stich. Wir sind ganz auf die Versorgung von außen angewiesen. Das Meer gibt nicht genug her. Die Küsten sind noch zu stark vermint. Wenn die Nahrungsmittel einer einzigen Zuteilungsperiode nicht bis hierher durchkommen, wenn sie irgendwo im hungernden Lande verschwinden, dann werden wir hier nicht genug Bäume finden, um aus ihrer Rinde Mehl zu gewinnen.«

Nachts träumte das Kind von der Leere. Die Wände wichen zurück und lösten sich auf. Das war der Traum aus Eisersdorf, als die Sicherheit des großväterlichen Hauses fragwürdig wurde und zu schwinden begann, als wilde Horden die Häuser besetzten, über den hellhörigen, ängstlichen Schlaf der Menschen herfielen und sie aus ihren Betten rissen. Das war der Traum aus dem Viehwaggon, als es das Haus gesehen hatte, ausgehöhlt, aller Wände und Treppen beraubt. Jetzt schwanden sogar die Außenmauern, sie rissen sich von den Grundmauern los und verschwammen im Nichts.

Das Kind stürzte in diese Leere und erwachte im vermeintlichen Fall. Erschrocken setzte es sich auf. Kerzengerade saß es auf seinem Strohsack und tastete nach der Wand. Sie war eiskalt und weckte das Kind vollends auf. Seine Augen gewöhnten sich langsam an die Dunkelheit, und es unterschied die schwarzen Silhouetten der schiefgewachsenen Baumreihe von dem nachtdunklen Himmel und darunter das matt schimmernde Band des Kanals.

Dieser Ort, der kein Ort für uns war — dieses weitmaschige Auffangnetz, in das wir hineinfielen!

Vielen gelang der Zugriff nicht. Der letzten Anstrengung versagten die steifen Finger den Dienst. Was kann der Ort dafür?

Während der ersten vierzehn Tage starben über zwanzig Menschen aus unserem Transport an den Folgen der Vertreibung; Sie gingen an Entkräftung, an Kälte, am Hunger zugrunde. Wer sagt, daß es nicht Heimweh gewesen sein kann, das das Rütteln des Viehwaggons ihnen eingehämmert hatte? Tag und Nacht. Tag und Nacht.

Oder ein tiefer Schrecken, den das Ende der Reise verursacht haben mochte, das Stehenbleiben, das endgültige Aussteigen, das Ausgeliefertsein, das Bewußtwerden der Fremde? Zukunftsangst?

Heute kann es niemand mehr sagen, denn wir sind nicht mehr dieselben, die wir damals gewesen sind. Und »letzte Worte« wurden uns nicht überliefert. Wir trauerten nicht besonders, höchstens darüber, daß es in fremder Erde sein mußte.

Wir weinten vielmehr, als das erste Kind geboren wurde. Die junge Bäuerin entband widerstrebend ihren Sohn, stieß ihn schreiend in das Elend aus, den kleinen König Ohneland. Auch für sie war kein Platz in der Herberge, und es gab nicht einmal eine Windel oder eine Krippe für ihren Erstgeborenen. Sie wickelte ihn in Zeitungspapier und hielt ihn dicht an die Brüste gepreßt, die noch Wärme, aber keine Milch spendeten.

Ihr Mann kam, auf seine Krücken gestützt, überall als letzter an. Im Wohnungsamt, auf seine Frage, wohin sie denn das Neugeborene legen sollten, erhielt er zur Antwort: »Hängen Sie es doch einfach an die Lampe.«

Er war zu verletzt, um die Krücke zu erheben, um zu schreien. Dieses Kind sollte dennoch leben, schwor er sich, denn in ihm war ihnen mitten in ihrem Elend der Beweis von der Unbesiegbarkeit des Lebens geschenkt worden. In den letzten Kriegswochen hatte er sein Bein verloren, dafür aber sein Leben gerettet, in irgendeinem entlegenen Lazarett das Inferno überstanden. Zu schlechter Zeit war er heimgekehrt, aber rechtzeitig genug, um seine junge Frau vor den Russen zu verstecken.

Ja, den Neugeborenen galt unser Mitleid, nicht den Toten. Auch jetzt hörten wir die Redensart: Das Leben geht weiter! Das Erstaunliche ist, daß es wirklich so war, daß diese meist zum falschen Zeitpunkt ausgerufene Phrase der Wahrheit entsprach. Wir wunderten uns manchmal selbst darüber.

Dieser Ort. Kein Ort zum Wiederfinden. Aber wiedererkennen kann ich ihn. Auch bei Tageslicht betrachtet, ist er derselbe Ort geblieben. Obwohl ich ihm heute manches nicht mehr zutrauen würde. Das Netz ist dichter geworden. Neue Straßen haben seine Weitmaschigkeit aufgehoben. Die Lücken wurden durch Neubauten ausgefüllt. Drei Jahrzehnte sind vergangen, und schon hat er über seine ehemaligen weitgesteckten Grenzen hinausgegriffen, ist in das Weideland hinausgewachsen, ohne übermäßig an Platz sparen zu müssen, wie andere Städte es zu tun gezwungen sind. Es sind neue Wohngegenden entstanden, sauber geklinkerte Häuser, viele schön, viele zweckmäßig, viele beides zugleich. Unaufdringliche Wohlhabenheit in den meisten Straßen.

Hinter allen Scheiben die akkurat gefältelten schneeweißen Gardinen, wie damals, die unbewohnte Ordnung, die Biederkeit, die Anständigkeit, die aus allen Fenstern schaut. Die Schaufensterauslagen verraten gediegene Käufer, die sich nicht bluffen und zu übertriebenen Käufen hinreißen lassen. Hier fällt man auf keine Verkaufstricks herein, also legt der Kaufmann sein Sortiment zur Ansicht in die Auslage und nichts mehr. Es fehlt die große Konkurrenz und damit die Verführung durch marktschreierische Werbemittel. Es fehlt der hektische Kunde der Großstadt, der unbedenklich an sich rafft, es fehlt überhaupt der Hang zur Verschwendung. Hier hat der Mensch von der ihn umgebenden Beschränkung in der Natur gelernt.

Es fehlt jedoch auch der verlockende Charme südlich liegender Städte, der mit Frohsinn und Farbenfreude, mit hinreißenden Ausblicken und irritierendem Beiwerk auch den kühlen Rechner zu überreden versteht.

Sachlichkeit beherrscht hier Kaufleute und Käufer. Es beginnt beim Geschenkpapier und endet noch längst nicht bei den Ansichtskarten. Das sind ehrliche Fotografien, die mit keinerlei Zusatzlinsen operieren, auf keine raffinierten Perspektiven aus sind, vom Retuschieren nichts halten. Mir gefällt diese nüchterne Selbstbetrachtung, doch die Ansichtskarten gefallen mir nicht. Gemessen an den in Großaufnahme hinter unsere Stadt und unseren See gezauberten Alpengipfeln, sehen diese Karten ziemlich leer aus.

Ich bin versucht, den Ort aus anderen Blickwinkeln festzuhalten. Doch wahrscheinlich kenne ich die Käufer zu wenig, und sie würden meine Art, die Stadt zu sehen, ablehnen.

Der Park mit den beiden zugefrorenen Teichen, Bäume, Büsche und Wege im ungewohnten Schnee, ergäbe ein Bild von besonderem Reiz. Im halben Gegenlicht zeigte es sogar Verzauberung durch die schräg einfallenden Sonnenstrahlen, die den Rauhreif blitzend berühren. Doch dieses Bild wäre nicht typisch für diesen Ort, entspräche nicht seiner Sachlichkeit.

Das neue Rathaus mit seinen die Umgebung überragenden Stockwerken wäre, aus einer bestimmten Sehweise aufgenommen, aufschlußreich. Es bleibt überwiegend bei der landesüblichen Klinkerbauweise, hat sich keine architektonischen Extravaganzen geleistet, und doch müssen seine Architekten tiefschürfende Gedankengänge bewegt haben, als sie es, als einziges Bauwerk dieses Ortes, aus den rechtwinkelig angeordneten Häuserzeilen herausragen ließen. Weit über den Gehsteig hinaustretend, stellt es sich jedem registrierten Bürger, jedem Steuerzahler sowie der heranwachsenden Jugend und dem gedankenlosen Besucher der Stadt bürgernah und mahnend in den Weg. Für die Fußgänger wurde ein Durchgang eingeplant, so daß sie von der bedeutungsvollen Geraden des Gehwegs nicht abweichen müssen. Doch über ihnen türmt sich für einige Augenblicke der gewaltige Verwaltungsapparat, und symbolisch ruht die Last der Mitverantwortung auf ihnen allen.

Einige Bauwerke, die gewiß niemand auf einer Postkarte sehen möchte, bringen mich von meinem Vorhaben wieder ab. In einer Seitenstraße, unweit des Parks, steht das Gefängnis.

Wir Kinder standen manchmal davor und schauten zu den Gefangenen hinauf. Oft lehnten sie an den offenen Fenstern, winkten uns durch die Gitterstäbe zu und sahen keineswegs unglücklich oder zerknirscht aus. Vorübergehende Erwachsene versuchten uns wegzuscheuchen, sagten, dies sei kein Umgang für anständige Leute. Doch wir ließen uns nicht davon abbringen, wenigstens aus einer gewissen Entfernung heraus, Menschen zu betrachten und zu beneiden, denen eine geheizte Zelle, ausreichende und regelmäßige Nahrung sowie eine eigene Pritsche mit einer Wolldecke sicher waren. Es wurde sogar gemunkelt, daß jeder der Gefangenen alle vierzehn Tage ein Wannenbad nehmen dürfe. Von diesem Luxus träumten wir nur, und manche meinten sogar, daß Anstand sich eben nicht bezahlt mache.

Nicht weit von uns wohnte ein Mann mit seinen erwachsenen Söhnen, der diese Segnungen sich und den Seinen in gerechter Abwechslung verschaffte. Auf sorgfältig geplanten Organisationstouren wurde jeweils ein anderes Familienmitglied geschnappt und gelangte in den Genuß dieser staatlichen Sonderfürsorge. Wenn der Vater wieder einmal selbst an die Reihe kam, saß sein schwarzer Hund von früh bis abends mitten auf der Straße, hörte auf keinen Zuruf, wich vor keinem Stein aus, der nach ihm geschleudert wurde, fraß wenig oder garnicht, sprang nur vor einem der damals seltenen Autos kurz zur Seite und hockte dann, die personifizierte Wachsamkeit und ergebene Treue, wieder auf der Straße. Auge und Ohr nach Süden eingestellt, wohin sein Herr entschwunden war. Der Hund wurde zum Stadtgespräch und weckte das Interesse an den Hintergründen.

Ein vorsichtiger Hinweis, ein andeutungsweiser Vorschlag in dieser Richtung ernteten die rigorose Ablehnung der Mutter und Tante Lenas Kommentar: »Krieg verdirbt den Charakter!«

Trotzdem hatten wir dieselben Wünsche wie dieser Mann und seine Söhne: Wärme, Nahrung und ab und zu ein wohltuendes Bad. Die unendlichen Mühen, auf anständigen, geraden Wegen zum Ziel zu gelangen, wurden meist schlecht belohnt, aber wir blieben uns selbst gegenüber hart. Zwar haben wir unsere Heimat und alles, was wir besessen hatten, verloren, Ehre und Anstand wollen wir nicht auch noch verlieren! So lautete die allgemeine Devise, mit der sich die allermeisten von uns ehrlich abquälten und mit der man damals die Massen noch in Schach halten konnte.

Sich im März 1946 ein Wannenbad einzubilden, war allerdings eine abwegige Idee, besser gesagt, eine Anmaßung unverschämter Menschen, die so etwas bestimmt noch nie im Leben gehabt hatten. Denn kaum einer konnte sich vorstellen, daß wir, diese abgerissenen armen Leute, so etwas gar selbst besessen haben sollten.

Tante Lenas beharrlicher Wunsch wurzelte tief, und sie ließ sich nicht davon abbringen, so bescheiden sie sonst auch in allem, was ihre eigene Person betraf, sein mochte. Nachdem man sie mehrfach mit großen Augen verständnislos gemustert hatte, bekamen wir im Städtischen Krankenhaus schließlich die Erlaubnis, in einer mit lauwarmem Wasser halbgefüllten Wanne zu baden.

Es war mehr als ein Reinigungsbad. Es war eine rituelle Waschung, wie man sie in abgewandelter Form in beinahe allen Religionen findet: eine heilige Handlung, aus der wir gestärkt und neu geboren wieder auftauchten. Uns war, als wäre es uns gelungen, alle Demütigungen, Erniedrigungen und Beleidigungen der Vergangenheit mit abzuwaschen. Es warteten genügend neue auf uns.

Die heute gepflegten Parkanlagen lassen niemals vermuten, welch eine Stätte der Erniedrigung sich nach dem Krieg hier befunden hat. Vor den beiden Teichen breitete sich damals ein weitläufiger freier Platz aus, der gärtnerisch noch nicht gestaltet war und als Müllhalde diente. Er war für die ganze Stadt vollständig ausreichend, denn zu jener Zeit warf man buchstäblich nichts weg. Verpackungsmaterial gab es sowieso nicht, alle brennbaren Dinge wurden verheizt, jedes noch so angeschlagene oder übel zugerichtete Gefäß stellte eine Rarität dar. Speiseabfälle waren in Hungerzeiten ebenfalls undenkbar, und das Plastikzeitalter war noch nicht angebrochen.

Selbst verdorbene Lebensmittel, aus alten Heeres- und Lagerbeständen oder aus dem Treibgut torpedierter und gesunkener Schiffe geangelt, handelte man hoch und führte sie unbedenklich den ausgehungerten Mägen zu.

Sogar Bauschutt von Ruinengrundstücken verkaufte man teuer und brachte ihn nicht etwa zum Müllplatz.

In regelmäßigen Abständen luden also nur die Lastwagen der Amerikaner ihren Abfall hier ab. Bereits Stunden zuvor wurden sie von einer lauernden Menschenmenge erwartet: von Frauen, Kindern, Greisen, arbeitslosen Männern. Kaum hatten die Laster ihre stinkende Fracht abgekippt, da stürzte sich die Meute mit tierischer Wildheit und Gier darüber her und begann ihre widerlich rattenhafte Wühlarbeit.

Am begehrtesten waren Konservendosen. Bekanntlich gehen Amerikaner gern großspurig und verschwenderisch mit ihren Resten um. Diese Unart rettete zu der damaligen Zeit manchen Deutschen vor dem Verhungern. Die Büchsen selbst stellten den Grundstock für eigenes Geschirr dar.

Ferner gab es Verpackungsreste, zerbrochene Holzleisten, alte Kleidungsstücke, verschmutzte Uniformteile, zerrissene Nylonstrümpfe, durchlöcherte, ölverschmierte Lappen, alte ausgetretene Schuhe, Taschentücher mit Erbrochenem, verbogene Nägel, abgebrochene Haken, rostende Drähte, feuchte Zigarettenkippen, angefaulte Früchte, Sisalschnüre, Porzellan- und Glasscherben, in seltenen Fällen am Boden durchgerostete Töpfe, die man möglicherweise zulöten lassen konnte, leere Flaschen, zerbrochene Möbelteile, befleckte Matratzen mit herausstechenden Sprungfedern, abgefahrene Autoreifen und allerhand mehr, was mit Speise- und Ascheresten vermengt hier ankam.

Wer satt war, wer echte Not nie erlebt hatte, sah nur die Abscheulichkeit dieser, scheinbar ihr Menschentum verleugnenden Massen und wandte sich wie von ekligem Ungeziefer angewidert ab.

Jedenfalls begannen auch die Lastwagenfahrer, ihre Verachtung offen zu zeigen, indem sie nach der Ankunft kurz zurückstießen, um ihre Ladung über die herbeistürmende Menge zu kippen und hohnlachend davonzufahren.

Die vom Unrat überschütteten menschlichen Wesen boten einen grausigen Anblick. Schreiend und fluchend oder schockiert und weinend, äußerlich und innerlich beschmutzt und erniedrigt, wandten sich viele ab und schlichen davon.

Wir beobachteten die Szene einige Male vom Rande aus, dafür gehörten wir zu den Letzten, für die selten etwas übrigblieb. Sehr bald versagten wir uns bei aller Not diesen Platz für immer.

Natürlich half die Stadtverwaltung, halfen die verschiedenen Hilfsorganisationen, so gut sie konnten, aber jede Woche, manchmal täglich, kamen neue Vertriebene hier an und vergrößerten die Probleme.

Inzwischen war eine Volksküche eingerichtet worden. In Notbaracken konnten wir dort eine warme Suppe zu uns nehmen. Zwar bestand sie meistens aus in Wasser gekochtem Dörrgemüse, das sandig zwischen den Zähnen knirschte und den Erwachsenen scheußlich schmeckte, aber wir Kinder hatten uns bald an den eigentümlichen Geschmack gewöhnt und verlangten später in besseren Zeiten noch ab und zu danach.

Hin und wieder erhielten wir auch für den eigenen Haushalt Dörrgemüse. Eine Handvoll davon, trocken und ungekocht, langsam und bedächtig zerkaut, konnte über Stunden das Hungergefühl nahezu ausschalten.

Eine weitere gute Seite der Volksküche war, daß sie uns als Treffpunkt diente. Durch unsere Verteilung über das weite Stadtgebiet waren Nachbarn und Freunde, manchmal sogar Familien getrennt worden. Wir kannten die Adressen nicht, wußten nichts mehr voneinander. Es blieb dem Zufall überlassen, wer sich auf der Straße begegnete.

Wir erfuhren in der Volksküche, daß Herr Weber die Amputation seines zweiten Beines überstanden hatte und sogar einen Rollstuhl erhalten sollte. Auch Böhms trafen wir dort wieder, und da unsere Nachbarin immer noch sehr leidend war, besuchten wir sie in ihrer allzu engen Behausung. Sie waren zu fünft bei einem freundlichen Ehepaar untergekommen, das die Wohnungssuchenden nach einem der zahlreichen vergeblichen Gänge auf der Straße aufgelesen und zu sich in ihre kleine Wohnung mitgenommen hatte. Freiwillig boten die jungen Leute ihre Hilfe an, ohne behördlichen Zwang beschränkten sie sich, rückten aufs äußerste zusammen. Die seelische Belastbarkeit von Frau Böhm und Isolde hatte ihre Grenzen erreicht, und so empfanden sie diese Wohltat als wahren Rettungsanker.

Wir saßen eng beisammen auf dem Bettrand und auf dem Fußboden und vermieden es, von Eisersdorf zu sprechen. Doch dachte jeder insgeheim nur daran. Noch hatten wir Angst, Herrn Böhm voreinander zu erwähnen, obwohl unsere Herzen leise von ihm sprachen. Barbara hatte ja erst während des Trecks von der Ermordung des Vaters erfahren, der kranken Mutter die entsetzliche Mitteilung verschwiegen und nur ihre Geschwister und uns Nachbarn eingeweiht. Wahrscheinlich wußte Frau Böhm zur Zeit unseres ersten Besuchs noch nichts davon, sie war für solch eine Nachricht zu schwach und trug noch immer die Zeichen der Mißhandlungen in ihrem Gesicht.

Später, als sie sich stärker fühlte, begann sie selbst davon zu sprechen. Sie vertraute uns an, daß sie die Wahrheit geahnt, ja, mehr noch, daß sie sie eigentlich immer gewußt habe. Der Tod eines geliebten Menschen vollziehe sich nicht unbemerkt und ohne Zeichen. Jedoch habe sie mit ihren Vermutungen die Kinder verschonen wollen, vor allem die jüngsten, mehr noch Isolde, die die Todesschreie des Gequälten aus der neben ihrem Gefängnis liegenden Folterkammer der Miliz mit ihr gemeinsam eine Nacht lang vernehmen mußte. Am Morgen erst sei es still geworden, totenstill! Und auch die auf der Straße zur Übertönung laufenden schweren Motorräder seien abgestellt worden.

Aus dem lähmenden Gefühl, das Böhms zu ungewohnter Schweigsamkeit verurteilt hatte, wurden sie zu gemeinsamer Trauer erlöst. Der Schmerz blieb bestehen, aber er wurde erträglich durch das Bild des Toten, das in ihren Gesprächen Gestalt und Leben annahm.

Bilder, die Gestalt und Leben annahmen, erblickte das Kind vielfach selbst. Hier gab es zwar nicht die abgrenzenden Winkel und Nischen, die vertrauten Verstecke und einsamen Plätze wie früher im Eiersdorfer Haus und in seinem weitläufigen Garten, hier gab es nur den Strohsack hinter der Bettwand der Mutter und daneben den Platz am Fenster. Es gab auch die Dachschrägen für das Auf- und Abgleiten der Bilder, und draußen auf der Bühne, zwischen Balken und Kisten, gab es Inselräume, in denen Bilder lebendig werden konnten.

Herr Böhm am Fuße des Akazienberges, dem Traumschiff voller Kinder nachwinkend, an seinem Schreibtisch Gedichte schreibend und Geschichten ausdenkend, auf der Terrasse seine Pfeife rauchend, auf dem Schulweg Hefte tragend, am Klavier und an der Orgel der Dorfkirche musizierend, vom Pflaumenbaum herüberschauend, seine Hand zum Gruß erhoben.

Die Bilder reißen ab, und neue werden eingefangen: Mit Christian und Verena hoch oben auf dem Akazienberg, unter wippenden Zweigen mit Blättern bewimpelt — das Traumschiff auf großer Fahrt. Doch es ist nicht dasselbe wie damals, als sie durch die Welt fuhren. Durch eine ganz andere Welt.

Nein, das Kind möchte absteigen; das Reisen gefällt ihm nicht mehr. Zusammengeigelt in der Höhle beisammenhocken, den dicken Qualm der Friedenspfeife in den tränenden Augen. Auf Schatzsuche drüben im Schloßpark, die Seeroseninseln auf den beschatteten Teichen. Die Bannmeile der verzauberten Mauer berühren, übertreten vielleicht. Zur Salzsäule erstarren! Ewig dort wurzeln im Schloßpark zu Eisersdorf, wie bei einer Sonnenuhr den eigenen Schatten wandern sehen, von Herbstblättern und später vom Schnee überrieselt.

In den Wellen der Biele die Sonnenblitze teilen, bunte Kiesel sammeln und sie im Gartenbeet vergraben für die große Verwandlung.

Wer hat all unsere Schätze gefunden? dachte das Kind, und das Bildernetz zerriß.

Ob Hanja sie alle entdeckt haben mag? Ob sie sich jetzt schmückt mit den goldenen Ketten, den Armreifen und Ohrringen? Ob sie Großmutters Brautkrone trägt und frech behauptet: Sie ist mein?

Und die Trauringe der Eltern? Werden sie und Hanjas Mann es wirklich wagen? Und die Zauberstunde mit den böhmischen Gläsern? Werden die Rubine noch leuchten können, wenn sie einander daraus zutrinken, oder wird ihr Feuer dann erlöschen wie im Märchen vom verbotenen Schatz?

Der Wünschelrutengänger hat seine Kraft mißbraucht und den Ort verraten. Bei hellem Sonnenlicht werden sie es tun, so, wie er es ihnen angegeben hat. An der Südspitze des gedachten Platzes zwei Meter tief graben, an derselben Stelle wie damals, als Mutter in einer mondlosen Nacht den Schmuck dort verbarg.

Schneeflocken, vom Wind in schrägem Einfallswinkel gegen die Stadt getrieben, erneuern die weiße Decke, das ungewohnte Aussehen des Ortes und die Schönheit des Parks.

Ich widerstehe der abwegigen Idee, diese vergängliche Schicht beiseitezuschieben und die darunterliegende Grasnarbe anheben zu wollen. Hier steigt das Grundwasser bis dicht an die Oberfläche. Der glattgewalzte Schuttabladeplatz wird eine geeignete Unterlage gewesen sein.

Die Vergangenheit, dünnschichtig überwachsen, wie fast überall hier.

Die lange Bahnhofstraße, wegen des erneuten Schneefalls auch heute noch vorsichtig befahren, die breiten Gehsteige pflichtgemäß geräumt für Passanten, die beim Überholen und Begegnen nicht gern in Tuchfühlung miteinander geraten.

Den Leiter der Geschäftsstelle der Kreiszeitung trifft meine Bitte nach einem Blick ins Archiv nicht unvorbereitet. Ein Angestellter begleitet mich in die Kellerräume, in denen die Jahrgänge geordnet und staubfrei aufbewahrt werden. Im Vergleich zu den mehrbändigen, umfangreichen Wälzern der letzten drei Dekaden nehmen sich jene aus den Nachkriegsjahren schmal und bescheiden aus. Ohne viel Mühe können wir sie hinaufbringen und auf einem Tisch der Geschäftsstelle stapeln.

Die Zeitung durfte damals nicht erscheinen, wird mir erklärt, denn es gab im besetzten Nachkriegsdeutschland ebenfalls keine Pressefreiheit. Wir hatten sie erst zu erlernen. Jede noch so schmale Druckschrift unterlag der Genehmigung und Aufsicht der Militärregierung.

Vor mir also liegen die zensierten Amtsblätter des Kreises, auf deren schmalen, unbebilderten Inhalt wir damals wöchentlich begierig warteten. Während des vergangenen Jahres waren alle Deutschen in den von Russen und Polen besetzten Gebieten einer totalen Nachrichtensperre unterworfen gewesen. Selbst wenn jemand sein Rundfunkgerät vor der Beschlagnahme hätte retten können, wäre ihm daraus keine Information zugegangen. Auch keine gedruckte Mitteilung in deutscher Sprache wurde zugelassen.

Seit Kriegsende wußten wir nichts von dem, was draußen geschehen war, und im Grunde wußten wir nicht einmal, was sich im eigenen Dorf alles ereignet hatte. Wie in frühgeschichtlicher Zeit waren die Nachrichten nur von Mund zu Mund weitergegeben worden, und ehe wir sie erhalten hatten, waren sie verfälscht, verkürzt, ungenau, veraltet und überholt gewesen.

Eifrig stürzten wir uns also auf diese Blätter. Trotz ihres damaligen hohen Stellenwertes werden heute außerhalb der Archive kaum Sammeljahrgänge zu finden sein, denn die gelesenen Zeitungen dienten vielerlei Zwecken: als Pack- und Klopapier, als Brennmaterial zur Herstellung der Papierbriketts, als wärmende Einlage für Schuhe und Stiefel, als Windeln für Kleinkinder, als Schreibpapier für Schüler und schließlich als begehrte Tauschware.

Sämtliche Papierarten waren Mangelware, und ich lese in der ersten Februarnummer des Jahres 1946:

»... Laut amtlicher Vorschrift ist die Anfertigung von Drucksachen für den Privatgebrauch verboten.«

Noch am 10. Mai 1947 ist die Papierknappheit so groß, daß folgende Mitteilung erscheint:

». . . Als einziger Ausweg besteht nur die Möglichkeit, Altpapier gegen Neupapier umzutauschen, um hiervon Formulare herzustellen. Die Standesämter haben bereits sämtliche nicht mehr benötigten Akten eingestampft und der Altpapierverwertung zugestellt. Es ist daher erforderlich, daß sämtliche Personen, die die Ausstellung von Urkunden beantragen, Altpapier mit zu den Standesämtern bringen.«

In den ersten Nummern des Jahres 1946 finde ich lange Listen mit den vollständigen Namen und Anschriften der ehemaligen Angehörigen der NSDAP, die sich im Kreisamt einem Vorstellungs- und eventuellen Gerichtsverfahren stellen müssen und nun öffentlich dazu aufgerufen werden.

Und ich finde noch andere Mitteilungen, die sich mit der Versorgung der hungernden Massen beschäftigen. Wie, ist meine brennende Frage, wie konnten wir überleben?

2. 2. 46

Zuteilungsperiode vom 4. Februar bis 3. März . . . für Kinder bis zu 18 Monaten 50 g Brot oder 375 g Mehl, und, soweit vorhanden, 375 g Kindergetreidenährmittel. Kinder von 3 bis 6 Jahren erhalten außerdem 500 g Brot. Die Rationierung von Elektrizität und Gas wird erneuert. Bei einmaliger Überschreitung müssen 100 Reichsmark, bei öfterem Mehrverbrauch 500 RM Strafe bezahlt werden.

23. 2.
Die Speisekartoffelration für Selbstversorger wird herabgesetzt.

2. 3.
Lebensmittelkarten und Rationssätze für die 86. Zuteilungsperiode vom 4. 3. — 31. 3.
(gilt ab dem 18. Lebensjahr)

Brot: 10000 g,	Zucker: 375 g,
Fleisch: 450 g,	Marmelade: 450 g,
Butter: 200 g,	Quark: 125 g,
Margarine: 200 g,	Kaffee-Ersatz: 250 g,
Entrahmte Milch: 3,5 l,	

1000 g weitere Nahrungsmittel.

7. 2.
Jede Abgabe von Speisekartoffeln wird verboten, weil Pflanzkartoffeln fehlen. Die Einzelhändler haben alle Vorräte an die Kartoffelgroßverteiler abzugeben.
Flüchtlinge und Vertriebene, die nach dem 3. 3. angekommen und im Besitz von Lebensmittelkarten sind, erhalten ein Normalpaket Seifenpulver.

23. 3.
Ausgabeabschnitt 1d der Eierkarte 1946/47 berechtigt zum Bezug von 1 Ei.
Es wird nochmals auf das Trageverbot von Wehrmachtsuniformen hingewiesen. Farbstoffvertriebe müssen ihre Lagerbestände restlos räumen, um die Umfärbeaktion durchführen zu können.

Das Deutsche Rote Kreuz gibt bekannt, daß Post nach Rußland nur auf Antwortkarten möglich ist.
Das Flüchtlingshilfswerk richtet eine Nachforschungs- und Beratungsstelle ein.
Alle Boote und Schuhmachermaschinen müssen gemeldet werden.
Luftschutzbetten sind abzuliefern.
Zur Überwindung der Ernährungskrise werden aus Entlassenen der Wehrmacht 400 000 Landarbeiter eingezogen, die Weideland umpflügen sollen.
Es fehlt Saatgut!
Haltungsverbot für Schweine über 90 kg.
Es fehlen Streichhölzer, da die Fabriken, welche sie herstellten, im Osten, vor allem in Schlesien liegen.
Außerdem fehlen Chemikalien zur Herstellung von Streichhölzern.

6. 4.
1 Ei, Fisch, Käse, Honig.
Die Auswirkung der Lebensmittelverkürzung verringert die Arbeitsleistung der Werktätigen.

13. 4.
Anmeldung sämtlicher Warenbestände.
Sperrzeit für Tauben zum Schutz von Feldern und Gärten. (Bei Nichtbeachtung 130 RM Strafe)
Brutverbot: Alle gewerblichen Brütereien müssen ihre Tätigkeit einstellen und Küken als Tagesküken abgeben.

20. 4.
2 Eier vor Ostern.
Angespannte Ernährungslage, da 25 % der deutschen landwirtschaftlichen Ernährungsquellen im Osten liegen.
Korn kommt aus Groß-Britannien, Kanada und den USA.
Ausfuhrländer wie Argentinien verbrennen Weizen und Mais, da die Kohle für die Transportmittel fehlt.
Fisch aus Norwegen.
Düngemittel fehlen.
Diebstahl von Früchten und Saatgut kommt vor das Militärgericht. (150 RM Strafe)

25. 4.
Wer sich weigert, eine zugewiesene Arbeit zum Wohl der Allgemeinheit zu verrichten, wird inhaftiert und bestraft.

Aufruf!
Verdrängte, Vertriebene und Ausgebombte ziehen über die Straßen in eine unbekannte Zukunft ...
Entlassene Soldaten haben nichts mehr als ihre zerschlissene Uniform.
Die Not geht durch Deutschland.
Alle diese Opfer des Krieges haben ein Recht auf unsere Hilfe. Darum ruft die Arbeiterwohlfahrt zur Sammlung auf.
Es fehlen: Löffel, Teller, Kochtöpfe, Kleinmöbel!
Laßt die Sammler nicht vergeblich kommen.
Diese Sammlung muß im Zeichen der Solidarität stehen.

Kinder bis zu 6 Jahren erhalten 4 Vitamin-C-Tabletten zur Vermeidung von Skorbut.

8. 5.
10 Zigaretten oder Tabak.

11. 5.
Je 1 Schachtel Streichhölzer.
Pferdeabgabe,
Milchablieferung.
Mit Genehmigung der Militärregierung sind von nun an Privatanzeigen im Amtlichen Anzeiger gestattet.

25. 5.
Registrierung der Wahlberechtigten.
Ausgeschlossen sind ehemalige Mitglieder der NSDAP.

1. 6.
Laut Anordnung haben alle Personen, welche Eigentum aus den von deutschen Streitkräften besetzten Gebieten besitzen, dieses umgehend abzugeben.
Bei Nichtbeachtung mindestens 6 Monate Gefängnis oder 5 000 RM Strafe.
Die Vernichtung deutscher Giftgase wird mindestens 3—4 Monate in Anspruch nehmen. Bei Alarm (ehemaliger Fliegeralarm) hat sich die Bevölkerung zu sammeln und in Richtung Süden zu ziehen.
Strom- und Gasverbrauch verboten für Raumheizung, Schaufensterbeleuchtung, Reklame, Heißwasserspeicher.
Strafe: einhundertfache Gebühr für jede zuviel verbrauchte Einheit.
Abschaltung für 30 Tage,
Gefängnisstrafe.

15. 6.
Altmaterialsammlung:
Töpfe und Pfannen für Flüchtlinge.

In den Privatanzeigen erscheinen überwiegend Suchmeldungen. Aus den vielen Todesanzeigen geht hervor, daß nicht nur alte Menschen, sondern auffallend junge unter den Toten sind.

22. 6.
Wegen Papiermangels erscheint der Amtliche Anzeiger in beschränkter Auflage nur noch für öffentliche Aushängekästen.
Privatanzeige: Blindenarmbinde verloren!

29. 6.
Betrifft Winterfeuerung:
In der gesamten Britischen Besatzungszone keine Zuteilung von Kohlen zu erwarten.
Kinder ohne Begleitung dürfen nicht in Grundstücken oder auf Plätzen wohnen. Sie sollen in Sicherheit gebracht werden.
Zwei Privatanzeigen:
1 einjähriger gesunder Knabe als Eigenkind abzugeben.
1 eineinhalbjähriges Mädchen, gesund, blond, als Eigenkind abzugeben.
Tauschangebote:
Korbwaren gegen Fahrradbereifung,
Staubsauger gegen Kinderwagen,
guterhaltene Lederschuhe gegen Kinderstiefel,
Brennhexe gegen Tuchhose,

Damenschuhe gegen Kittel,
Geige gegen irgend etwas Brauchbares.

6. 7.
Unterbringung von Flüchtlingen.
Aus gegebener Veranlassung wird die Bevölkerung darauf hingewiesen, daß Flüchtlinge bzw. Ausgewiesene von den in Frage kommenden Quartiergebern aufgenommen werden m ü s s e n. Eine Weigerung wird als Verstoß gegen eine Anordnung der Militärregierung angesehen. . . .
Wo sachlich begründete Beschwerden notwendig sind, müssen diese zunächst der Wohngemeinschaft vorgetragen werden, die das Kreiswohnungsamt zuziehen kann. Bevor eine Entscheidung über Umquartierung der zugewiesenen Flüchtlinge von keiner dieser Stellen getroffen worden ist, müssen die Flüchtlinge weiterhin wohnen bleiben.
Schwarzhandel und Hamsterei mit bewirtschafteten Lebensmitteln (auch Obst und Gemüse) sind verboten und werden streng bestraft.

Anzeige:
Fabrik zur Regeneration von Glühbirnen.
1—2 möblierte Zimmer mit Kochgelegenheit von junger Frau (Kein Flüchtling!) mit 5jährigem Sohn zu mieten gesucht.

3. 8.
1 Ei für Inhaber von Eierkarten.

17. 8.
Herstellungsbeschränkung!
Verwendungsverbot für Rohstoffe (Es dürfen keine Schalen, Wandsprüche, Kacheln, Textilfiguren usw. hergestellt werden.)

14. 9.
30 g Tee,
125 g Kaffee-Ersatz.

21. 9.
Privatanzeigen:
Radioröhren wieder wie neu!
Völlig eisenloses Türschloß!

16. 11.
Die Stadtverwaltung der Nachbarstadt B. benötigt 200 Kochherde und 400 Öfen mit Rohren, um die Not zu lindern.
Aufruf des Bürgermeisters der Stadt B.
B. gehört zu den Städten, die von den Kriegsereignissen verschont geblieben sind. Wenn wir heute zusammenrücken und vielleicht manche liebgewordene Gewohnheit aufgeben müssen, so mögen wir immer an die Kreise denken, die alles verloren haben und nicht die Möglichkeit besitzen, das verlorene Gut sich wieder anzuschaffen.
Die Bedürftigen sind auch Deutsche, die ein Anrecht darauf haben, daß sie von uns betreut werden. Wenn die Not unseres Vaterlandes von uns allen gemeinsam ge-

tragen wird, so wird es leichter sein, als wenn die Not nur von einem Teil getragen werden muß.
Ich hoffe, daß dieser Aufruf großen Widerhall finden wird. Es ist nicht angenehm, wenn die Stadt B. dazu übergehen müßte, eine Beschlagnahme durchzuführen. Eine Beschlagnahme ist ein Zwangsmittel und zeugt von dem Ungeist, von dem sich unsere Zeit freimachen muß.

23. 11.
Raucherkarten
10 Zigaretten zu je 16 oder 20 Pf.

14. 12.
Neue Kundenlisten für Schuhinstandsetzungen.

Die Amtlichen Nachrichten des Jahres 1946 mit privaten Anzeigen und öffentlichen Aufrufen gemischt — ein schmales Bündel Papier in den Händen, ein Nichts im Erinnerungsvermögen unserer, von Nachrichten überschwemmten, einer in Papierfülle versinkenden Welt.
Die Verwunderung der hinter dem Tresen arbeitenden Angestellten darüber, wie jemand Stunde um Stunde in überholten Zeitungen wie in einem spannenden Buch zu lesen vermag, wo doch die Tagesnachrichten kaum zu bewältigen sind, bevor sie von Aktuellerem überholt werden.
Am dritten Tage gegenseitigen Schweigens erhebt sich einer und kommt zu mir an den Tisch herüber. Hier, meint er höflich, sei etwas wirklich Lohnendes, etwas Historisches, Vorgeschichtliches. Ja, die Gegend, so jung

die Stadt selbst auch sei, berge viel Wissenswertes und Interessantes. Und er schiebt einen Artikel über die veralteten (noch nicht aktuellen) Nachrichten aus dem Jahre 46, der die Überschrift »Lebendige Geschichte« trägt.

Unter dünner Haut verborgen liege im nördlichen Stadtgebiet eine Chaukensiedlung.

»Die Chauken waren ein bedeutender germanischer Stamm und sind von den römischen Chronisten um die Zeitenwende und in den folgenden Jahrhunderten mehrfach genannt worden. Sie scheinen es gewesen zu sein, die etwa zweihundert Jahre vor Christi Geburt mit der Besiedlung der Marsch begannen.«

Ihre festen Häuser zeigten die Vorform des Niedersachsen- und Friesenhauses. Da die Marsch durch tektonische Bewegungen in Küstennähe zur damaligen Zeit höher lag, also sturmflutsicher war, standen die Häuser der Chauken noch nicht auf Wurten. Erst 100—200 Jahre nach Christi Geburt baute man Wurten. So tief war das Marschland inzwischen abgesunken.

1937, als die junge Stadt dabei war, sich stürmisch ihre Planquadrate zu erobern, stieß man beim Baggern und Bauen auf diese Zeichen der Vergangenheit, erkundete und registrierte, zeichnete und fotographierte sie. Doch dann, mit der Unbekümmertheit der Jugend, die ihre alten Lehrmeister nicht zu brauchen scheint, wurde das Grabungsfeld mit leichtgebauten großen Stadthäusern zugedeckt, wie es dem Plan entsprach.

Dicht unter der Oberfläche eine Mischung der Zeitalter, so daß ein künftiges es schwer haben mag mit Unterscheidung und Zuordnung. Welche Zeugen vermögen länger zu bestehen im steigenden Grundwasser? Die Siedlungsreste der Chauken oder die Schuttreste der Jahre 45/46?

Es wird von den Eroberern abhängen, die sich vielleicht einmal des Ortes bemächtigen werden, diesen risikoreichen Nachbarn, von denen die Stadt umflutet ist oder mit denen sie sich umgab, um von ihnen zu leben, sich mit ihnen zu messen.

»Hier gut bürgerlicher Mittagstisch!« Dieses Hinweisschild des selbstkochenden Chefs in hoher weißer Mütze verfehlt seine Wirkung nicht nach stundenlangen Rationierungsberichten des Jahres 1946.

Ich schüttle den Schnee von Mantel und Haaren, stampfe ihn von meinen Stiefeln. Den Gepflogenheiten der Gegend folgend, setze ich mich allein an einen der freien Tische, bestelle ein Fischgericht, nach Landesart zubereitet. Der Wirt selbst, mich als offensichtlichen Fremdling in dieser Stadt beäugend, stellt zuvor einen Teller dampfender Suppe vor mich hin, den ich nicht bestellt habe.

Suppe gehöre hier zu jedem Essen und sei im Preis inbegriffen, erklärt er auf meine Frage hin. Wegen des Klimas sei solch eine heiße Suppe wirklich das beste, was man sich antun könne, außer einem Klaren natürlich. Die holde Weiblichkeit brächte sich allerdings häufig selbst um die besten Genüsse, da sie immer an die schlanke Linie denke.

Um den Wirt nicht zu enttäuschen, auch in Anerkennung seiner langen Rede, beginne ich die Suppe zu löffeln, bestätige ihm, daß sie köstlich schmecke, und mit einem »Na also!« schwenkt er zufrieden ab.

— Dieser Ort, der mir auf einmal mehr gibt als ich verlangt habe! Unsere hartnäckig bohrenden Versuche, wie dem Nichts etwas abzutrotzen sei, unsere vielfachen Bemühungen zu überleben. —

Ich sehe Mutter und Kind in dem hohen Raum eines Jugendstilhauses mit langen schmalen Fenstern. Durch die farbigen Scheiben fällt bunt bemaltes Licht auf den glänzenden Parkettboden. Auf dem Tisch ein Stoffballen. Einige Meter liegen aufgerollt und fließen, probeweise in Falten gelegt, über die Tischkante. Bunte tanzende Lichtkringel darüber. Die Mutter und eine fremde Frau messen, stecken ab und schneiden zu. Das Kind hilft nach dem Schulunterricht mit, entdeckt mit scharfen Augen gerissene Fäden im Gewebe, faßt sie mit seinen kleinen geschickten Fingern und zieht sie heraus.

Um ein warmes Mittagessen für sich und das Kind näht Mutter Gardinen und verziert deren Kanten mit breiten schweren Hohlsaummustern. Viele Meter, den Kopf tief über die feine Nadelarbeit gebeugt, hat sie bereits hinter sich gebracht. Beinahe ebensoviele Meter liegen noch vor ihr. Das Mittagessen ist also noch für mehrere Tage gesichert.

Die fremde Frau ist gesprächig. Viele kleine Nadelstiche fügt sie bei, wenn sie aus der Küche herüberkommt und penetranten Trangeruch mitbringt. Sie fragt, Mutter antwortet und schluckt den Spott, als bemerke sie ihn nicht. Wer Hunger hat, darf nicht wählerisch sein. Auch das Kind beantwortet höflich alle Fragen, die Sticheleien nicht beachtend. Es sitzt auf der Fußbank gegen Mutters Knie gelehnt und zieht Fäden.

Das Zimmer ist gut geheizt, und das Essen wird bald fertig sein. Das ist die Hauptsache. Das Kind hat von klein auf gelernt, alles zu essen, was auf den Tisch kommt. Jetzt bemüht es sich, seine Gier nicht zu zeigen, sich den Teller nicht zu voll zu laden. Es fühlt sich beobachtet. Der Löffel steht fast in dem dicken Bohneneintopf, in welchem viele weiße Fettstücke herumschwimmen.

Mutter und Kind sind satt, als sie sich erheben und zu ihrer Arbeit zurückkehren, bis die Dämmerung hereinbricht. Dann wird es sowieso Zeit zu gehen. Bald, so meint die Frau überflüssigerweise, werde ihr Mann von der Arbeit heimkehren, und der möge es nicht gern sehen, wenn fremde Leute in seinem Hause wären.

Auf dem Heimweg dann, auf der langen Friedrich-Ebert-Straße, kommt ihnen aus jedem Hause, in welchem Leute mit Beziehungen zur Fischfabrik wohnen, derselbe Trangeruch entgegen. Er durchdringt zu bestimmten Stunden alle Straßen der Stadt, nistet sich in Haaren und Kleidern ein. Er erzeugt Übelkeit auf leeren oder das Essen nicht mehr gewöhnten Magen.

Kurz vor der Sielbrücke, wo die offenen Viehweiden rechts und links die Straße säumen, bleiben beide gegen einen Baum gelehnt stehen und übergeben sich. Es ist jammerschade um das mühsam verdiente Essen, aber ihre Mägen sind der fetten Mahlzeit nicht mehr gewachsen.

Tante Lena wanderte dieses Mal auf eigene Faust westwärts. Die Bauernhöfe in der Umgebung der Stadt waren nur noch schwer zu erobern, weil sie von bissigen Kettenhunden bewacht wurden. Durch ihre Laufkette, über einen Hochdraht geleitet, hielten sie die volle Hofbreite unter Kontrolle, ließen niemanden, der ihnen fremd war, hinein oder hinaus.

Unbesorgt ließ man deshalb die Türen offenstehen, so unsicher die Zeiten ringsum auch sein mochten. Die Bäuerin erschrak nicht wenig, als sie plötzlich eine dunkelhaarige Frau unter dem Türrahmen ihrer Küche stehen sah. Selbst deren Gruß mit der Entschuldigung, daß auf ihr Rufen und Klopfen hin niemand geantwortet habe und sie deshalb eingetreten sei, konnte ihr das leise Unbehagen vor dem Eindringling nicht sogleich nehmen.

»Wie sind Sie denn hereingekommen?« faßte sie sich schließlich.

»Über den Hof, durch das große Tor, über die Tenne und schließlich hier durch die Küchentür«, antwortete Tante Lena ruhig.

»Und der Hund?« fragte die Bäuerin höchst erstaunt, »unser Hund? Hat der Sie einfach so hereingelassen? Weder gebellt noch gebissen?«

»Ihr Hund hat mir freilich nichts getan. So ein Tier hat doch seinen gesunden Instinkt, nicht wahr? Und seine Erziehung! Er wird wohl anständige Leute von Einbrechern und Dieben unterscheiden können? Und wie Sie sehen — er kann es!«

Mit dieser entwaffnenden Antwort eroberte sich Tante Lena die Freigebigkeit der Bäuerin. Nach Tauschwaren wurde sie erst gar nicht befragt, denn der leere Beutel, der schlaff an ihrem Arm hing, verriet, daß hier sowieso nichts zu erwarten war. Die Bäuerin füllte ihn beinahe bis zur Hälfte mit Kartoffeln, legte sogar eine Speckschwarte obenauf, an der sich noch eine zentimeterdicke Speckschicht befand.

»Erzählen Sie niemandem, daß Sie das hier von mir haben«, sagte die Bäuerin, begleitete sie über die Tenne hinaus und beobachtete kopfschüttelnd, wie Tante Lena gelassen über den Hof spazierte, während der Kettenhund nicht einmal ein warnendes Knurren vernehmen ließ, sondern ein Stück weit mit wedelndem Schwanz an der lockeren Kette hinter ihr hertrottete.

Mutter und Kind gingen inzwischen auf dem Deich entlang südwärts. Es war Frühling geworden, und der Wind wehte über die glänzenden Gräser. Schafe weideten an der Deichsohle. Die Rinderherden der Marschbauern waren auf dem endlosen Weideland wie schwarzweiße, langsam sich ändernde Muster verteilt und nur durch die breiten Wassergräben voneinander getrennt. Ein duftiger Schimmer lag über der Ebene, und Mutter warf einen versöhnlichen Blick auf diesen weit ausgebreiteten, blaßlila Teppich aus Wiesenschaumkraut.

Dieses herbe Marschland, das auf alles verzichten muß, was andere Landschaften belebt, verschwenderisch und abwechslungsreich gestaltet, dem weder Hügel noch Wälder, weder Hänge noch Schluchten, weder blaue Teichaugen noch muntere Wiesenwässerchen, weder blühende Bäume noch üppig grünes Buschwerk zur Verfügung stehen, um die Augen entzückt auf sich zu lenken, trägt einmal im Jahr seinen schönsten Schmuck, der in merkwürdigem Kontrast zu seiner Wesensart zu stehen scheint. Beinahe erinnert es an eine Frau, die sich ihrer Derbheit und Vierschrötigkeit bewußt, ein Festkleid in zartesten Pastelltönen auswählt, um diesen Eindruck zu mildern, ihn jedoch dadurch um so krasser unterstreicht.

Diese Beobachtung teilte die Mutter ihrem Kind mit. Doch erfreuten sie sich gemeinsam an den wechselnden Bildern der ziehenden Wolken, diesen wandernden Schattenflecken auf dem besonnten lila Teppich, dem Gesang der Vögel, den hoch in der Luft schwirrenden Lerchen und dem Bienengesumm über dem Wiesenschaumkraut.

Mutters Herz war so leicht zu erfreuen! Ein paar Gänseblümchen, am Sielufer gepflückt, ließen ihre Augen schon vor Freude leuchten, wie glänzten sie jetzt erst vor dieser Überraschung, dieser Überfülle an Blüten!

Drei Kilometer auf dem Deich entlang sind ein kurzer Weg, wenn es so viel Schönes zu sehen gibt. Der ewige Wind hatte jetzt wenigstens seine Schärfe verloren, und die Sonne wärmte den ganzen Körper. An der Anlegestelle warteten sie gern auf die nächste Fähre.

Sie saßen zusammen auf der Bank und schauten über den breiten Strom, dessen ruhig ziehende Wellen in der Sonne blitzten. Die roten Leuchtbojen zeigten nach Süden — auflaufende Flut. Ein Ozeandampfer schwamm gemächlich stromaufwärts, und er war dabei noch schneller als die dunklen Torfkähne mit ihren schwarzen Segeln, die ihre Ladung gelöscht hatten und sich nun von der Flut in die Moorkanäle zurückbringen ließen. Nordwärts die Stadt mit ihren gewaltigen Kränen am Pier, sich im Strom widerspiegelnd. Noch weiter entfernt, am jenseitigen Ufer Bremerhaven, das in Schutt und Asche lag. Doch die Entfernung war so groß, daß die Augen dem bedrückenden Anblick der Ruinen nicht ausgesetzt wurden.

Breit ist der Strom hier, schätzungsweise zweitausend Meter, von einem Ufer zum anderen gemessen, und er wirkt wie ein Stück des unendlichen Meeres selbst, in das er einmündet. Das Meer kommt ihm mit seiner Fülle entgegen, mischt seine salzige Flut mit den von fernen Quellen, Bächen und Flüssen gespeisten Wassern, bringt dem Strom Ebbe und Flut mit, läßt ihn weit oberhalb bereits teilnehmen an seiner Macht und am ewigen Wandel der offenen See, die mit den Weltmeeren in immerwährender Verbindung steht. Spielt mit ihm in den Gezeiten, steigend und fallend, holt und bringt fort, trägt auf seinen Wellenrücken, was sich gerade darauf befindet. Der Strom, die See, sie kämpfen miteinander. Wenn Sturm dazukommt, türmen sie sich gegeneinander auf im Mündungsgebiet, steigen zuweilen über den Uferrand, lecken an der Deichsohle entlang, immer bereit, sich maßlos auszudehnen, durch ein ungesichertes Deichstück, ein offengelassenes Tor zu strömen und sich wiederzuholen, was so lange Zeit ihr gemeinsamer Tummelplatz gewesen ist.

»Bei Sonne sieht alles viel freundlicher aus«, meinte Mutter, »aber in Wirklichkeit ist die Gegend doch recht unheimlich, meinst du nicht auch?«

Für eine Antwort hatte das Kind jetzt keine Zeit, denn eben legte die kleine Fähre an, und es lief bereits über die sich senkende Brücke.

Die Fahrt war kurz, aber schön und aufregend, da sie ganz knapp einen Torfkahn kreuzten. Schon tauchten hinter dem jenseitigen Deich die breiten Dächer der Höfe und der spitze Kirchturm auf. Als sie anlegten, fielen Schatten auf den schönen Tag.

Würde sich nicht immer wieder der Hunger melden, sie hätten vergessen, warum sie heute hierhergekommen waren. Rasch durchwanderten sie das kleine Dorf mit seinen reitgedeckten Dächern. Es war wohl vergeblich, hier bereits an die Türen zu klopfen, wo gar zu viele aus der Stadt ihr Glück versuchten. Aber weiter außerhalb lagen in großen Abständen voneinander die stattlichen Höfe. Auf Wurten gebaut und von Wassergräben umgeben, wirkten sie wie einsame Könige, die stolz auf die Ankömmlinge hinunterblickten.

Mutter, ermutigt durch den schönen blühenden Frühlingstag, klopfte an das offenstehende Hoftor und schob das magere Kind vor sich her. Der Bauer trat aus dem Schatten seiner Tenne ins volle Licht. Er wirkte groß und massig, wie er da stand und kaum auf Mutters Worte achtete.

»Geht doch zu eurem lieben Gott, ihr Kirchgänger aus dem Osten. Er wird euch schon geben, worum ihr früh und abends bettelt mit eurer ewigen Beterei. Einen feinen Gott habt ihr da, der ganz schön mit euch umspringt und euch dann in der Patsche sitzen läßt, wenn's drauf ankommt. Da seht mich an! Mir hat kein Hitler und kein lieber Gott etwas gegeben oder genommen. Was ihr seht, das habe ich alleine geschaffen und alleine behalten. Da kümmere ich mich um keinen Gott. — Und warum nicht? — Weil es gar keinen gibt! Und einen lieben schon gar nicht!«

Die Mutter hatte das Kind bei der Hand genommen, und sie waren rasch gegangen. Reden dieser Art bekamen sie öfter vorgesetzt und sie fand es schlimm, wenn ihr Kind sie hörte.

Beim nächsten Bauern hatten sie mehr Glück. Ein paar Kartoffeln fielen für sie ab, und eine Scheibe frisch gebackenen Bauernbrotes glitt herrlich duftend in ihre Tasche.

Der übernächste Hof lag vom zweiten ein gutes Stück entfernt, und der Weg dorthin dauerte eine ganze Weile. Der Bauer sah sie von seiner Wurt her kommen. Da er ihre Absicht erraten hatte, schrie er ihnen entgegen: »Geht in eure Kirche! Ich bin Kommunist!«

»Das trifft sich gut«, entgegnete Mutter rasch und ohne sich einschüchtern zu lassen.

»Jemanden, der fürs Teilen ist, suchen wir schon die ganze Zeit. Da fangen Sie doch am besten gleich bei uns damit an.«

Das Gesicht des Mannes verzog sich zu einem schiefen Grinsen. Er lachte über Mutters Schlagfertigkeit, rief: »Na, da wartet mal!« und verschwand in seinem Anwesen. Tatsächlich erschien er kurz darauf wieder, brachte zwei Hühnereier und sagte nicht unfreundlich: »Jetzt habt ihr mich aber ganz schön reingelegt! Nun macht bloß, daß ihr fortkommt!«

In großem Bogen kamen sie wieder in das Dorf zurück, klopften hier und dort mit mehr oder weniger Erfolg an eine Tür. Es war im ganzen einer der erfolgreichsten Tage, die sie bisher hier erlebt hatten.

Ich sehe auch ein anderes, ein einzelnes Bild; weder das vorhergehende noch das nachfolgende sind meinem Gedächtnis erhalten geblieben. Die ganze Szene ist zusammengeschnitten und zeigt dies: Dasselbe Dorf jenseits des Stromes.

Als farbkräftiger Hintergrund Klinkerhäuser mit dikken Reitdächern, grünen Tür- und Fensterrahmen, weißen Gardinen hinter funkelnden Scheiben, belaubte, ausladende Bäume, deren Äste der Wind bewegt, ziehende Wolken.

Als Vordergrund: Ein kleiner Hofplatz, ein offenes Tor. Unter dem tief heruntergezogenen Reitdach einige Klafter Holz, ein Hackeklotz, eine Axt, ein Drahtkorb mit Spaltholz, einige Holzscheite ringsum verstreut.

Die Personen: Mutter und Kind. Die Mutter auf dem Hackeklotz, das Kind auf einem Stamm hockend, jeder einen Teller Suppe auf dem Schoß haltend.

Die Handlung: Sie löffeln langsam. Die Suppe dampft. Es beginnt zu tropfen. Einige Tropfen fallen in den Suppenteller. Sie kommen aus Mutters Augen. Unaufhörlich rinnen ihr die Tränen über die Wangen und tropfen in die Suppe. Das Kind sieht sie tropfen.

Ich sehe sie immer noch!

Kommentar des Beobachters der Szene: Was hat sie denn? Ich war doch freundlich! Habe denen nur Gutes getan! Die wollen wohl am gedeckten Tisch sitzen? Anspruchsvoll auch noch! Die Tränen machen mich wütend. Man sollte sich nicht einlassen mit den fremden Leuten. Einfach die Tür nicht öffnen. Klar, wenn die Frau weint, dann weint das Kind auch. Die könnte sich wirklich mehr zusammennehmen! Was die nur hat?

Noch immer kämpften wir erbittert ums Überleben, um die nötigsten Dinge, die es einem ermöglichten, wie ein Mensch zu essen, wie ein Mensch zu trinken, wie ein Mensch auszusehen und sich wie ein Mensch zu fühlen.

Wir lebten von der Hand in den Mund, gingen weiterhin auf erniedrigende und immer erfolglosere Betteltouren, standen im Morgengrauen Schlange, viele Stunden, bevor die Geschäfte geöffnet wurden.

Jedesmal, wenn im Amtlichen Anzeiger der Militärregierung eine neue Zuteilung bekanntgegeben wurde, machten sich Tausende auf den Weg mit Bezugsschein, Berechtigungsausweis oder Lebensmittelkarte. Doch niemand besaß mit den begehrten Unterlagen auch die Garantie, die betreffende Ware wirklich zu erhalten. Jedesmal mußte man darauf gefaßt sein, daß der Vorrat nicht reichte oder die ganze Lieferung ausgeblieben war.

Nach langen Stunden des Wartens bei Sturm und Regen, bei Kälte oder Hitze, vom Stehen erschöpft, mit leerem Magen dem Umfallen nahe, hören zu müssen, daß der dringend erwartete Artikel zuende sei, sehen zu müssen, daß der Vordermann vielleicht das letzte Stück erhielt, der Vordermann, der möglicherweise gar nicht an diesen Platz gehörte, sich gewiß dazwischengemogelt hatte, das gehörte zu den entmutigendsten Erfahrungen.

Viele Menschen wurden damals neidisch und mißgünstig, vermuteten, daß etwas nicht mit rechten Dingen zugegangen sei, beschimpften andere, die mehr Glück gehabt hatten. Einheimische Hausfrauen fanden es oft empörend, daß die Fremden Bezugsscheine für Töpfe und Pfannen, für einfaches Geschirr und für Gläser erhielten, während sie selbst leer ausgingen. Stunden wurden damit zugebracht, vielleicht ein Ei, ein Wasserglas, eine Schachtel Streichhölzer oder gar einen Topf zu erhalten. Die Menschenschlange vor dem Fischgeschäft wartete ebenso ausdauernd, um hundert Gramm Krabben zu erwischen oder einen Fisch zu ergattern, möglicherweise auch eine dieser neuartigen, aus Fisch hergestellten Ersatzwürste zu erhalten.

Die seltsamsten Rezepte kamen auf: Torte aus Kaffeesatz, Marmelade aus unreifen grünen Tomaten und vieles andere mehr. Als mehrere Wochen lang Brot und Kartoffeln fehlten, häuften sich die vergeblichen Ratschläge, wie sich aus rohen oder gekochten Futterrüben drei abwechslungsreiche Hauptmahlzeiten zaubern ließen. Während der Wartezeit hatten die Menschen genügend Gelegenheit, ihre neuesten Erfahrungen mit Notrezepten auszutauschen. Sie erfuhren aber auch vom Schicksal der anderen und wurden versöhnlicher der eigenen Not gegenüber.

Wieviele standen hier, die ihre Angehörigen verloren hatten, sich in Ungewißheit um ihre Männer und Söhne ängstigten, andere, deren Eltern oder Kinder während eines Bombenangriffs oder bei der Flucht getötet worden waren. Da standen Frauen, krank von den Vergewaltigungen, und Kinder, die dasselbe erduldet hatten, mit unauslöschlichen Spuren des Leidens und der Angst im Gesicht.

Wir trafen Breslauer, die die Festungszeit überlebt hatten, oder Ostpreußen, die über das vereiste Haff geflohen waren, von russischen Tiefffliegern gejagt und beschossen. Sie hatten unter den auf sie abgeworfenen Bomben das Eis sich spalten sehen und miterlebt, wie Pferd und Wagen, mit Menschen und Gepäck beladen, in den eisigen Fluten der Ostsee versanken. Und als sie die Schiffe erreicht hatten und übers Meer in die Freiheit flohen, da waren sie noch einmal von sowjetischen Bombern verfolgt worden. Wiederum waren zwanzigtausend Menschen mitsamt den Rettungsschiffen zugrundegegangen.

Manchmal trafen wir eine ältere Frau mit ihrem Enkel an der Hand, einem langen, hochaufgeschossenen Jungen, der uns mit verlorenem Blick ansah. Er konnte nicht mehr sprechen, aber sein Mund war zu einem lautlosen Schrei geöffnet. Dieser Schrei hatte sich in ihm verewigt beim Anblick des vor seinen Augen zusammenstürzenden Elternhauses, das Vater, Mutter und Geschwister unter den Trümmern begrub.

Er war die Gestalt gewordene Anklage, dieser stumme Schrei, der dauernd durch unsere Straßen ging und erinnerte.

Und wer die Geschichte des Mannes kannte, der rücksichtslos seine Ellbogen gebrauchte, sich vordrängte, wo er nur konnte, verbissen jeden Vorteil erkämpfte, der mochte ihn nicht mehr so scharf wie zuvor verurteilen. Er hatte geschworen, sich, seine Frau und seine beiden Töchter lebendig durchzubringen, koste es, was es wolle. Im Viehwaggon war sein jüngstes Kind verhungert und erfroren. Den neugeborenen kleinen Jungen, den die Mutter tagelang tot an sich gepreßt hielt, hatte er ihr schließlich von der Brust reißen und in das Schneetreiben hinauswerfen müssen, denn es war wegen des überall wütenden Flecktyphus streng verboten, Tote bei sich zu behalten.

Abends, wenn wir zusammensaßen, falteten wir oft die Hände, und Mutter sprach ein Gebet zum Dank für unsere gemeinsame Rettung und dafür, daß es immer wieder Menschen gab, die uns ihre Hand entgegenstreckten.

Eine Frau war eines Tages in unserer Dachkammer erschienen, unbeirrt vom Einspruch der Wirtin, und hatte uns eine Porzellanschüssel aus ihrem kostbaren Service gebracht, das sie zu ihrer Hochzeit bekommen hatte. Diese Schüssel begründete unsere Freundschaft, die die Zeit und auch die Trennung überdauerte. Manches Mal kam sie zu uns auf die Sielstraße, um sich die Schüssel für kurze Zeit »auszuleihen«. Das geschah immer dann, bevor ihr Mann, der auswärts arbeitete, zurückkehrte. Die Gebefreudigkeit seiner Frau versetzte ihn in Zorn, denn als Ausgebombte und Evakuierte besaßen sie selbst nur wenig.

Unser Eisersdorfer Maurermeister ließ sich ebenfalls

nicht vom Gezeter unserer Wirtin abhalten, ab und zu bei uns hereinzuschauen. Wenn er von der Arbeit bei den Amerikanern kam, führte ihn sein Weg häufig über die Sielstraße. Manchmal brachte er uns ein Kistenbrett mit, das er während seines bedächtigen Erzählens für uns in wertvolle kleine Fidibusse spaltete.

Wir sprachen miteinander immer von Eisersdorf. Beim Abschied schwor er der Mutter hoch und heilig: »Wenn wir wieder heimkommen, setze ich als erstes meine eigene Klitsche instand, und dann kommt euer Haus an die Reihe. Denn es wird schlimm aussehen, wenn sie weiterhin alles so verwahrlosen lassen.« Er hatte unser Haus für den Großvater nach dessen ausgeklügelten Plänen sorgfältig erbaut, darum liebte er es beinahe wie sein eigenes und machte sich Sorgen um eine bestimmte Stelle des Walmdaches.

»In meinem ganzen Leben«, so sagte er manchmal, »habe ich Freude an der Arbeit gehabt. Jetzt ist es zum ersten Male so, daß ich am liebsten vor ihr davonlaufen würde. Immer habe ich etwas aufgebaut oder ausgebessert. Die Menschen waren froh darüber und mit meiner Arbeit zufrieden. Meine Arbeit hatte einen Sinn. Und jetzt? Jetzt zerstöre ich nur, ausgerechnet jetzt, wo sowieso alles kaputt ist und Aufbauen so dringend notwendig wäre.«

Er berichtete mit unglücklichem Gesicht, wie er seit Wochen fabrikneue Klaviere und Konzertflügel aus ihrer hölzernen Verpackung brechen müsse, um dann die herrlichen Instrumente selbst zu zerhacken. Das Innere, die Saiten und die Tastatur, würden in den vorbeifließenden

Strom geworfen und das Holz zu riesigen Scheiterhaufen gestapelt und im Werksgelände verbrannt. Dabei gelang es den Arbeitern ab und zu, ein paar Bretter über die hohe Umzäunung zu werfen und sie nach Verlassen ihrer Arbeitsstätte dort unbemerkt abzuholen.

»Wenn sie doch alles in Schiffen nach Amerika verfrachten wollten«, jammerte er, »haben sollen sie die Klaviere ja, aber doch nicht zerstören!«

Eines Tages bekam Tante Lena tatsächlich Arbeit zugewiesen und zwar in der Kantine der Amerikaner. Das war bisher ein von den Deutschen hochbegehrter Posten gewesen. Einige hatten sich aus dem Überfluß dort reichlich bedient und einen bedeutenden Grundstock für den Schwarzen Markt ergaunert. Deshalb kam es häufig zu Umbesetzungen oder Entlassungen.

Wir ahnten schon, bei aller Findigkeit unserer Tante, hier bewegte man sich auf einem Gebiet, das sie aus innerster Überzeugung und aus weiteren Gründen ablehnen mußte. Wir sollten recht behalten. Bereits nach zwei Tagen erwirkte sie eine Begegnung mit ihrem Dienstvorgesetzten und kündigte dem erstaunten Mann wegen Unzumutbarkeit ihrer Arbeit. So etwas war ihm gewiß noch nicht passiert. Es hat wohl auch wenige gegeben, die sich so etwas zu der damaligen Zeit den allmächtigen Siegern gegenüber erlaubten, aber Tante Lena hatte nie Furcht gezeigt, weder bei den Nazis, von denen sie mehrere Jahre über beschattet worden war, noch bei Russen und Polen, für die sie im Steinbruch arbeiten mußte, noch vor bissigen Hunden, und sie dachte gar nicht daran, ihre Einstellung jetzt noch zu ändern.

Die auf den Tisch gelegten Beine der Amerikaner gefielen ihr zwar nicht, doch das hätte sie als Ungezogenheit noch hingenommen. Weißbrot essende Soldaten fand sie unmännlich, auch das war kein Grund, solch einen begehrten Arbeitsplatz zu kündigen. Der Überfluß in der Kantine, während draußen Tausende am Verhungern waren, empörte sie. Dieser Punkt war entscheidend.

Die Soldaten waren übersättigt und rührten die herrlichen Speisen kaum an. Schnitzel und Steaks, von denen häufig nur ein einziger Bissen abgeschnitten worden war, halbe Brote, Schüsseln voller Gemüse und köstlicher Nachspeisen mußten von den Frauen abgetragen und in bereitstehende Tonnen geworfen werden. Dabei hatten sie sich immer wieder Speisereste herausgefischt, sie abgewaschen und mitgenommen. Auf diese Weise waren viele Familien satt geworden, hatten für damalige Verhältnisse fürstlich gegessen.

Den auf dem Gebiet der Hygiene besonders empfindlichen Amerikanern war dieser Anblick ein Greuel. Deshalb erfolgte seit kurzem der strikte Befehl, Petroleum in die Tonnen zu gießen, damit die Speisen ungenießbar würden.

In Not- und selbst in Überflußzeiten blieb dies für Tante Lena eine unverzeihliche Sünde, und sie weigerte sich standhaft, dabei mitzumachen.

Tante Lena wußte selbst, daß sie nun ihr Anrecht auf eine andere Arbeitsstelle für lange Zeit verloren und verwirkt hatte. Im Innern war ihr Entschluß aber bereits gereift. Von jetzt an wollte sie sich voll in den Dienst am Nächsten stellen. Sie meldete sich ganztags als Caritassekretärin im Pfarramt, obwohl sie wußte, daß die Mittel, ihr ein Gehalt zu zahlen, nicht vorhanden waren. Mehr als vier Jahre arbeitete sie von früh bis spät unermüdlich. Abends kehrte sie oft sehr erschöpft, aber vollauf zufrieden zurück.

Ihr Betätigungsfeld war groß und verlangte ihre ganze Einsatzbereitschaft und Nächstenliebe, die mit Sachverstand, Findigkeit, Phantasie und Klugheit gepaart waren. Für sich persönlich beanspruchte sie nicht viel. Geld bedeutete ihr wenig und zwar nicht erst, seit es seinen Wert verloren hatte. Vielmehr sah sie es als notwendiges Übel an, als häufigen Anlaß für Streitigkeiten und Kriege. Und da Mutter inzwischen eine bescheidene Witwenpension erhielt, war für ihre kleinen Ausgaben mitgesorgt.

»Bei diesem Kind elf Pfund Untergewicht«, bemerkte der Amtsarzt, und seine Sprechstundenhilfe trug es in die Karteikarte ein. Zur Mutter des Kindes gewendet: »Ich bewillige Kalktabletten und vier Vitamin-C-Tabletten zur Verhütung von Skorbut. Das ist lächerlich wenig, aber mehr kann ich nicht tun. Unsere Zuteilung ist eng begrenzt!«

Das Kind lag in einem fremden Bett und dachte nach. Es war dem Roten Kreuz gelungen, einige Ferienplätze auf Bauernhöfen zu bekommen. Aus diesem Grunde war es das erste Mal allein verreist. Die Stadt lag nur wenige Stationen entfernt; im schlimmsten Falle könnte es zu

Fuß nachhause wandern, immer an den Bahngleisen entlang. Im flachen Lande verirrte man sich nicht so leicht. Mit diesem tröstlichen Gedanken hatte sich das Kind ohne Widerstreben gefügt und keine Träne vergossen, während Mutter seine wenigen Sachen zusammenpackte. Denn es mußte sein. »Jetzt wirst du dich eine Weile lang bei jeder Mahlzeit sattessen können«, sagte sie in verheißungsvollem Ton und lächelte dazu. Doch das Kind kannte ihren Gesichtsausdruck viel zu gut und spürte, daß ihr vor der Trennung ebenfalls bange war.

In der Fremde muß man zusammenbleiben, wie man im Dunkeln nach der Hand des anderen tastet, um nicht verlorenzugehen!

Jetzt war das Kind allein, und niemand hatte es vor dem Einschlafen geküßt, niemand hatte mit ihm ein Abendgebet gesprochen. Früher waren immer die Eltern mitgefahren oder auch Tante Lena. Bei den Verwandten war es allerdings schon als ganz kleines Mädchen alleine geblieben, damals in Neisse und in Heidersdorf. Aber das war etwas ganz anderes gewesen.

Die ganze Welt hatte es einst bereist. Vom Akazienberg aus in Christians Traumschiff. Mit Herrn Weber war es sogar hoch über die Wolken bis in den Urwald zu den Elefanten geflogen. Doch das waren Reisen gewesen, von denen man jederzeit abspringen konnte.

Die Leute hier waren freundlich und lachten nicht, wenn das Kind vor dem Essen wie gewohnt die Hände faltete und sein Tischgebet sprach. Die Bäuerin war eine große, schöne Frau, die ihre dunklen, geflochtenen Haare zu zwei Nestern gedreht über die Ohren gesteckt trug.

Sie ging nie in den Stall oder in die Futterküche. Vormittags überwachte sie die Küchenmädchen und stand auch selbst am Herd. Nachmittags werkte sie meistens am Spinnrad und verarbeitete die Wolle der Schafe, die drüben am Deich weideten. Abends saß sie am Eßtisch und bestrich ohne Hast dicke Brotscheiben, während die Kinder sich der Größe nach aufstellten und darauf warteten. Da gab es kein Drängen und kein Streiten, jedes wurde satt und stellte sich, mit der Schnitte in der Hand, zufrieden kauend wieder hintenan, solange, bis alle gesättigt waren.

Heute war der Vater aus Bremerhaven zurückgekehrt, mit einem Kistchen frisch geräucherter Bücklinge unter dem Arm, für das Kind ein bis zu diesem Tage unvorstellbarer Überfluß. Die Reihe der gefräßigen kleinen Esser bildete sich immer von neuem. Schnurrend strichen auch die beiden Katzen um die Beine der Bäuerin. Zu den ungewohnten Leckerbissen gab es reichlich Milch zu trinken, richtige Milch wie früher zuhause und nicht die bläulich schimmernde entrahmte Magermilch, die in der Stadt ausgegeben wurde.

Im Stehen das Abendbrot zu verzehren, war ein Vorrecht der Kinder während der Großen Ferien, denn da hatten sie besonders wenig Zeit für alle Verrichtungen und Pflichten im Haus. So viel gab es draußen zu sehen und zu erkunden. Abends durften sie immer noch eine Weile hinaus, der hohe Himmel des Nordens blieb länger hell als anderswo.

»Aber geht nicht mehr an den Deich«, rief die Mutter hinter ihnen her.

»Nein, nein!« antwortete das älteste Mädchen beim Hinauslaufen. Und die Kinder rannten hinüber zum Deich. Das Kind lief mit, was blieb ihm anderes übrig? Aber es wunderte sich doch, daß sie ihrer Mutter nicht gehorchten. Das große Mädchen lachte nur.

Es war ja auch am allerschönsten, hier zu sitzen und über das Meer zu blicken. Nicht weit entfernt lag bereits die breite Mündung des Stromes. Drüben stand der rotweiß gestreifte Leuchtturm und sandte nachts seine Feuerzeichen über die See, um die Schiffer vor den Sandbänken zu warnen und ihnen den Hafen zu weisen. Leuchtturmwärter, das möchte ich wohl sein, dachte das Kind, und den Schiffen den Weg zeigen.

Auf dem Turm zu sitzen mit dem Blick über Land und Meer, von schreienden Möwen und Stürmen besucht, das müßte schön sein! Das Meer zu sehen, war immer seine Sehnsucht gewesen. In Eisersdorf, von der Weißkoppe aus über das Bieletal zum fernen Schneegebirge schauend, hatte es schon danach gefragt.

Aber jetzt erschien es ihm viel kleiner als in der Maßlosigkeit seiner Vorstellung, es wirkte mehr wie ein gewaltiges, silbergraues Band, das zwischen die Küste und den fein gebogenen Strich des Horizonts gespannt war.

»Wir sehen ja nur wenig davon«, beeilten sich die Kinder zu erklären, »das kommt daher, weil die Erde eine Kugel ist. Du mußt beobachten, wie ein Schiff aus der Ferne heraufsteigt und erst nach und nach ganz zu sehen ist. — Nein, das Meer ist noch viel, viel größer als du dir das überhaupt vorstellen kannst.«

Das Kind freute sich, daß es doch so gewaltig war, so

endlos und ewig, daß es in allen Ozeanen die Erde umschloß und doch nicht einen Tropfen seiner Fülle an das Weltall verlor. Das war das Geheimnis, daß es kein Oben und kein Unten gab, daß das Meer nicht ausfloß und daß kein Mensch und kein Ding hinausfiel in die Unendlichkeit.

»Es ist die Hand Gottes, die alles hält«, sprach das Kind ehrfürchtig und glücklich zugleich. Aber das ältere Mädchen antwortete: »Nein, das ist die Anziehungskraft der Erde!«

Inzwischen war die Ebene in der Dämmerung versunken. Der Himmel dunkelte unter grauen Wolkengebirgen nach, aber über dem Meer lag noch der helle Schimmer des längst untergegangenen Lichts.

Vom Hof her klangen Rufe. Und nun begannen die Kinder zu rennen. Sie schoben sich gegenseitig an, liefen über den Deich zurück. Ihr Jauchzen war die Antwort, und die Rufe verstummten.

Der Bauer stand unter dem Tor. Er drohte ihnen ein wenig mit erhobenem Zeigefinger, als sie an ihm vorbei ins Haus jagten.

Wie schön! dachte das Kind. Hier kann man spielen wie früher, kann lachen, schreien und rennen, wie es einem gerade paßt. Und folgen muß man auch nicht besonders. Auf der Sielstraße blieb immer die Angst vor der Wirtin. Selbst deren eigene Kinder, Helmut und Dorothea, hatten beständige Furcht vor den Launen ihrer Mutter.

Bei Regenwetter saßen sie meistens auf zwei leeren

Kartoffelsäcken am kalten Zementboden der Waschküche und spielten dort. Oder sie schlichen die Treppe hinauf und bewegten sich leise auf der Bühne hin und her, kramten zusammen in Seekisten, fanden darin alte Kleider, komische Hüte und Knöpfchenschuhe zum Verkleiden, schmökerten auch in alten Büchern, die ihrem Vater gehört hatten, reisten gemeinsam mit ihren Zeigefingern auf höchst interessanten Landkarten umher, spielten mit alten Sammelplaketten des Winterhilfswerks, doch nie fühlten sie sich so sorglos und frei, wie es sein sollte. Immer waren sie darauf bedacht, ihre Stimmen zu dämpfen, ihre Schritte in acht zu nehmen.

Im Zorn konnte die Frau furchtbar sein. Das Kind hatte einmal beobachtet, wie sie ihrem eigenen Sohn die Axt nachwarf und ihn dabei nur knapp verfehlte. Eigentlich hielt sie sich nur zurück, schrie nicht jedem wegen der frisch renovierten Treppe hinterher, wenn ihre Eltern zu einem ihrer seltenen Besuche auftauchten:

Ein altes, feines Ehepaar, beide schwarz gekleidet, was zusammen mit ihren schneeweißen Haaren einen vornehmen Eindruck hervorrief. Der alte Herr war Pastor in einem der umliegenden Dörfer gewesen, und manchmal sprach er ein paar freundliche Worte mit den ärmlichen Leuten von der Dachkammer, gab ihnen wohl auch gegen die ärgste Not einen Bibelspruch mit auf den Weg, an dem die Mutter jedesmal schwer schlucken mußte: »Der Herr ist mein Hirte, mir wird nichts mangeln.«

Noch immer konnte das Kind nicht einschlafen. Es erinnerte sich daran, daß es sein Nachtgebet vergessen hatte, setzte sich wieder auf, faltete die Hände, holte es langsam und einigermaßen andächtig nach und erwartete den Schlaf.

Doch jetzt fielen ihm die Mutter und Tante Lena ein, die Eisersdorfer Nachbarn, die vielen Klassenkameraden, die heute nicht satt geworden waren, und es fühlte etwas wie Unrecht, mit vollem Magen und ganz ohne das gewohnte Hungergefühl hier zu liegen.

Eine Traumreise mußte es schnell noch unternehmen, dachte das Kind, weit fort von den Gedanken, die es bedrückten und für die es keine Lösung gab. Denn mit seinem Sattsein konnte es niemanden vom Hunger befreien, umgekehrt sättigte es aber mit seinem Hunger ebenfalls keinen anderen.

Der Schlaf übermannte es bereits, als es durch das Getreidefeld zu gehen glaubte, das sich unmittelbar an den Eisersdorfer Garten anschloß. Durch das kleine Hinterpförtchen war es hinausgeschlüpft, und seine Füße schienen über dem schmalen Pfad zu schweben. Die vollen Ähren schlugen über ihm zusammen, wenn es die hohen Halme nur anrührte, und die dünnen Grannen schrieben über ihm ihre Zeichen in das Blau des Himmels: eine geheimnisvolle, schwer zu entziffernde Zauberschrift. Es trug einen Armvoll Feldblumen: roten Klatschmohn, weiße Kamille, blaue Kornblumen und die zarten Schmetterlingsflügel der wilden Wicke. Am Ende des Pfades stand jemand, winkte ihm zu, es glaubte auch, leises Rufen zu vernehmen. Vaters undeutlich gewordene Stimme vielleicht? Doch als es den Strauß winkend heben wollte, sank es in tiefen Schlaf.

Der Fisch war vorzüglich, die Butterkartoffeln dazu passend, also nicht zu mehlig, der Salat leicht gesüßt angerichtet und vor allem frisch. Es gelang mir, was ich nicht immer in der Hand habe, den Fisch säuberlich zu entgräten, das weiße Fleisch mit der goldbraun und knusprig gebackenen Haut von den Gräten zu heben. Auf dem Teller blieb gut erhalten das helle, flache Gerippe der Kutterscholle zurück. Immer noch ist etwas Urwelthaftes an diesen Resten zu erkennen.

Jedoch, der Wirt beeilt sich abzutragen und das Lob für seine Kochkunst mitzunehmen. Ich hätte Wein zum Fisch trinken sollen. Weißwein. Aber ich finde, daß so nahe der See, die frische Salzluft in den Lungen, die Blume des Weines verändert schmeckt. Wein paßt mir überhaupt nicht so recht zu diesem Ort.

Dieser Ort, den ich oft hier gesucht habe. Den ich nicht finden konnte und der sich doch unschwer wiedererkennen läßt. Ich bin bereits dicht auf seiner Spur.

Eine Tasse Kaffee bestelle ich mir noch. Ich ertappe mich dabei, wie ich die Sahnepackung auf ihre Herkunft untersuche. Das Milchwerk, dessen Name aufgedruckt ist, liegt im Südoldenburgischen, also weit genug entfernt. Ich bin peinlich darauf bedacht, keine Milchprodukte von gewissen Weiden verzehren zu müssen. Der Gedanke an Kühe, die sich ihr Weideland mit einer gefährlichen Industrie teilen müssen, ist mir unsympathisch. Indem ich diese eventuellen Giftstoffe ausgeschlossen habe, kann ich, beruhigt durch den Gedanken, etwas für eine natürliche und gesunde Ernährungsweise getan zu haben, die anderen Giftmischereien bedenkenlos zu mir nehmen. Sie stören mich nicht, weil ich bereits an sie gewöhnt bin. Ich süße den Kaffee mit Weißzucker, der schädlich sein soll, (Kaffee soll ebenfalls nicht der Gesundheit zuträglich sein), esse mit Hormonen aufgebautes Fleisch, Salat, der möglicherweise irgendwo im Süden neben einer Autostrada gewachsen ist. Und wer nennt mir den Quecksilbergehalt der Kutterscholle, die mir so vorzüglich mundete?

Die anderen Gäste scheinen sich ebenfalls nicht daran zu stoßen, daß wir uns totessen, tottrinken, totatmen, wie in jeder Zeitschrift zu lesen steht. Die übrigen Esser, vereinzelt an den weißgedeckten Tischen oder in kleinen, unauffälligen Gruppen zusammensitzend. Schweigsam die meisten, in leise Gespräche vertieft die anderen. Selbst am Stammtisch eine stille Runde alter Herren.

Kein Auftrumpfen, kein Auf-den-Tisch-Klopfen, kein Alte-Rechte-Anmelden durch eine Überdosis an Stimmaufwand beim Lachen, beim Streitgespräch, beim Herbeizitieren der Kellnerin.

Von einem der anderen Tische erhebt sich nun langsam eine alte Dame, anscheinend von Verwandten begleitet, die ihr beim Aufstehen helfen, ihr den Mantel halten, den Stock zureichen. Eine gehätschelte Erbtante? Ich verwerfe den häßlichen Gedanken sofort, denn es geschieht etwas Unerwartetes:

Beim Vorbeigehen hält sie kurz vor meinem Tisch inne, lächelt mich an. Tatsächlich! Ich schaue noch einmal hin. Das Licht ist ausreichend, und noch benötige ich keine Brille. Kein Zweifel ist möglich. Sie lächelt mir zu! Mich, den offensichtlichen Fremdling, den hier seltenen dunkelhaarigen, braunäugigen Typ hält sie in freundlichem Blickkontakt. Und nun spricht sie mit mir, im unverwechselbaren Tonfall der Küstenbewohner, klagt freundlich über das Wetter, als wollte sie sich bei mir dafür entschuldigen, weil der Stadtprospekt auf seiner Titelseite eine ganz andere Stimmung zeigt: eine Badenixe am Strom unter blauem Himmel im Sonnenschein.

Sie kann ja nicht wissen, daß ich den Sommer hier nicht suche, den Sommer in seiner besten Zeit oft gesehen habe und die Stadt verfremdet fand.

Ich antworte ihr höflich. So hoffe ich wenigstens. Und daß mein Lächeln gelang, nehme ich an. Es fällt mir ja im allgemeinen nicht schwer, freundlich in die Sonne zu blicken. Ob sie mich wohl wiedererkannt hat? Sie hat längst das Lokal mit ihren Begleitern verlassen, als ich mich noch immer wundere. Eine alte Dame vom alten Schlage, die einen wildfremden Menschen ohne dringenden Anlaß ansprechen sollte? Und das in dieser Stadt?

Vielleicht hat sie unter dem Überwuchs der Jahre mein ehemaliges Kindergesicht wiedererkannt?

Vielleicht hat dieses Kind, das ich hier suche, am Tisch gesessen, als ich meine Kutterscholle aß und meine Gedanken bei ihm weilten?

Ich sehe das Kind vor einem Gartenzaun in der Südstadt stehen. Eine Dame spricht mit ihm, wischt irgendwelchen Kummer aus seinem Gesicht. Und auf die Frage, wo es denn wohne, bei diesem: »Auf der Sielstraße, bei Frau x«, ruft sie mitleidig aus: »Ach Gott, du armes

Kind!« und schenkt ihm den duftenden Pfingstrosenstrauß, den sie gerade geschnitten hat.

Diese unvergeßliche Wohltat hat mich angesehen. Vor drei Jahrzehnten hat jemand ein ärmliches Wesen gefragt, ohne Neugier, nur mit der Zuwendung, die einem einsam herumlaufenden Kind gegenüber natürlich ist, hat etwas Ungewohntes getan inmitten der Abneigung vor geschlossenen Fenstern und Türen. Diese Pfingstrosen mit ihren schweren, dunkelroten Blütenköpfen, die hier nur an windgeschützten Hauswänden überleben, dieses Pfingstwunder ist noch lebendig.

Im Anblick der feurigen Zungen miteinander reden, in fremden Sprachen sich reden hören und sich verstehen!

Soll ich aufspringen und einem fremden Menschen auf die vereiste Straße nachlaufen, ihm für einen Strauß Pfingstrosen danken, den ein Kind vielleicht von jemand ganz anderem erhalten hat? Diese spontanen Regungen hinken immer nach, rennen meistens hinter dem anrollenden Zug, hinter dem abfahrenden Wagen her, sind nie zur Stelle, diese ungetreuen Diener, verstecken sich hinter den Schwellen der Konventionen.

Anderntags beeile ich mich, früher in die Geschäftsstelle der Kreiszeitung zu kommen. Grüße, freundlich, korrekt, werden ausgetauscht. Ich bin nicht sicher, ob man mich wiedererkannt hat. In den Gesichtern der dort Arbeitenden zeigen sich keine Reaktionen, die darauf hindeuten. Gerade will ich meine Bitte vom Vortage wiederholen, als mir einer der Angestellten unaufgefordert den Sammelband des »Amtlichen Anzeigers« aus dem Jahre 1947 über den Tresen reicht. Ich bin wiedererkannt worden, kann ich daraus schließen.

25. 1. 1947
Bekanntmachung über angeschwemmte Munition an der Nordseeküste:
Es ereignen sich immer wieder schwere Unglücksfälle mit tödlichem Ausgang, deren Opfer meist Kinder sind.

1. 2.
Der Abschnitt 98 der Seifenkarten für Männer und Frauen über eine Schachtel Zündhölzer für die 98. Zuteilungsperiode ist für ungültig erklärt worden und darf vom Einzelhandel nicht beliefert werden.
250 g Bienenhonig für Kinder von 1—6 Jahren.
Vitamin-C-Tabletten für 1—3jährige Kinder und werdende Mütter.

15. 2.
Ausgabe von gemahlenem Röstkaffee für Verbraucher über 6 Jahre.

22. 2.
Verteilung von Gemüsekonserven (pro Kopf eine Dose) wegen Frost verzögert.
Apfel-Sonderzuteilung für werdende Mütter und bis 10 Jahre alte Krankenhauspatienten erfolgt wegen Frost erst später.
Restbestände aus der Sonderzuteilung an Zuckerwaren.

1. 3.
Nachforschung nach Kriegsmaterial.
Einzelhändler haben monatliche Bestandsmeldung abzugeben.
1 Schachtel Streichhölzer.

15. 3.
Ausgezeichnet für Errettung aus Lebensgefahr wurden zwei Schüler in B., die einen ins Wasser gefallenen Flüchtling retteten. (Kein Vermerk darüber, ob sich der Flüchtling seiner Rettung widersetzt hat!)

22. 3.
Wegen Frost noch keine Konservenausgabe, noch keine Apfelsonderzuteilung!
Noch kein Essig auf Abschnitt 901!
Auf Eierkarte nach Vorbestellung 25 g Eipulver.
Kundenzählung.

29. 3.
100. Zuteilungsperiode
1 Schachtel Streichhölzer.

5. 4.
Aufruf!
Guten Tabak zieht man selbst aus Hochzuchtsaatgut!

12. 4.
Privatanzeige:
Bauschutt abzugeben!

19. 4.
1 Ei,
150 g Trockengemüse,
250 g Sauerkraut.

3. 5.
Viehablieferung zur Verbesserung der Ernährungslage.
Interzonenpässe für russische und französische Besatzungszone:
Formulare beim Kreisamt erhältlich, in doppelter Ausführung mit Schreibmaschine ausfüllen, (deutsch und englisch)
polizeiliches Führungszeugnis (deutsch und englisch) innerhalb 24 Stunden bei der Gemeinde registrieren lassen.
Kein Anspruch auf Lebensmittelkarten am Bestimmungsort!
1 Schachtel Streichhölzer.

17. 5.
Genehmigung für öffentliche Tanzveranstaltungen an drei Tagen in der Woche!
Das Rote Kreuz führt Heilkräutersammlung durch
(Für Kriegerwitwen, Kriegsvertriebene, Jugendliche.)
Ausreichender (!) Verdienst.
Nachforschungsgesuche für Deutsche in Polen an das Rote Kreuz in Warschau.

24. 5.
Gegen Raucherkarte 10 Rasierklingen nach Aufruf von den Einzelhändlern.

Tauschangebote:
Puppenwagen gegen Gitarre,
Gardinen gegen Schuhe,
lederner Schultornister gegen Mantel.

31. 5.
Auf Seifenkarte
1 Schachtel Streichhölzer.
Tauschgesuche:
Zinkbadewanne gegen Damenschuhe,
2 Zentner Eßkartoffeln gegen Mantel,
Kinderbettstelle gegen Schuhe,
Küchenschrank und Tisch gegen Schuhe,
Zuchtkaninchen gegen Lehnstuhl,
Wecker gegen Schuhe,
Bügeleisen gegen Schuhe.

7. 6.
Aufruf zur Bekämpfung des Kartoffelkäfers:
Sämtliche nicht behinderte Personen, die über 10 Jahre
alt sind, werden zum Kartoffelkäfer-Suchdienst eingeteilt.
(Bei Nichtbefolgung 150 RM Strafe oder Haft!)

14. 6.
Totale Wollablieferungspflicht wie 1946.
Tauschangebot:
2 goldene Trauringe gegen 1 Bett.

21. 6.
1 Ei.
Unlautere Elemente hackten im Park Bäume ab!
Aufruf:
Sie erhalten:
für 3 kg Knochen 1 Stück Kernseife,
für 3 kg Lumpen 1 Handtuch oder 1 Aufnehmer,
für 4 kg Altpapier 1 kg Neupapier,
für gefundene Häute Leder.
Anzeige:
Rüter-Uhr
genaugehende Taschensonnenuhr mit magnetischem Zifferblatt für Sommer- und Winterzeit.

5. 7.
Otto Ottens beliebter Kettenflieger ist wieder da!
Das Glück im Strohhalm!

19. 7.
Sperrstunden aufgehoben!

26. 7.
Polizeiverordnung zur Sicherung der Ernte:
Es ist verboten, vom Beginn der Abenddämmerung bis Tagesanbruch die Feldmark außerhalb der öffentlichen Wege zu betreten.
Sämtliche Zureisende aus dem Osten müssen sich wegen Seuchengefahr einer Entwesung unterziehen.
Raucherkarte.

2. 8.
1 Ei.
Warnung vor illegalem Zuzug!

13. 9.
Noch keine Seife!
1 Schachtel Streichhölzer
Raucherkarte.
Tauschangebote:
2 goldene Ringe gegen 1 Schaf,
Torf gegen ein Oberbett.

29. 11.
Pro Kopf für eine Woche:
2500 g Brot,
100 g Fleisch,
40 g Schmalz,
50 g Butter.
Wiederaufnahme der Schöffen- und Schwurgerichte.
Für Weihnachten wird eine Sonderration angekündigt:
Kinderpuddingpulver,
250 g Fisch (mit Kopf und Schwanz gewogen),
62,5 g Käse,
Zucker, Marmelade oder Kunsthonig,
125 g Kaffee-Ersatz,
2000 g Kartoffeln.

13. 12.
250 bzw. 500 g Weizenmehl,
1 Schachtel Zündhölzer.

Rationierung der Energieversorgung:
Abschaltzeiten täglich zwischen 6—12 Uhr,
16.30—19.00 Uhr (montags und donnerstags)
Bei Löscharbeiten im Hafen öfter!

20. 12.
Weitere Einschränkungen im Stromverbrauch.
Angekündigte Weihnachtszuteilung,
Raucherkarte,
Eiaustauschstoffe.

Im gleichen Gasthaus wie am Vortag: Die dampfende Suppe löffeln, ohne Einspruch zu erheben. Gegen die Einwände des Wirts dieselbe Kutterscholle bestellen, goldbraun in Butter gebacken, dieselben Beilagen, Kartoffeln und knackig frischen Salat! Keinen Nachtisch! Dafür Kaffee mit Sahne aus einem weiter entfernt liegenden Milchwerk.

Am Stammtisch dieselbe Runde stiller alter Herren mit den kaum abgewandelten Gesprächsthemen: Tagespolitik, Wetter und Ja-das-waren-noch-Zeiten!

Wäre nicht das veränderte Wetter draußen vor den Fenstern, so blieben die Tage austauschbar. Der Schnee ist über Nacht vom Regen aufgeweicht worden. Im Zwielicht des weißgrauen Tages waschen die Regengüsse das Winterbild endgültig fort. Naßkalter Küstenwinter, Regenschauer, Sturmböen, Nebel!

Die Untätigkeit der alten Herren, deren leise Geschwätzigkeit die vertauschten Rollen, die abgetretenen Plätze zerreden soll. Nicht mehr wichtig zu sein! Seine Erfahrungen nur an andere Erfahrene weitergeben zu können! Den Leerlauf des Austausches nicht wahrhaben wollen! Ein Korn, ein Bier! Man hat doch noch ein Wort mitzureden! Hier ist es offensichtlich! In aller Öffentlichkeit! Ein Bier, ein Korn, ein Bier!

Das waren noch Zeiten! Natürlich gab es Durststrecken für die Geschäftsleute nach 45. Aber das Durchhalten hat sich gelohnt! Es hat sich rentiert, die alten Ladenhüter zu stapeln bis zur Stunde X. Es war buchstäblich mit allem ein Geschäft zu machen. Unausdenkbar, daß es irgendetwas gegeben haben sollte, was nicht irgendwo dringend gebraucht wurde. Diese phantastische Situation:

14 Millionen Vertriebene und Flüchtlinge, dazu Ausgebombte und Evakuierte in Hülle und Fülle, die alle beim Nullpunkt wieder anfangen mußten! Die ganz von vorn anfingen, beim Hemd, das sie auf dem Leibe trugen und das inzwischen zerschlissen war. Und die Alteingesessenen? Während der Kriegs- und Nachkriegsjahre war nichts besser geworden, Vieles wartete dringend auf Ersatz, auf Modernisierung.

Diese enorme Marktsituation! Kaum Werbekosten! Es verkaufte sich sozusagen alles von selber. Später die Hamsterkäufe, besonders die der Alten, die immer noch davon phantasierten, die Notzeiten kämen wieder.

Doch ich eile der Zeit voraus. Aus den in Plattdeutsch geführten, schwer verständlichen Stammtischgesprächen lasse ich einer späteren Epoche Vortritt. Noch aber befinden wir uns in den Notjahren 1946/47, und Notzeiten haben bekanntlich einen langsamen Gang. Rückschritt statt Fortschritt. Keine Hektik. Notzeiten scheinen nicht vergehen zu wollen.

Der Kippensammler geht langsam, leicht vornübergebeugt, um keine Zigarettenkippe zu übersehen. Er nimmt sich Zeit, aus Sorge um sein einziges Schuhpaar, die Pfützen in großem Bogen zu umgehen. Wer ein Stück Brotrinde bekommt, kaut es bedächtig, um länger und mit wässerndem Speichel mehr davon zu haben, um seine Magennerven zu beschwichtigen. Der Anblick eines zerknüllten Briefbogens gehört einer anderen Zeit an. Mit Überlegung wird jedes Blatt Papier beschrieben. Kein Käufer, der es eilig hätte, eine Warteschlange rückt langsam voran. Überlandgänge, über viele Kilometer hinweg unternommen, den Hunger im Schlepptau, bei gemäßigtem Tempo. Aus Fußspuren werden Schleifspuren. Keine Termine! Nur Wartezeiten vor Wohnungsamt und Arbeitsamt.

Einen der alten Herren glaube ich wiederzuerkennen: kleiner und schmaler gewordene Gestalt, dunkles Toupet. Kein typischer Vertreter des hellhäutigen, blaßäugigen, kräftigen Menschenschlages hier. Vielleicht ist er als junger Kaufmann kurz nach der Stadtgründung zugewandert? Sein Geschäft wird inzwischen der älteste Sohn übernommen haben, falls er nicht Anfang 45 als Schüler noch schnell eingezogen wurde und gefallen ist. Einer der Söhne also wird das Geschäft solide weiterführen, ohne Neigung zu übertriebenen Spekulationen.

Der Senior am Stammtisch war damals in den besten Jahren ein Mann, für den Kaufmannsehre nicht nur ein leerer Begriff war, dem Nichtverkaufenkönnen an die Nerven griff, der höflich blieb, auch Habenichtsen gegenüber, ihnen hin und wieder eine Kleinigkeit verkaufte, um in Übung zu bleiben oder ganz einfach, weil er sich den gelegentlichen Luxus des Mitleids erlauben konnte. Oder, weil er klug dachte. Zukunftsorientiert. Wer nur am Augenblick hing, mochte denjenigen als sentimentalen Dummkopf verlachen, der vor der Stunde X etwas abgab. Weitblickende sicherten sich beizeiten die Kundschaft von morgen.

In der Karwoche hatte er Tante Lena eine Kleinigkeit herausgerückt, sie nach Abschluß des Verkaufs sogar zur Tür geleitet und ihr einen »fröhlichen Karfreitag« gewünscht. Einen »fröhlichen Karfreitag«?
»War es Unwissenheit oder Spott?« fragte die Mutter.
»Wohl beides«, entgegnete Tante Lena, »zuerst gewiß Spottlust. Hat man sie lange genug geübt, rückt die Unwissenheit schließlich an ihre Stelle und wird zum Objekt des Spotts für andere. Eine Kette — wie so vieles.«

Auf einer der Natur abgetrotzten Fläche, auf trockengelegten Nebenarmen des Stroms, in seinem Mündungsgebiet, das früher mehr dem Machtbereich des Meeres als dem des festen Landes zugerechnet werden mußte, war zu Beginn des zwanzigsten Jahrhunderts diese Stadt rasch, aber nicht organisch gewachsen. Industrie- und Hafenanlagen bestimmten ihren Lebensrhythmus und ihren Unterhalt. Ihr Stolz auf das gelungene Werk, ihre

Unabhängigkeit von Traditionen, ihre Jugend und Fortschrittsgläubigkeit, ihr vermeintliches Gefühl von Freiheit führten zu einem gestörten Verhältnis zu Religion und Kirche.

Hier wohnte eine zusammengewürfelte Gesellschaft von Menschen, die etwas Neues gewagt hatte, die unmittelbaren Zeugen des riesigen Menschenwerks, das sich ganz offensichtlich nicht auf eine von Gott geschenkte Gabe zurückführen ließ. Nein, das hatte sie allein und aus eigener Kraft geschaffen.

Die Ideologie des Nationalsozialismus bestärkte diese Gedanken noch, bevor sie durch schwerwiegende Ereignisse ins Wanken geraten konnten. Mochten die Schwachen und Dummen sich ein Bildnis schaffen, in die Kirche rennen und es anbeten. Statt eines Kirchturms ragten als Sinnbild der Kraft und des Segens der Arbeit gewaltige Kräne in den Himmel. Und hier lag der Mittelpunkt dieses Ortes.

Es gab zwar Kirchen in der Stadt, beziehungsweise am Stadtrand; gemessen an der Einwohnerzahl waren sie erstaunlich klein, gemessen an der Besucherzahl hingegen verschwenderisch groß.

Die kleine Kirche der katholischen Diasporagemeinde erlebte ihre erste Blütezeit während des Zweiten Weltkrieges, als viele Deutsche und Ausländer hierher dienstverpflichtet wurden; die zweite, weitaus größere, als Tausende Heimatvertriebener und Flüchtlinge in der Stadt Zuflucht suchen mußten.

Die evangelische Kirche, der auf eine Wurt gestellte, ehrwürdige Backsteinbau einer uralten, kleinen Siedlung, die bald eingemeindet wurde, kannte bis zum Jahre 1946 nur wenige Besucher, jedenfalls in ihrer städtischen Zeit. Bis 46 hatte der Pastor meistens den leeren Bänken, seiner Frau, seinen Kindern, der Waschfrau, zu besonderen Gelegenheiten noch einer Handvoll alter Leute gepredigt.

Die Evangelischen, die aus dem Osten kamen, waren an den sonntäglichen Kirchgang gewöhnt, und sie pflegten ihn weiterhin. Das Unglück der hierher Verschlagenen schenkte dem Pastor die ersten voll besetzten Bankreihen und zum ersten Mal das beglückende Gefühl, gebraucht zu werden, nicht überflüssig zu sein, nicht versagt zu haben. Er schämte sich ein wenig, inmitten der ihn umflutenden Not so glücklich sein zu können, und manchmal vertraute er das seinem katholischen Amtskollegen leicht zerknirscht an.

Man darf nicht annehmen, daß die Einheimischen sich nicht hin und wieder ihrer abgelegenen Kirche auf der Wurt erinnert hätten. Es gab doch einige liebgewordene Bräuche, die sich in der jungen Stadt mit angesiedelt hatten. Ein kleiner Teil der Gemeinde fand es schön, Weihnachten dort eine Stunde beim Tannenbaum zu verbringen oder am Karfreitag mit anzuhören, was der Pastor zu sagen hatte.

Für eine Reihe Kinder hielten deren Eltern auch Taufe und Konfirmation für angebracht, schon, weil sich schöne und möglicherweise einträgliche Familienfeste damit verbanden. Und manch einer wünschte sich auch ein kirchliches Begräbnis. Die Mehrheit hielt jedoch nicht zu viel vom Kirchgang.

Eine besondere Gelegenheit lockte allerdings viele Men-

schen immer noch in die Kirche. Das war die Trauung.
Die meisten Bräute bildeten sich fest ein, in weißem Kleid
und wehendem Schleier den Bund fürs Leben zu schließen,
und so erinnerte man sich der schönen einsamen Kirche.
Nicht selten kam es vor, daß Taufe, Konfirmation und
Trauung am selben Tage stattfanden, da letztere ohne das
Vorhergehende nicht vollzogen werden konnte.

Auch für eine weitere Gelegenheit baute man auf die
alte Kirche. Mochte diese Stunde nie über die Stadt her-
einbrechen, da man auf sie zurückgreifen müßte!

Ich sehe das Kind mit Helmut und Dorothea am Siel sitzen. Der Siel ist vollgelaufen, und die Kinder planschen
im Wasser. Sie unterhalten sich dabei. Das Mädchen,
blondlockig und blauäugig, schaut in die dunklen Augen
des Kindes und sagt dabei: »Blaue Augen — Engelaugen!
Braune Augen — Hundeaugen!«

Der Junge erzählt von den bevorstehenden Herbst- und
Winterstürmen und von der damit verbundenen Sturm-
flutgefahr. Und er versäumt auch nicht, das Kind darauf
aufmerksam zu machen, daß während der letzten Kriegs-
jahre und vor allem jetzt während der Nachkriegszeit,
die Deiche nicht mehr erneuert oder verbessert worden
wären. Er malt das schreckliche Bild aus, das eines Tages
Wirklichkeit werden wird:

Wie in einer Vollmondnacht bei Windstärke 10 bis 12
der Blanke Hans über den Deich steigen würde, um Stadt
und Land zu überfluten. Wie nichts ihm standhalten
könne, wie er durch alle Häuser rase, in solch mitreißen-

der Gewalt, daß die Wände einknickten, als wären es Streichholzschachteln.

Dorothea hält sich längst beide Ohren zu. Sie mag die Unkenrufe ihres Bruders nicht mit anhören, aber das Kind ist von der furchtbaren Vision der in den Fluten untergehenden Stadt gleichermaßen fasziniert und bis ins Innerste getroffen. Angstvoll ruft es aus:

»Was tun wir dann? Wohin retten wir uns?«

»Wir«, entgegnet Helmut voller Überzeugung, »wir gehen in unsere Kirche. Die steht ja auf einer Wurt, und dort hinauf steigt die Flut nicht. Aber für euch ist natürlich kein Platz dort. Das sagen alle. Ihr Katholiken müßt eben zu eurer Kirche gehen und sehen, daß ihr euch auf das Dach retten könnt.« Er lacht kurz auf und schweigt.

Das Kind schaut über den Siel. Aber es nimmt weder seinen ruhigen Wasserspiegel wahr noch das sanfte Grün des jenseitigen Ufers. Vor seinen Augen steigt die Flut.

Und es sieht die kleine Diasporakirche mit ihren dünnen Mauern, ihrem stark abgeschrägten Dach, sieht sie, die schon jetzt von einigen hungrigen Erlen umgeben im feuchtesten Sumpfgelände der Stadt steht, im höher steigenden Wasser vor den anrollenden Wogen kleiner und kleiner werden, sieht die weiße, kochende Gischt das Dach überrennen, sieht die Menschen davon abgleiten und, von Sturm und Wellen gepackt, schreiend in den brüllenden Fluten versinken.

Und es sieht auch die einzige Wurt bereits schwarz von Menschen, sieht die Menge derer, die noch auf sie zustreben, bis zu den Knien, bis zu der Brust schon vom Wasser umspült, sieht sie die Hände ausstrecken, die leeren, verkrampften Hände, auch Hände, die, hocherhoben ein Kind übers Wasser halten, sieht die Leute auf der Wurt lange Stangen ergreifen, sieht sie staken und stoßen, sieht die Verstoßenen in der Sturmflut ertrinken.

Von dem furchtbaren Bild erwacht das Kind zur Wirklichkeit eines milden Spätsommers am Siel. Die beiden anderen Kinder sind unterdessen ins Haus gegangen. Das Kind ist allein. Es schaut sich ungläubig um nach dem fremden Haus, in dem es wohnt. Ein einziges Fenster ist geöffnet.

Dorthin, ja, dorthin will es jetzt eilig gehen. Zu dieser winzigen, schwankenden Insel, die nicht untergehen wird, nicht untergehen darf in der Sturmflut, die die Herbststürme bringen werden.

Nachts erwachte das Kind vom Mondlicht, das über seine Zudecke gewandert war. Mit einem Ruck schnellte es hoch, doch der Siel war nicht aus seinem Bett gestiegen, der Schotterweg lag dunkel und trocken. Aber einmal, dachte das Kind, einmal würde es anders sein.

Dieses hellhörige Haus ohne Einschütte, mit dünnen Wänden und Außenmauern, die manchmal im Sturm zu wanken schienen! Diese durchlässigen Wände, durch die die scharfe Stimme der Wirtin oft zu hören war, durch die man das Tappen jedes Schrittes vernahm, sie würden der Flut niemals standhalten können.

Und es dachte an das Haus in Eisersdorf. Auch dort stieg die Biele zuweilen über die Ufer, verwandelte sich in einen reißenden Strom, der über die Felder, durch Häuser und Gärten tobte und viel Schaden anrichtete. Doch das Haus stand darin wie ein Fels in der Brandung, ruhig und sicher. Großvater hatte ihm starke feste Fundamente gegeben, da mochte der außer sich geratene Gebirgsbach wüten, so viel er wollte.

Und wer nicht solch eine Festung besaß, der konnte in diesem Hause Schutz suchen, so wie es Webers getan hatten, oder sich in die Höfe auf Hügeln und Bergen retten.

Aber hier in der fremden Weite, die sich ohne Begrenzung ausdehnte, hier verriet das Land seine Weiden, seine Häuser, seine Menschen und Tiere, verschenkte sie einfach der See, für die es immer bereit zu sein schien.

Das Kind dachte auch an die Oder: An den Strom, der in aller Stille das Land durchzog, gehorsam die schweren Lastkähne mit der oberschlesischen Kohle trug und den fruchtbaren Ufern Frieden ließ. In seinem Spiegel verdoppelte sich das vieltürmige Breslau. Das Kind meinte, auf der Lessingbrücke zu stehen, den Blick zum Dom, zur Kreuzkirche und zu Maria auf dem Sande gewendet. Trauerweiden hängten ihre Fahnen tief ins Wasser. Ausflugsdampfer fuhren hin und her. Es war, als könnte es nach den Booten greifen, während sie unter der Brücke hindurchglitten. Auf der anderen Seite spannte die Kaiserbrücke ihren kühnen Bogen, die der Wasserspiegel sonnenblitzend wiederholte. Und das Spiegelbild zeigte ihm weiter den prächtigen Bau der Universität, Breslaus Stolz und Schönheit.

Doch das Kind träumte nicht. Es wußte: Die Oder spiegelte heute Ruinen, trostlose Turmstümpfe, versengte Baumstämme wider. Vielleicht war der Wasserspiegel trüb geworden, vielleicht stand niemand mehr an den unbelebten Ufern des Stromes. Vielleicht trugen seine Wellen nichts mehr von Ort zu Ort. Nichts mehr. Nur die toten Bilder verbrannter Dörfer und Städte.

An dem Karfreitag 1946, den jener Kaufmann fröhlich zu verbringen gewünscht hatte, waren Frau Böhm und Barbara bei einigen Eisersdorfern zu Besuch gewesen. Der Anlaß war traurig und schön zugleich. Barbara nahm Abschied. Wie sehr würde sie der Mutter und den jüngeren Geschwistern fehlen. Wir Eisersdorfer würden sie in der Volksküche, in der Kirche, oder wo immer wir zusammentrafen, vermissen.

Sie hatte viel Mut und Kraft gezeigt, hatte während der dunklen letzten Schicksalstage in Eisersdorf die Familie zusammengehalten, die endlose Fahrt im Viehwaggon durch ihr aufmunterndes Singen von Verzweiflung freigehalten.

Dennoch durfte man niemanden hindern, dem anderswo die geringste Chance winkte, der Aussicht hatte, öfter als hier satt zu werden. Barbaras Abschied jedoch hatte einen weit triftigeren Grund.

Ihr Verlobter war als Soldat unversehrt durch den Krieg gekommen und wartete im Bayerischen seit vielen Monaten auf sie, um sie endlich heiraten zu können.

Wenige Tage, bevor wir Eisersdorfer unsere Heimat verlassen mußten, war ein kleiner Zettel auf dem Pfarrhof abgegeben worden, dem man ansehen konnte, daß er durch viele Hände gegangen war. Wie durch wunderbare

Fügung war das winzige Lebenszeichen, das Gruß und Anschrift von Barbaras Verlobtem enthielt, angekommen. Ein kleiner Glücksbote war gegen den großen Strom, der westwärts drängte, auf schier unglaublichen Irr- und Umwegen doch an sein Ziel gelangt.

Während ihrer Besuchsrunde kamen Frau Böhm und Barbara schließlich auch zum Hentschelbauern. Er hauste mit Frau und Kindern in einer engen Kellerwohnung. Als Böhms eintraten, waren sie zunächst sprachlos. Ein köstlicher Duft erfüllte den düsteren Raum und strömte ihnen verlockend entgegen. Kein Zweifel! In dem Topf, der drüben auf dem Herd leise dampfte, mußte sich ein ansehnliches Stück Fleisch befinden. Stumm atmeten sie den Duft ein. Die Familie saß einträchtig um den Herd versammelt und bewachte den Topf und die Vorgänge in ihm. Er enthielt ja auch eine Kostbarkeit, die im Jahre 46 in dieser Stadt an ein Wunder glauben ließ.

Barbara faßte sich zuerst und stammelte mit hungrigen, großgewordenen Augen: »Ja, wie habt ihr denn das geschafft? Wie seid ihr zu diesem herrlichen Braten gekommen?«

Die Bäuerin lachte bitter: »Unser Braten?« fragte sie, »ja glaubt ihr, wir seien unter die Diebe gegangen? — Das Fleisch gehört unseren Wirtsleuten, es soll ihr Osterbraten werden. Unsere Wirtin hat beim Frühjahrsputz die Küche mitsamt ihrem Herd blitzend blank poliert. Weil sie nun fürchtet, ihr Herd könne ein paar Fettspritzer abbekommen, hat sie den Braten hier auf unseren Ofen gestellt. Wir dürfen daran riechen. Ist das nicht großzügig?«

Frau Böhm meinte verwundert: »Es ist immerhin erstaunlich, daß sie euch derart vertrauen. Haben sie keine Angst, nach allem, was man beinahe überall über uns spricht, haben sie tatsächlich gar keine Sorge, daß ihr etwas davon nehmt?«

»Nein«, erwiderte jetzt der Bauer, »sie haben sich das vorher genau überlegt und uns das auch mitgeteilt. Da heute Karfreitag und für Katholiken ein strenger Fast- und Abstinenztag sei, könne man uns das Fleisch getrost anvertrauen.«

Daraufhin schwiegen alle eine Zeitlang. Sie vermieden, an die Grausamkeit dieser Prüfung zu denken und wollten nur den unbeschreiblich köstlichen Duft einsaugen. Dann versuchten sie, von etwas anderem zu sprechen.

Natürlich sprachen sie von Eisersdorf. Vor einem Jahr, während der letzten Kriegstage, waren die beiden Durchgangsstraßen von Trecks und von versprengten Truppeneinheiten schwarz gewesen. Jede Ordnung geriet damals in Auflösung. Vertauschte Werte! Die meisten blieben als nutzloser Ballast am Straßenrand zurück. Von den Eisersdorfern bückte sich keiner mehr danach. Sie sahen den Durchziehenden nach.

Überleben und fliehen! Fliehen und überleben?

Die durchziehende Angst, die vielen, vielen ungezählten Ängste steckten das Dorf an, rissen aber nur wenige mit, die in den Sog der großen Flut gerieten und alles stehen- und liegenließen.

Der Bauer lud in den ersten Maitagen des Jahres 45 Frau Böhm und deren Kinder auf seinen Wagen und floh mit ihnen und seiner eigenen Familie tief in die Grafschafter Gebirgswälder hinauf. Doch auch den entlegensten Winkel fanden die anrückenden Russen. Vielleicht war ihre Wildheit und Zerstörungswut jenseits der großen Straßen ein wenig abgeebbt. Aber es wurde nur zu bald klar: Hier gab es keinen Ort mehr, an dem man ihnen entfliehen konnte. Alle wurden aufgespürt.

Die Sorge um Eisersdorf, um den Hof und um das Vieh, Böhms Sorge um ihren Vater, um ihr Haus, trieb sie wieder dorthin zurück, wo sie daheim waren. Neun Monate einer schrecklichen Zeit folgten dem Zusammenbruch. Und jetzt, in die Fremde geworfen, wich die Betäubung durch die erlittenen Schrecken einem beharrlichen Schmerz. Doch wer sah, wer verstand ihn? Wer wollte überhaupt von ihm wissen?

Es gibt ein Foto, das ihn unter einem der wenigen dürftigen Apfelbäume seines Gartens zeigt. Der Pfarrer Johannes Hillen steht im Halbschatten. Ein paar Sonnenflecke hellen seinen schwarzen Anzug auf. Hinter ihm, im flirrenden Nachmittagslicht, ein Teil des Pfarrhauses. Der Fliederbusch besonnt, als stünde er in Blüte.

Die Schwester des Pfarrers im dunklen Kleid mit weißem Kragen, die Brille in der Hand haltend, neben ihm. Die Geschwister ähneln einander. Beide sind von großer stattlicher Gestalt. Den Eindruck kräftiger Gesundheit erwecken beide. Fälschlicherweise.

Auf den ersten Blick ist es ein Bild, das einen geruhsamen, beschaulichen Sonntagnachmittag vortäuscht, die gelungene Aufnahme eines Fotografen, der seine Kunst versteht.

Die Gesichter der beiden hat er so weit aufgehellt, daß die verwandtschaftlichen Züge klar hervortreten, auch das einander ähnelnde Lächeln, oder sagen wir lieber, der freundliche, etwas kritische Blick aus graugrünen Augen, hinter dessen sprungbereitem Schalk sich nachdenklicher Ernst verbirgt.

Die Schwester wird im nächsten Augenblick ihre Brille aufsetzen, ins Haus zurückgehen, ihre Alltagsschürze vorbinden, sich prüfend vor den Schrank stellen und überlegen, was noch entbehrlich wäre. Wenn man frühmorgens vor dem Werktagsgottesdienst bei gutem Wetter die Wäsche wäscht, sie rechtzeitig auf die Leine bringt, so ist sie selbst im feuchten Klima hier abends trocken und wieder gebrauchsfähig. Wäsche in dieser Zeit auf Vorrat zu stapeln, wäre übertrieben, überflüssig und altmodisch. Der Geschirrschrank ist bis auf das Nötigste bereits ausgeräumt. In allen Schränken, Kommoden und Truhen, stellt sie fest, gibt es nichts Überflüssiges mehr. Die Vorräte im Keller sind ebenfalls auf ein Minimum zusammengeschrumpft. Auf dem Herd steht ein Bohneneintopf bereit, auch eine dickbauchige Kanne mit Tee und zwar mit schwarzem. Auch außerhalb der Essenszeit klingeln jetzt oft Hungerleidende an der Tür des Pfarrhauses. Dann ist die nahrhafte Suppe rasch aufgewärmt. Neulich hat sie wegen einiger zuviel verbrauchter Stromeinheiten eine empfindliche Strafe zahlen müssen.

Was ihr Bruder morgens von der Kanzel predigt, hat sie bereits tags zuvor in die Tat umgesetzt. Das Pfarrhaus ist dabei ein armes Haus geworden, und dennoch scheint es immer wieder zu gelingen, in den ärgsten Notfällen jene Dinge zu beschaffen, die gerade am dringendsten gebraucht werden. Trotzdem liegt eher ein Hauch von Fröhlichkeit als von Askese über allem.

Ohne große Worte also wird dieses Haus gelebten Christentums Vorbild, Zufluchtsstätte, Magnet für Gleichgesinnte oder aber zum stillen Vorwurf für jene, die großzügiges Teilen für übertrieben halten. Dem Pfarrer fehle die nötige Distanz zu den Problemen, wird aus bestimmten Richtungen mit Tadel angemerkt.

Es ist tatsächlich ein Haus ohne Abstand zum Alltag und zur Zeit, inmitten seiner Lebenswirklichkeit. Im ersten Stockwerk lebt eine Familie mit drei Kindern, eines davon ist behindert. Im zweiten wohnen Flüchtlinge. In der Parterrewohnung des Pfarrers und seiner Schwester haben sein Eisersdorfer Amtskollege und dessen Haushälterin einen Platz gefunden. In einem Raum des ersten Stocks ist das Caritasbüro eingerichtet. Vom Keller bis zum Speicher besetzen Spenden und Hilfsgüter jeden Winkel des ohnehin bescheidenen Hauses.

Kein Raum für Repräsentationszwecke, für zurückgezogene Weltabgeschiedenheit und Meditation. Im schmucklosen Studierzimmer, wie es wohl früher einmal genannt wurde, stehen dunkelbraun gebeizte Möbel. Von seinem Schreibtisch, in die Nähe des Fensters gerückt, blickt der Pfarrer über seinen Garten zu der ärmlichen Kirche hinüber.

Ein Maler des Mittelalters hätte ihn so auf dem Goldgrund des Glaubens dargestellt, ein jüngerer die beständige leise Gegenwart des Heiligen mit den wechselnden Farben des Lebens übermalt. Doch nur beide gemeinsam hätten das Bild dieses Mannes vollenden können. Denn durch die kräftigste Übermalung dringt immer noch der Farbgrund, wenn er auch mehr spürbar als sichtbar bleibt.

Dieses ungemalte Bild sehe ich von vielen Einzelbildern umgeben:

Gerade ist der künftige Rektor der künftigen Barackenschule eingetreten. Neben dem Pfarrer wirkt er noch schmächtiger und kleiner als sonst. Aber sein Gesicht mit den scharfgeschnittenen Zügen zeigt Entschlossenheit und Tatkraft. Ohne diese lebenswichtigen Eigenschaften hätte er kaum nach langen Soldatenjahren in den vorderen Reihen und nach russischer Kriegsgefangenschaft einen Fußmarsch aus dem fernen Oberschlesien bis an die Nordseeküste überleben können.

Der Pfarrer mustert ihn eindringlich durch seine Brille. Sein Blick bleibt an den Füßen des Mannes hängen, und er schüttelt den Kopf. Die schiefgelaufenen Absätze mochten noch hingehen, wer achtete heute auf so etwas? — aber die klaffenden abgewetzten Sohlen, das zerrissene Oberleder der Schuhe?

»Nein«, sagt er bestimmt, »die alten Schuhe passen nicht zum neuen Rektor unserer neuen Schule. — Es muß im Caritasbüro oben noch ein besseres Paar in Ihrer Größe zu finden sein. Warten Sie! Ich bin gleich zurück.«

Wenig später tritt er wieder ein, hält dem Rektor ein Paar auf Hochglanz polierte schwarze Lederschuhe unter die erstaunten Augen und ermuntert ihn: »Probieren Sie!

Die sind so gut wie neu!« Die Schuhe passen tatsächlich. Der Rektor geht, noch ungläubig, ein paar Schritte auf und ab. Der Pfarrer sieht ihm zufrieden dabei zu.

Da öffnet sich die Tür, seine Schwester kommt herein.

»Deine neuen Sonntagsschuhe?« ruft sie aus und bereut im gleichen Augenblick, was sie gesagt hat. Peinlich berührt blickt der Rektor auf. Doch der Pfarrer unterbricht die Sekunden anhaltende Stille mit einem schalkhaften Augenzwinkern.

»Na klar, meine neuen Schuhe! Alte hat er doch selber, oder nicht?«

Die Einwände des Beschenkten können sich nicht durchsetzen; sie werden mit einer Handbewegung fortgescheucht. Der Fall ist erledigt, und zwar für immer. Wahrscheinlich wird sich der Pfarrer nie wieder daran erinnert haben.

Ich sehe ihn am Schreibtisch sitzen und einen seiner Briefe entwerfen. Er schreibt ausnahmsweise keinen Bettelbrief, sondern einen der wenigen sehr langen Briefe, für die er sich mehr Zeit als gewöhnlich nimmt. Vielleicht hält ihn auch sein schlechter Gesundheitszustand, sein krankes Herz, länger als früher im Zimmer fest.

Draußen vor dem Fenster wüten Frühjahrsstürme. Er ist vor zwei Stunden bis auf die Haut durchnäßt und zu Tode erschöpft von einem Außenbezirk jenseits des Stromes zurückgekehrt.

Nun schreibt er den 11. März 1948 als Datum auf den Briefkopf. Vorhin hat ihm seine Schwester heißen Tee gebracht, der ihm wieder auf die Beine geholfen hat. Auch eine der wenigen Zigarren, die er zuweilen geschenkt bekommt, zündet er sich gegen das Verbot der Ärzte an. Er genießt seinen Ungehorsam und fühlt sich sogleich besser. Doch er weiß selbst, daß der vorübergegangene Schwächeanfall nur ein Aufschub ist.

Wem schreibt er diesen langen Brief? Ist er wirklich an diesen ihm unbekannten Amtskollegen im Ausland gerichtet, bei dem er sich für eine unverhoffte Paramentensendung bedanken will?

Oder legt er Rechenschaft ab von acht Lebensjahren in äußerster Anspannung, auf dem alles fordernden Außenposten? Fragt er sich selbst nach dem Verbleib seiner Kräfte? Nach den Talenten, von denen er nicht eines vergraben, die er alle ausgegeben hat ohne Vorbehalt, ohne ängstliches Vorausschauen und Berechnen der Zukunft? Er blickt auf das Bild des Guten Hirten, in dessen Nachfolge er steht.

Welchen dieser vielen Wege zu seinen weit verstreuten Herden hätte er sich sparen müssen, um mit den Kräften besser hauszuhalten? Er weiß keinen dieser neunzig Kilometer, die er Woche für Woche, bei Wind und Wetter, bei Kälte und Hitze, zu Fuß und mit dem Fahrrad bewältigt, der nicht nötig gewesen wäre. Das Fußballspiel etwa mit den Ministranten? Oder die Schneeballschlacht mit den Kindern im Anschluß an die Christmette in der Heiligen Nacht? Oder die Radtour zu der schönen, alten Friesenkirche mit der herrlichen Schnittgerorgel?

Beim Schreiben des Briefes, dieser langen, aber sachlichen Bestandsaufnahme, wird sein Herz ruhiger! Und er weiß, daß es richtig war, fraglos und ohne Rücksicht auf sich selbst, den vollen Einsatz zu wagen.

»*Dankbaren Herzens denke ich an die Menschen, die mir geholfen haben, meine schwierige Lage zu meistern. Die Nachkriegszeit stellte mich vor Aufgaben, die unüberwindlich schienen, aber mit Gottes Hilfe ging es besser als erwartet werden konnte.*

Meine Pfarrei umfaßt ein Gebiet von etwa dreihundert Quadratkilometern. In früheren Jahren wohnten hier etwa 1500 Katholiken unter 30 000 Protestanten. Die Arbeit war schwer, denn die protestantische Kirche war unter den Angriffen des Nationalsozialismus in dieser Gegend fast ganz zusammengebrochen, und eine scharfe Welle des Hasses brandete gerade hier gegen die Kirche. In den letzten Jahren des Krieges waren in meinem Pfarrgebiet noch einige Tausend Katholiken aus dem Westen Deutschlands untergebracht, deren Heimat durch Luftangriffe und die vorrückende Front in Gefahr geraten war. In dieser Zeit mußte ich neben meiner eigentlichen noch vier weitere Stationen betreuen und dort Gottesdienst und Unterricht abhalten. Es ist klar, daß die Nazis für diese Aufgaben weder Autos noch Fahrradbereifung zur Verfügung stellten. Zudem waren etwa 3000 Fremdarbeiter und zwei Lager mit Kriegsgefangenen, die ich zu betreuen hatte. Ich hatte an dieser Arbeit viel Seelsorgerfreude, aber auch viele Schwierigkeiten, denn die Gestapo hatte ein wachsames Auge und einen grausamen Haß.

In der Hauptsache hatte ich hier Polen, Holländer, Belgier und Franzosen. Außerdem noch Italiener, die aber zum größten Teil freiwillig nach Deutschland kamen und auch nicht schlecht lebten. Schlecht war es für die Polen. Am ärmsten waren die Ukrainer daran. Mit diesen konnte ich nur in den Gefängnissen sprechen. Es klingt geradezu paradox, aber es ist eine Tatsache, daß ich nirgends so ungestört arbeiten konnte wie im hiesigen Gefängnis. Sämtliche Wärter waren keine Nazis, und sie ließen mir volle Freiheit, bis ich kurz vor Schluß des Krieges vom Chef der Gestapo selbst dort im Gefängnis bei meiner verbotenen Tätigkeit ertappt wurde. Nur der schnelle Vormarsch der Front hat mir das Leben gerettet. Mein Urteil war gesprochen und unterschrieben: Erhängen!

Man bezeichnete mich als den gefährlichsten Gegner der Nazis hier in diesem Bezirk. Sie wissen ja aus den Berichten, daß die vergangenen Jahre für Priester keine Kleinigkeit waren.

Heute habe ich in dieser Beziehung völlige Freiheit. Am Sonntag, dem 6. Mai 1945, landeten hier kanadische Truppen. Am Mittwoch, dem 9. Mai, habe ich wieder mit Jugendarbeit und Unterricht begonnen. Es ist ja soviel nachzuholen, denn die Auswirkungen des Nationalsozialismus sind viel tiefer, als die meisten Menschen annehmen. Wenn auch viele keine Nazis waren, die Kinder hatten jedoch die Schulen der Nazis zu besuchen...

In anderer Hinsicht ist meine Lage heute aber viel schwerer. Im März 1946 kamen hier die ersten Vertriebenen aus dem Osten an: Menschen aus dem Gebiet östlich der Oder-Neiße-Linie, deren Vorfahren seit siebenhundert Jahren dort wohnten. Weil aber das Gebiet unter russische und polnische Verwaltung gestellt worden ist, mußte die deutsche Bevölkerung ausziehen. Hier sind meiner Ansicht nach schwerste Verbrechen gegen die Humanität vorgekommen.

Es kamen hauptsächlich Mütter mit Kindern und alte Leute. Arbeitsfähige Männer sind vielfach noch heute in Rußland. Viele wissen nichts von ihren Familien.

Als der erste Transport dieser Vertriebenen hier ankam, starben davon allein in meiner Pfarrei fünfundzwanzig meist ältere Leute während der ersten zwei Wochen. In ungeheizten Eisenbahnwaggons mußten sie acht Tage oder länger reisen, ohne Verpflegung. Nur ein Hering für je zwei bis vier Personen wurde ihnen gegönnt. Bei mir im Hause wohnt ein Priester, der mit diesem Transport kam. Innerhalb weniger Minuten hatte er seine Wohnung, seine Kirche und seine Heimat zu verlassen.

In meinem Pfarrgebiet wohnen jetzt etwa 9000 Katholiken. An zwölf Orten ist regelmäßig Gottesdienst. An zwei Orten ist ein Priester untergebracht, an einem Ort eine Schwesternstation.

Die Vertriebenen wohnen bei der ansässigen Bevölkerung. Teilweise sehr schlecht. Dazu kommt eine grenzenlose Armut, denn die wenigen mitgenommenen Habseligkeiten wurden vielfach unterwegs noch von den Polen geraubt, den Rest nahmen die Bolschewisten.

Meine ganze Arbeit bestand in der ersten Zeit eigentlich darin, Material zu beschaffen, um Gottesdienstmöglichkeiten einzurichten. Ferner Material, um dringendsten Notfällen zu steuern.

Am schlimmsten ist es um die Kinder bestellt. Ich fand ein neugeborenes Kind, das statt in Windeln, in Zeitungs-

papier eingewickelt war. Es liegt mir aber nicht, über die Lage hier viel zu reden.

Ich bin mir klar darüber, daß wir Deutschen heute im allgemeinen keinen guten Ruf besitzen. Vielleicht hätten wir unser Leben rücksichtsloser einsetzen sollen, bloß unsere Kinder sind unschuldig. Es tut weh, sie mitten im kalten Winter so elend zu sehen.

Gebe Gott, daß der Welt bald der Friede beschert wird...

Unsere Zusammenarbeit mit den Besatzungstruppen ist sehr gut. Seit der Rückkehr des amerikanischen Seelsorgers nach den USA bin ich in etwa sein Stellvertreter. Die internationale Seelsorge habe ich während des Krieges gelernt, wo ich an jedem Sonntag in fünf Sprachen Beichte hören mußte...«

In einem weiteren Dankbrief vom März 1948 schrieb der Pfarrer an Mrs. Tuller:

»...Wieder einmal stehe ich — wie so oft schon in letzter Zeit — vor der Aufgabe, einem unbekannten Spender danken zu dürfen, der irgendeinem Unbekannten zu Hilfe kommt. Einem Unbekannten, der zudem noch einem Volk angehört, durch das unermeßliches Leid in die Welt gebracht worden ist. ...Soeben habe ich im Radio einen Vortrag über die Kulturbauten gehört, die dem Krieg zum Opfer gefallen sind. Es ist wahr, daß wir hier nur zu sehr die Schäden an unseren eigenen Städten sehen. Wir müssen uns darüber klar werden, was in Nord und Süd, in Ost und West, in ganz Europa zerstört worden ist. Möge die Welt vor einem neuen Brande verschont bleiben...

Mit Fleiß und Bescheidenheit werden wir wieder aufbauen müssen, was Hochmut und Vermessenheit vernichtet haben. Das Eine aber ist für uns immer wieder eine Quelle der Kraft und des Vertrauens: wenn wir nämlich gerade jetzt von Ländern, die durch uns litten, solche Liebe erfahren, wie wir in keiner Weise vergelten können...«

Einem befreundeten Priester gibt er am 21. Februar 1948 einen kurzen Hinweis auf den Grad seiner Erschöpfung:

»Mir geht's nicht mehr allzu gut. Auf die Dauer hält eben kein Mensch die Arbeit in der Diaspora aus, zumal nicht unter heutigen Umständen. Man arbeitet von Woche zu Woche weiter und hofft, daß es noch einmal für einige Zeit weitergehen wird.«

Aber im Juli 1948 erwähnt er einem Wohltäter gegenüber, der ihm Hilfe angeboten hatte:

»...Es stimmt schon, daß ich mich hier allmählich akklimatisiert habe, sogar an die Kaffeebrühe.«

Und er verzichtet zugunsten eines alten Vertriebenenpriesters auf einer seiner Außenstationen auf die ihm selbst zugedachten Pakete.

Über die Währungsreform berichtet er folgendes:

»Die Geldreform hat uns vor neue Probleme gestellt. Früher hatten wir kein Material, aber Geld genug. So hatte zum Beispiel unsere Kirchengemeinde sich ein Kapital von etwa 30 000 Reichsmark zusammengespart, womit die Kirche renoviert werden sollte. Nach dem Gesetz wird der Betrag auf 3000 Deutsche Mark abgewertet. Davon bleiben zunächst 1500 DM gesperrt. Die Ent-

*scheidung fällt in drei Monaten. Von den restlichen
1500 DM sind 250 DM verfügbar, wenn das Finanzamt
festgestellt hat, daß keine Steuerhinterziehung vorgekommen ist. Zunächst konnte auf das Gesamtkonto ein
Darlehen aufgenommen werden, um die Gehälter zu
einem Teil auszuzahlen.*

*Ich selbst habe mein Gesamtvermögen von 5200 RM
angemeldet, davon erhielt ich die Kopfquote von 40 DM.
Das restliche Geld ist zunächst auf einer Bank eingefroren. Wenn alles geregelt ist, dann werde ich 190 DM
haben als mein gesamtes Vermögen. Trotzdem bin ich
froh, daß die Reform durchgeführt wurde. Man hat endlich wieder ehrliches Geld.*

Für die Schwarzhändler ist eine schwere Zeit hereingebrochen, aber das bedauern wir ja nicht sehr. Es melden sich Arbeitsuchende, die seit drei Jahren keine ehrliche Arbeit mehr gekannt haben...«

Bettelbriefe! Dankbriefe! Und wieder Bettelbriefe!
Beständige Übungen der Demut, Unterwerfung des Stolzes, das Abbröckeln des Gefühls, sein eigener Herr zu
sein. Und doch gab es Briefe, die gewiß noch schwerer zu
schreiben waren. Das Gebot »Liebet eure Feinde!« ist
weit schwieriger zu erfüllen.

Nach Auskunft über einige seiner Widersacher im
Dritten Reich befragt, schreibt er am 2. Mai 1947:

*»Ich lehne es bewußt ab, heute den Haß gegen frühere
Nazis zu schüren oder gar meine Rache zu kühlen für die
schweren Stunden, die ich als katholischer Priester zu er-*

tragen hatte... Ebensowenig will ich aber meine Hand dazu leihen, irgendeinen Schuldigen der Gerechtigkeit zu entziehen...«

Der Pfarrer stand am Fenster seines Arbeitszimmers und sah in den Garten hinaus. Ein paar Jungen waren über den Zaun gestiegen, schauten sich um, als ob sie kein ganz reines Gewissen hätten. Warum kamen sie über den Lattenzaun, wo doch die schmale Pforte immer unverschlossen und leicht zu öffnen war? Wer sich auf krumme Wege begeben will, nimmt anstandshalber nicht den geraden Weg durch die Gartentür.

Nach einigen weiteren, scheuen Blicken waren die Jungen beim Apfelbaum stehengeblieben. Einer kletterte hinauf, griff nach einem grasgrünen Apfel. Wie er dabei lachte und mit starken Zähnen hineinbiß! Offensichtlich schmeckte er ihm köstlich. Schon waren ihm die beiden anderen Jungen flink wie Eichhörnchen nachgestiegen.

Hinter der Gardine verborgen, schaute der Pfarrer den kleinen Apfeldieben bei ihrem heimlichen Schmausen zu. Es schien ihm etwas eingefallen zu sein. Jedenfalls lächelte er belustigt vor sich hin, vergaß die Anwesenheit seiner neuen Caritassekretärin, die er zu einer Besprechung hereingebeten hatte.

Schließlich stand Tante Lena auf, trat ebenfalls ans Fenster und machte erstaunte Augen, als sie mißbilligend entdeckte, was den Herrn Pfarrer so von Herzen erfreute.

»Ja, ja, ich weiß schon, was ich zu tun und zu sagen hätte«, wandte er sich ihr zu, »aber ich habe mich entschlossen, nichts zu tun und nichts zu sagen. — Gönnen Sie mir noch eine Weile diesen Anblick!«

Er rückte leise an der Gardine, schaute hinüber zu den ungebetenen Gästen auf seinem Apfelbaum. — Sah Sonne und Wolken darüber, einen Sommertag, beinahe wie früher, als es keine Not und kein Amt für ihn gab. Als die Zeit noch ungeteilt ihm gehörte, irgendwo in einem milderen, südlicheren Landstrich, in dem Früchte gediehen und reifen konnten. Als er nichts von diesem kargen Garten, nichts von seinem armen Hause und von seiner armen Kirche wußte, nichts von diesem nördlichen, kühlen Ort, an den er 1940 vertretungshalber beordert worden war, und den er nie wieder verlassen hatte.

Bis auf die wenigen Obstbäume, die sich hartnäckig gegen die Stürme verteidigten, — ihre kleinen, festen Früchte schmeckten nach dem Kampf dieser kurzen Sommer — bis auf diese schiefgewachsenen Bäume gab es keinen Luxus in diesem Garten. Jeder Quadratmeter war umgegraben worden, und man entrang ihm mühsam Kartoffeln und Gemüse. Die Mitbewohner des Hauses und die fleißigen Frauen, die in der Caritas beim Auspacken der Hilfsgüter, beim Nähen und Verteilen halfen, hatten sich die ehemaligen Blumenbeete, das Rasenstück und sogar die schmalen Randstreifen am Zaun mit Winterkohl und Endiviensalat bepflanzt. Nur die Flieder-, Schneeball- und Rhododendronbüsche durften am Haus stehenbleiben, um seinem tristen Grauverputz ein wenig Farbe zu verleihen.

Also war es um den Blumenschmuck in der Kirche karg bestellt. Früher hatten üppige, bunte Sträuße aus dem

Pfarrgarten die ärmliche Ausstattung überstrahlt; das Gotteslob kam aus der Fülle der Natur. Jetzt war auch hier die Verarmung sichtbar geworden. Wiesenblumen, Unkraut von Wegrändern, weißblühender Schierling waren zur Ehre der Altäre erhoben worden. Manche Leute empörten sich darüber, doch die meisten hatten sich an den Anblick gewöhnt. Der Pfarrer hatte zu bedenken gegeben, daß die Wunder des Schöpfers auch im Kleinen, Unscheinbaren groß seien. Waren die seit jeher von Kindern auf den Altar gelegten Gänseblümchen nicht ein Beweis dafür, weil Kinder eine Wertung noch nicht kannten?

Tatsächlich war der dicht mit Schierling geschmückte Maialtar ein bis dahin unbekanntes Wunder an Zartheit gewesen. Einen kunstvolleren Schleier konnten die behutsamsten Hände nicht schaffen. Trotzdem blieb Schierling ein bitteres Kraut. Er war vorbelastet. Bitternis wollte sich der Freude über seine Schönheit jedesmal beimischen. Doch dann zwang sich der Pfarrer, daran zu denken, wie viele Menschen durch die auf den ehemaligen Blumenbeeten wachsenden Bohnen bereits gesättigt worden waren. Es gab keinen Zweifel, woraus auch in diesem und in den kommenden Jahren der Altarschmuck zu bestehen hatte.

Im Pfarrgarten gab es in Gestalt der Sommerlaube einen weiteren Stein des Anstoßes. Seit der Pfarrer und seine Schwester hier lebten, waren ihnen zu selten geruhsame Stunden vergönnt gewesen, als daß sie je hier draußen ihren Tee hätten trinken können. Als nach dem Krieg zudem jeder Winkel im Hause benötigt wurde, diente die Laube als Lagerplatz für Altäre, die man einmal im Jahr vor Fronleichnam von Spinnweben säuberte, im Freien aufbaute und festlich schmückte. Freilich war die Laube kein idealer Aufbewahrungsort, doch die Menschen, die trockene, warme Räume im Haus brauchten, gingen vor. Außerdem litten hier draußen im feuchten Klima wahrhaftig keine unersetzbaren Kunstschätze Schaden. Die meisten Altäre waren aus einfachem Holz gezimmert und dunkel gebeizt worden. Nur der Aufbau eines Seitenaltars bestand aus allerlei neugotischem Zierat.

Seit einiger Zeit spielten in dieser Laube eine Reihe Kinder, kletterten zwischen Türmchen und Zacken umher, entdeckten ein vielstöckiges Reich mit Schlupfwinkeln, kleinen Räumen und Verstecken, fanden Zuflucht bei Sturm und Regen für sich und ihre Puppen und nisteten sich hier ein.

Mehrmals war der Pfarrer von verschiedener Seite darauf aufmerksam gemacht worden, daß dies kein geeigneter Kinderspielplatz sei. Immerhin handle es sich um geweihte Gegenstände, die da im wahrsten Sinne des Wortes mit Füßen getreten wurden. Schließlich müßten die Kinder lernen, daß es Dinge gebe, die tabu und ein Ort der Ehrfurcht seien.

Beim erstenmal war der Pfarrer, der von heftiger Natur war, auch sogleich aufgesprungen und durch den Garten gestürmt, um sich und den Altären durch ein kräftiges Donnerwetter Respekt zu verschaffen. Aber bereits kurz vor der Sommerlaube verlangsamten sich seine Schritte, verrauchte sein kurzlebiger Zorn vollends.

Die Kinder hatten ihn nicht kommen sehen, und er blieb weiterhin unbemerkt, als er ihnen nun zuzuhören begann. Vom Licht geblendet, gewöhnten sich seine Augen nur langsam an das Dämmerdunkel im Innern der Laube. Eine helle Stimme spann hier den süßen Zauber eines Märchens zuende, und schließlich nahm er die Umrisse wahr:

Zwischen gotischen Türmchen blonde Lockenköpfe und braune Zöpfe. Fremde dunkle Augen leuchteten beim Erzählen und schienen in den geheimnisvollen Schloßpark von Eiersdorf zurückgekehrt zu sein, der von allerlei Fabelwesen bevölkert war. Die anderen Kinder lauschten mit angespannten Mienen, hielten ihre Puppen fest an sich gedrückt.

Er erkannte unter ihnen die schöne, trotzige Inga, die hier neben der jüngeren Almuth friedlich stillsaß. Almuth, die heute weit weniger als sonst den Eindruck der geistig Behinderten erweckte, hielt den Kopf mit den prächtigen Zöpfen etwas vorgeneigt, was ihren meist ins Leere blikkenden, wasserblauen Augen und dem leicht geöffneten Mund einen fragenden, staunenden Ausdruck verlieh. Er erblickte ein leises, verzücktes Lächeln. Ein glücklicher Schimmer lag über dem sonst seltsam alten Kindergesicht. Almuth unterbrach jetzt das erzählende Kind mit einer törichten Frage, wartete die Antwort nicht ab, stellte wieder und wieder die einzige Frage, die ihr in Gegenwart des Kindes einfiel, wo es auch sein mochte. Fragte auch jetzt, während der Speichel über ihre Lippen rann, wieder nach dem roten Pott, den das Kind auf dem Weg zur Schule für die Schulspeise meist bei sich trug.

Geduldig erklärte das Kind, sprach wieder und wieder leise und eindringlich mit Almuth, während sich auf Ingas Stirn wegen der Unterbrechung eine steile Unmutsfalte zu bilden begann. Schließlich legte es seine kleine Hand über Almuths kühle Fingerspitzen. Almuth griff hastig nach der Hand, hielt sie fest, hatte nun etwas für sich allein, etwas was warm und weich und nicht schwer zu verstehen war und hielt still, während das Kind den Faden der Geschichte wieder aufnahm und weiterzuspinnen begann.

Unbemerkt zog sich der Pfarrer zurück, ging eine Weile zwischen den Gemüsebeeten umher, ehe er an seinen Schreibtisch zurückkehren wollte. In der Geborgenheit der Laube fand ein ungestümes Mädchen Ruhe, erlebte ein umnachtetes Gemüt einen Hauch von Glück, fühlten andere Kinder, die bei ihren Wirtsleuten nur geduldet waren, Geborgenheit. Sollte er sie aus diesem heimlich eroberten Reich wieder hinausstoßen in die Kälte und Fremdheit ihres Alltags?

Vor diesem Ort schien Christus selbst mit seinen Jüngern unter dem Apfelbaum zu wachen. Jedenfalls glaubte er ganz deutlich das Wort zu hören: »Lasset die Kinder zu mir kommen und wehret es ihnen nicht, denn ihrer ist das Himmelreich!«

Dem Pfarrer wurde selbst kindlich froh zumute, seine von Sorgen überschatteten Gedanken hellten sich auf. Rasch ging er in die Kirche hinüber, kniete zu einem seiner kurzen, aber intensiven Gebete nieder. Die nachmittägliche Stille hier wurde zwar vom Lärmen, das aus dem nahen Pfarrwäldchen herüberdrang, unterbrochen, aber es störte ihn so wenig wie das Vogelgezwitscher in den Bäumen. Draußen tobten zwischen drei Dutzend mageren Erlen, die ein Wäldchen imitierten und meist mit ihren dünnen Stämmen im Wasser standen, beinahe ebensoviele wilde Jungen. Hier erlebten sie ihre Abenteuer und vergaßen darüber für eine kurze Weile den ständigen Kampf um Nahrung, ums Überleben. Gewiß waren sie hierhergeschickt worden, um junge Nesseln und Sauerampfer zu pflücken, aus denen ihre verzweifelten Mütter Gemüse und dünne Suppen zubereiteten.

Gleich nachher, wenn er aus der Kirche herauskam, dachte der Pfarrer glücklich, würde die wilde Horde ihr Spiel unterbrechen. Wann immer Kinder ihn erblickten, stürzten sie auf ihn zu und begrüßten ihn stürmisch. Drüben auf dem Hofplatz vor der Schulbaracke war es ähnlich. War der Pfarrer in Eile, so mußte der Rektor das Klingelzeichen zur vorzeitigen Beendigung der Pause ertönen lassen, sonst ließen sie ihn einfach nicht fort. Er war ja auch viel zu gern unter ihnen, um mit ihnen zu scherzen, ihre Nöte anzuhören oder in selteneren Fällen, um mit ihnen Fußball zu spielen.

Manchen Leuten war seine Vertrautheit mit den Kindern gar nicht recht. Sie erwarteten von einer Respektsperson Ernst und Würde in jeder Situation, das leibhaftig unter ihnen wandelnde leuchtende Vorbild.

Und hin und wieder klopfte der Pfarrer nach zuviel ungestümer Freude und Ausgelassenheit an seine Brust, erforschte kritisch sein Gewissen und befragte es, ob diese Einwände nicht teilweise doch berechtigt seien. Glücklicherweise fielen ihm dann meistens jene wenigen Gelegenheiten ein, bei denen er streng und unnachgiebig der Meister geblieben war, so schwer es ihm auch gefallen sein mochte.

Zwei Krippenfiguren hatte der Pfarrer an Weihnachten dem Kinde geschickt: einen Hirten und einen Engel. Als er hörte, daß es fiebernd in der kalten Dachkammer lag, das schöne Weihnachtsfest in der Kirche nicht miterleben konnte, war er impulsiv aufgesprungen und hatte den Karton mit den Figuren zusammengeschnürt, um ihn auf die Sielstraße zu schicken. Tante Lena jedoch weigerte sich, das Paket mitzunehmen.

»Die Krippe gehört hier in die Caritas«, sagte sie. »Täglich kommen unzählige Menschen vorbei, viele Kinder sind darunter, die nicht nur ein Kleidungsstück für ihre äußere Not brauchen, sondern Freude, Wiederbegegnung mit Verlorenem. Nein, es ist nicht gerechtfertigt, wegen eines einzigen Kindes, wenn es unserem Herzen auch noch so nahesteht, so viele andere Menschen darum zu bringen.«

Der Pfarrer machte ein finsteres Gesicht, was bedeutete, daß er Tante Lenas Argumente einsah. Trotzdem ärgerte er sich ein wenig über ihre Fähigkeit, immer überlegt und sachlich zu handeln. Er selbst ließ sich oft von einer ihn begeisternden Idee mitreißen. Er führte sie am liebsten spontan aus, ohne das Wenn und Aber bedenken zu müssen. Er mochte diese nach Wermut schmeckende Vernunft nicht besonders.

Langsam begann er den Knoten der Schnur wieder zu lösen. Sie sah, daß er dabei war, nachzugeben, wenn er es auch recht ungern tat, und er sagte ihr das auch. Schließlich entnahm er dem Karton die Figur eines Engels.

»Hier!« meinte er, »diesen Engel, der die Botschaft des Heils verkündet, werden Sie wohl dem Kind mitnehmen.«

Tante Lena streckte mit dankbarem Blick ihre Hand danach aus und nahm den Engel an sich. Und als er ihre Freude sah, griff er zum zweiten Male zwischen die raschelnden Seidenpapiere und beförderte einen Hirten zutage, der in seiner ärmlichen Kleidung so recht in die Zeit zu passen schien.

»Der Hirt, der die Botschaft hört und sie gläubigen Herzens aufnimmt, sie ohne abzuwägen mit kindlichem Gemüt begreift, der gehört wohl auch zu dem Kinde in eurer Dachkammer!« entschied der Pfarrer.

Tante Lena nickte. Beide, so spürten sie, hatten recht und gelangten zu guten Lösungen, wenn sie sich in der Mitte trafen. Natürlich gestanden sie das einander nicht ein. Jedoch hatten beide zufriedene Gesichter, als sie in gemeinsamer Sorgfalt den Hirten und den Engel verpackten.

Als wir im März 1946 zum ersten Male in der Kirche zusammentrafen, hätten wir nicht glauben mögen, daß sie uns jemals ein so vertrauter Ort werden könnte, den wir zudem lieben würden. Wir waren nur erleichtert, inmitten unseres Elends, in der Fremdheit ringsum, viele Gesichter wiederzuerkennen. Wir kamen oft hier zusammen.

Zunächst waren wir erschüttert von der Armut und Einfachheit des kleinen Gotteshauses mit seinen feuchten Wänden, in denen sich der Schwamm eingenistet hatte. Auf den Seitenaltären standen ziemlich geschmacklose Figuren.

Wir dachten mit Sehnsucht an unsere herrlichen Kirchen und Dome zurück. Selbst die kleine Eisersdorfer Dorfkirche war ein jubelndes Gotteslob gewesen in ihrer barocken, bunten Fülle von Formen und Bildern. Wir waren verarmt, und hier wohnte Gott mit uns im Armenhaus. Zunächst fiel es uns schwer, seine Gegenwart überhaupt für möglich zu halten.

Doch das änderte sich, als der Pfarrer zum ersten Male aus der Sakristei kam und an den Altar trat; ernst und fromm sprach er das Gebet.

Hier spürten sich alle angenommen, auch von ihm. Er versuchte, wenigstens hier, an diesem Ort, die Fremdheit mit Vertrautem zu durchsetzen.

Hin und wieder konnte der Pfarrer auch mit Donnerstimme von der Kanzel herunterwettern, und einmal passierte ihm dabei ein arges Mißgeschick. Er war immer in Sorge, daß eines der geliebten Kinder durch sittenloses Verhalten Erwachsener zu Schaden käme. Deshalb mußte er seine mit Temperament und Engagement vorgebrachten Argumente manchmal mit einem kräftigen Faustschlag auf den Kanzeltisch unterstreichen. Bei einer derartigen Untermalung hieb er zu energisch auf das Holz, schloß daraufhin ziemlich rasch und leiser als sonst seine Predigt, und brachte mit unbeweglicher Miene und etwas blassem Gesicht den Gottesdienst zuende.

Am nächsten Sonntag bestieg er ungewohnt zögernd die Kanzel, und seine ersten Worte klangen ein wenig verlegen. Den eingegipsten Arm trug er brav in der Schlinge. Inzwischen hatte es sich natürlich längst herumgesprochen, daß er sich bei seiner temperamentvollen letzten Sonntagspredigt den Arm gebrochen hatte, und einige seiner Gemeindemitglieder grinsten etwas schadenfroh zu ihm hinauf. Den meisten aber tat er herzlich leid. Denn sein Einsatz und seine Sorge galten voll und ganz ihnen und vor allem den Kindern. Sie lächelten ihm aufmunternd zu. Dankbarkeit erfüllte uns alle. Der Pfarrer spürte das Einverständnis, seine Züge hellten sich auf, und er lachte kräftig und befreit über sein Mißgeschick. Wir lachten mit. Bei Gott! Wie ein Heiliger sah er nicht aus, doch wir hätten uns, als er ein paar Jahre später fern seiner Gemeinde starb, keinen anderen Heiligen vorstellen können.

Auch außerhalb der Gottesdienste, trotz seiner vielen seelsorgerischen Aufgaben an allen möglichen Außenstationen, fühlte er sich uns gegenüber verantwortlich. Die meisten wohnten eng zusammengepfercht in schlechten Unterkünften und durften sich dort kaum bemerkbar machen. So oft als möglich versammelte er uns deshalb zu geselligen Abenden im Pfarrsaal.

Er spielte die Querflöte, beherrschte sein Instrument ausgezeichnet und musizierte mit Begeisterung. Unser ostdeutsches Liedgut gefiel ihm, und er ließ es sammeln und aufschreiben, solange wir es noch lebendig in Erinnerung hatten. Weihnachten überraschte er jeden von uns mit einem auf Nachkriegspapier gedruckten Heftchen, in dem die schönsten Weihnachtslieder vereint waren. Irgendwie war es ihm gelungen, Papier und Druckerlaubnis zu besorgen. Beides war damals außerordentlich schwierig zu erhalten, und niemand wußte, wie er es zuwege gebracht hatte.

Er spürte, daß dieses erste Weihnachten in der Fremde für uns besonders schwer zu ertragen sein würde, deshalb hielt er noch eine Überraschung für uns bereit. Wahrscheinlich war sie ihm mit Hilfe des amerikanischen Kommandanten geglückt, der ihm einen großen Lastwagen überließ, um den Transport aus dem weit entfernten Südoldenburg zu bewerkstelligen.

Vier Nächte lang hatte der Pfarrer mit einigen starken Männern der Gemeinde durchgearbeitet, um das Wunder zu vollbringen. Erschöpft, aber glücklich wie ein Kind empfing er uns zur Christmette. Wir trauten unseren Augen nicht: Zu beiden Seiten des Hochaltars stand ein dichter, duftender Tannenwald, der sich über den rechten Seitenaltar bis zur Kanzel hinzog. Mitten darin war die Krippe aufgebaut. Ein Stall, mit einem dicken Strohdach versehen, umschloß Figuren, die in grünen Moospolstern standen, welche ebenfalls aus südlichen Landesteilen mitgebracht worden waren. An einem der Äste hing der Stern von Bethlehem. Von einigen Bäumen strahlten sogar Kerzen. Ein Luxus, von dem wir nur zu träumen wagten.

Der Zauber einer Weihnacht zwischen Bergen und Wäldern hielt uns gefangen. Vom Chor ertönte vertraute Musik, das »Transeamus«, jenes »Kommt, laßt uns nach

Bethlehem gehen«, ohne das eine schlesische Christmette nicht zu denken ist.

Die Kirche war inzwischen überfüllt. Trotz des kalten Winterwetters stand die Tür weit offen, denn draußen sammelte sich eine riesige Menschenmenge an, die innen keinen Platz mehr finden konnte. Es kamen sowohl Andersgläubige als auch Leute, die sich sonst über solche Gefühlsäußerungen erhaben zeigten oder sich stolz als Atheisten bezeichneten. Alle standen dichtgedrängt vereint, um der Weihnachtsbotschaft zu lauschen, und waren seltsam angerührt von dem Fest, das da mitten in der Winternacht gefeiert wurde.

Und wir armen Hirten standen staunend vor der Krippe, hinter der sich der wunderbare Wald erhob. Trotz unserer Armut, trotz unserer schweifenden Gedanken lag ein Glanz auf den Gesichtern, der mehr widerspiegelte, als den Schein der Kerzen.

Wir waren ohne Angst. Erstmals wieder ein Weihnachten ohne Sorge vor Spitzeln und Gestapo, ohne die Schrecken der letzten Kriegsmonate, ohne die Furcht der Dezembertage des Jahres 1945. Noch immer aber konnte es vorkommen, daß bei einem unerwarteten Geräusch Frauen zusammenzuckten, Kinder sich verstohlen und ängstlich nach der Kirchentür umwendeten. Zu oft hatten schlimme Erfahrungen sich ihrer Wachsamkeit eingeprägt.

Wie häufig hatten sich die Frauen der polnischen Besatzung kurz vor dem Schlußsegen aus ihrer tief demütigen Haltung aufgerichtet, waren aus der Kirche geschlüpft, um sich draußen vor dem Portal rechtzeitig den Frauen und Mädchen in den Weg stellen zu können. Mit Rückendeckung der Miliz wagten sie ihre frechen Forderungen in unmittelbarer Nähe des Heiligtums, in dem sie soeben gekniet hatten, jenen ins Gesicht zu schleudern, mit denen sie zuvor gemeinsam zum gleichen Gott gebetet hatten. Was ihnen gefiel, zogen sie den Betroffenen vom Leibe. Und nicht wenige mußten barfuß und ohne Mantel durch den Schnee nachhause laufen.

Das letzte Weihnachtsfest war traurig vergangen. Wegen der angenommenen Schlechtigkeit aller Deutschen war es den Eiersdorfern verboten worden, die Feiertage festlich zu begehen. Den meisten war es sogar untersagt, einen Christbaum bei sich daheim aufzustellen.

Böhms, die nicht ahnten, daß sie das letzte Mal zusammenwaren, mußten noch am Heiligen Abend heimlich ihr frisches Bäumchen zerbrechen und verbrennen, nachdem der Vater mit flüsternder Stimme das Weihnachtsevangelium vorgelesen hatte.

Und dieses Mal? Inmitten der übrigen Gemeindemitglieder saß der amerikanische Kommandant mit Frau und Kindern still und gesammelt. Nach der Christmette bedankte er sich persönlich bei unserem Pfarrer, und er gab jedem Kind, das bei der herrlichen Chormusik mitgesungen hatte, spontan die Hand. Wir waren ebenfalls dankbar, daß wir ohne Furcht hiersein konnten und daß die Ausgangssperre zu diesem Anlaß großzügig aufgehoben worden war.

Bis Lichtmeß blieb der wundervolle kleine Tannenwald

in unserer Kirche stehen. Zu allen Tageszeiten waren Menschen davor zu finden. Immer weiter breiteten die Bäume ihre Arme aus; einige hatten ihre grünen Zweige bereits auf den Altartisch gelegt.

Während der Weihnachtszeit wurde die kleine, arme Kirche in ihrem ungewohnt herrlichen Schmuck ein Ankerplatz für uns inmitten der abweisenden Fremdheit der Stadt und der Kälte des harten Winters.

Rings um diesen ruhigen und uns bereits vertrauten Ort jedoch herrschten Leben und Aktivität. Freiwillige Helfer waren oft bis in den späten Abend damit beschäftigt, die nach und nach eintreffenden Hilfsgüter auszupacken, sie auf ihre Brauchbarkeit hin zu prüfen, sie zu sortieren und auszubessern, ehe sie verteilt werden konnten.

Eine Sendung mit altem Pelzwerk war von Amerika nach Japan und von dort aus ins verarmte Nachkriegsdeutschland geschickt worden. Ein paar Ballen davon warteten im Garten auf das Auspacken. Der Pfarrer, der gerade drüben im Pfarrsaal wieder einmal eine alte Leitung repariert hatte und im Augenblick eher einem Monteur als einem Theologen ähnelte, kam mit dem Handwerkskasten herbeigeeilt. Erwartungsvoll scharten sich seine Helfer um ihn. Als Schutz vor dem feuchtkalten Winter erschien die Aussicht auf warme Pelze wie ein ungewohnter Lichtblick. Die Freude war jedoch verfrüht gewesen.

Mit kurzem, hohem Klang sprangen die Stahlbänder auseinander. Aus der sich öffnenden Plane qualmten Staubwolken hervor, die der Wind über den Garten verteilte. Grau und verstaubt starrten der Pfarrer und die übrigen Umstehenden auf das, was zum Vorschein kam, als sich der Staub zu verziehen begann. Ein neuer Windstoß jedoch wirbelte weitere Wolken auf. Die Männer husteten, wischten sich die feinen Haare der zerfallenen Pelze aus den Gesichtern. Mit Teppichklopfern rückten sie vorsichtig den grauen Bergen zu Leibe, entzogen hier und da einen Mantel oder eine Jacke dem Verfall. Aber bei der ersten leisen Berührung zerfielen auch die letzten als brauchbar angesehenen Stücke gleich den anderen. Traurige Lederreste blieben übrig, die sie unter Aufwand aller Kräfte von Staub und Pelzhaaren befreiten, um sie in Zukunft zu irgendetwas verarbeiten zu können. Auch die Stahlbänder wurden vorsorglich zusammengebogen, die löcherigen Planen gereinigt und zusammengerollt. Nichts, was noch hielt und irgendwie verwendbar sein könnte, wurde weggeworfen. Dieses Mal war die stundenlange Arbeit im kalten Wind draußen umsonst gewesen. Aber nicht die verlorene Zeit, die ergebnislose Mühe, die vertanen Kräfte machten den Pfarrer traurig. Die Hoffnung auf dringend benötigte Winterkleidung hatte sich nicht erfüllt. Er würde frierende Menschen mit einer Absage enttäuschen müssen. Und darunter litt er.

Wie immer, wenn eine Sendung über die Willehadstraße auf das Pfarrhaus zurollte, fand sich kurz darauf ein Trupp Hilfesuchender vor dem Caritasbüro ein. Tante Lena hatte mit ihren Helferinnen alle Hände voll zu tun. Auch heute war es so. Der Pfarrer war eben dabei, sich vom ärgsten Staub freizuklopfen, als er die rufende Stimme seiner Schwester vernahm. Nicht in allen Fällen gelang es ihr, mit den Bittstellern selbst fertig zu werden. Manche rückten mit verzwickten theologischen Fragen an und taten zunächst so, als hätten sie keinerlei irdische Wünsche.

Noch ganz außer Atem trat der Pfarrer ein, hörte sich die lange Rede seines Besuchers an, bis sich sein Puls wieder zu normalisieren begann. Endlich unterbrach er den Redefluß mit der Frage nach einem einfachen, klar formulierten Satz. Auch dieses Mal hörte er die ihm inzwischen bekannte Wendung:

»Kurz und gut! Ich bin zu der Überzeugung gekommen, daß im katholischen Glauben die Wahrheit zu finden ist. Ich will deshalb konvertieren.«

»Und ich frage Sie«, antwortete der Pfarrer, »wie es um Ihre äußeren Angelegenheiten bestellt ist, um Hemd, Hose, Mantel und Schuhe? Mit Mänteln ist im Augenblick nichts zu machen. Die eingetroffene Sendung hat sich als Blendwerk erwiesen, ist total unbrauchbar. Aber ein alter Anzug in Ihrer Größe müßte aufzutreiben sein.«

»Ja, könnte ich als...« fragte der Besucher noch ungläubig und verstummte mitten im Satz.

»Selbstverständlich!« sagte der Pfarrer. »Wegen eines Anzugs brauchen Sie nicht katholisch zu werden. Wie sollte es denn weitergehen, wenn die nächste Sendung mit Wintermänteln bei meinem evangelischen Kollegen und nicht bei mir eintrifft? Wenn Sie mit dem Nötigsten ausgestattet sind, sagen wir lieber, wenn auch der rebellierende Magen nicht mehr die innere Stimme übertönt, erst dann sollten Sie sich wieder einmal nach Ihrer eigenen Überzeugung erkundigen.« Der Pfarrer streckte dem verdutzten Besucher die Hand hin, verabschiedete ihn mit seinem aufmunternden Lächeln und übergab ihn, mit kurzem Hinweis auf den Anzug, seiner Schwester.

Mit einem Seufzer der Erleichterung ließ sich der Pfarrer in den dunkelbraunen Sessel fallen, als sich die Tür hinter dem Bittsteller geschlossen hatte. Während er die halbe Zigarre genüßlich anzündete, die er sich für diese Ruhepause aufgespart hatte, begann er nachzudenken. Aromatische Wolken umkreisten ihn, vermochten aber nicht das alte Problem zu umnebeln, das bei solchen Besuchern immer wieder aufgeworfen wurde. Schließlich war nicht jeder Fall so leicht zu durchschauen und zu beurteilen wie dieser. Mancher bedurfte ernsthafter, langer Prüfung.

Menschen mit verwinkelten Hintergedanken, die ihre Ansichten nicht offen klarlegten, waren seiner aufrichtigen, geraden Natur entgegengesetzt. Er neigte mehr dazu, einem Menschen das zu glauben, was er ihm sagte und ihm nicht zu mißtrauen. Doch die Erfahrung hatte ihn gelehrt, mehr auf der Hut zu sein. Während des Dritten Reiches hatten zu viele lernen müssen, ihre wahren Gedanken zu verbergen, und danach hatten zu viele den Gesinnungswandel geübt, ihr Fähnlein jeweils nach dem Winde gehängt. Es war etwas entzweigegangen im Menschen. Das Wort, das man sich gab, hatte ebenfalls einen Sprung bekommen, und nun war sein Klang verfälscht.

Und doch gab es viele Menschen, die zu ihm kamen, weil ihre innere Not die äußere zu überwältigen drohte. Sie bedurften seiner Hilfe, und er gewährte sie immer wieder mit offenem Herzen, obwohl er mehrmals dabei getäuscht worden war. Einige hatten sich seiner Herde unter falschen Voraussetzungen beigesellt, einige wenige sie verlassen. Sie veränderten die Riesenmenge seiner ihm Anvertrauten kaum, waren für einen anderen nicht bemerkbar. Ihm jedoch bereiteten sie Sorge, und er konnte sie nicht aus seinem Innern entlassen.

Ich muß versuchen, den Pfarrer auch außerhalb der Stadt zu sehen. Auf vielen seiner zahllosen Wege zu seinen Außenstationen sind wir ihm bereits begegnet, als er zu Fuß oder mit dem Fahrrad gegen den Sturm ankämpfte, mit fröhlichem Lachen beim Herübergrüßen so gut als möglich seine Atemnot überspielte.

Ich sehe ihn auf einem der Bauernhöfe weiter unten im Süden Platz nehmen, beobachte auch, wie er zunächst die Hand begehrlich nach dem ihm angebotenen Glas mit dem Klaren ausstreckt, wie er zögert, sie danach rasch zurückzieht und mit den Worten ablehnt:

»Ihr habt genug Korn, um daraus Schnaps zu brennen. Und meine Gemeinde ist am Verhungern. Nein, ich trinke nicht einen Tropfen von dem, was hätte zu Brot werden müssen.«

Auf jener Fahrt zu einem Sterbenden jenseits des Stromes hat ihn wohl niemand beobachtet. Wegen des hohen Eisgangs war der Fährbetrieb eingestellt worden. Das reichte für ihn jedoch keineswegs als Entschuldigung für einen Rückzug aus. Er fuhr mit der Bahn etwa achtzig Kilometer stromaufwärts, machte sich auf den Weg über die erste Brücke, die sich dort über den Strom spannte, und fuhr am anderen Ufer wieder nordwärts, bis er das Dorf erreicht hatte, suchte dort nach jenem entlegenen

Bauernhof auf einer der einsam umstürmten Wurten und stand dem Sterbenden bei. Kehrte dann auf denselben Umwegen heim, auf denen er gekommen war, betrat so spät das stille Pfarrhaus, in dem seine Schwester auf ihn wartete, daß nur sie den Grad seiner ihn verzehrenden Erschöpfung wahrnahm, während ihm der Sturm die Klinke entriß und die Tür hinter ihm zuschmetterte.

Auch auf seinen demütigenden Betteltouren, die er für uns bis weit ins Südoldenburgische hinein unternahm, hat ihn niemand begleitet. Aber ich kenne wenigstens eine der Kirchen, deren Kanzel er immer wieder besteigen durfte, um von dort aus die Not in unserer Stadt zu schildern.

Der Gang dort hinauf mag ihm schwerer gefallen sein, als viele Fahrten durch die Februarstürme unserer Marschen, denn er war ein stolzer Mann, der zu stolzen Herzen zu sprechen hatte. Selbst die Kirchen in diesen Dörfern überragten wie Dome die breiten Dächerrücken der reichen Bauerngehöfte.

Trotz des Abstands zwischen der weitentrückten Kanzel, auf der er stand, erreichte er die Zuhörer, sprach, wie man ihn später interpretierte, im Pfingstgeist der Feuerzungen, denn seine Sprache von der Not war eine fremde Sprache für die Menschen dort unten. Dennoch hörten sie nicht nur die schwer übersetzbaren Vokabeln von Hunger, Kälte und Nacktheit, sie begriffen sie auch und übernahmen auf viele Jahre die Patenschaft für alle die geliebten Kinder seiner armen Gemeinde. Sie schickten fortan nicht nur Geburtstags- und Weihnachtspakete, sie lieferten die Tannenbäume für unsere Kirche, besorgten die

Schulbänke für die fünf Klassenzimmer unserer neuen, aber gänzlich leeren Baracke und deckten regelmäßig den Bedarf an Kartoffeln im Waisenhaus.

Viele Sommer hindurch nahmen sie zwischen einhundert und zweihundert Ferienkinder großzügig und liebevoll bei sich auf und verteilten sie auf die Bauernhöfe ihrer weit auseinanderwohnenden Gemeindemitglieder. Das waren die schönsten und unbeschwertesten Wochen unserer um ihr Dasein kämpfenden Kindheit, die behüteten, üppigen Zwischenstationen unserer Hungerjahre.

Ich sehe den Pfarrer auf dem Bahnsteig unserer Stadt auf- und abgehen. Aus den Fenstern der für uns reservierten Abteile strecken sich ihm viele Kinderhände entgegen. Er tritt an jedes Fenster, umschließt viele der kleinen mit seinen großen Händen und ruft fröhliche Abschiedsworte in das laute Gezwitscher aufgeregter Stimmen. Er liest die Bangigkeit in einzelnen Augenpaaren und beschwichtigt sie durch die Ankündigung seines Besuchs.

Als das Abfahrtssignal ertönt, löst er sich behutsam von den Händen, bleibt mit vor Freude gerötetem Gesicht inmitten der abschiednehmenden Eltern zurück, läuft doch noch ein paar Schritte weit neben dem anfahrenden Zuge her, winkt mit beiden Armen, winkt später mit einem großen weißen Taschentuch, wird verdeckt von den Dampfwolken, die die Lokomotive über dem Bahnsteig zurückgelassen hat, taucht nochmals kurz daraus auf, jetzt kleiner geworden, aber noch immer mit seiner uns ganz zugewandten Gestalt deutlich erkennbar.

Gott wohnt nicht mehr im Armenhaus. Die kleine Kirche von einst, der Klinkerbau mit seinen spitzbogigen Fenstern, der bescheidene Dachreiter samt seinem im Wind sich drehenden Wetterhahn sind unter dem Umbau verschwunden. Das Dach breitet sich nun behäbig aus. Den Winterstürmen trotzend, nimmt es den weiter gewordenen Raum darunter in seine Obhut. Der pyramidenförmige Glockenturm ruht sicher und weithin sichtbar über dem vorgerückten Portal.

Auch in seinem Innern unterscheidet sich das Gotteshaus nicht mehr von anderen modernen Kirchenbauten. Die schwammigen Wände sind trockengelegt oder teilweise ersetzt worden. Die Figuren von damals wurden in den Anbau der Taufkapelle gerückt, teilweise hat man sie ganz entfernt. Aus gediegenem Material entstandene Gegenstände moderner sakraler Kunst verraten die Spendenfreudigkeit der Kirchengemeinde. Die neue Orgel bestätigt diese Vermutung ebenso wie das beherrschende Wandgemälde im Chorraum, das mit seiner in ernsten Tönen gehaltenen Großflächigkeit den neugotischen Schnitzaltar ersetzen soll.

Die neue Kirche hat viel dazugewonnen. Sie kann sich sehen lassen. Und doch scheint mir etwas zu fehlen. Etwas Wesentliches hat sie verloren, das sie in Zeiten der Existenznot, an der Grenze äußerster Bedrohung auf jener schmalen, kaum trockengelegten Insel ihrer Daseinsberechtigung ausstrahlte.

Es wäre töricht, sich ihren damaligen Zustand wieder herbeizuwünschen, denn nicht nur er war es, der sie von anderen unterschied. Als ich auf den Vorplatz hinaustrete, ist das eben Gesehene schon beinahe verwischt.

Es tauchen die mühsam vom Staub gereinigten Zacken des Hochaltars auf, diese tollkühnen Kletterstrecken für Kinderaugen, die schmalen Fenster, die buntbemalten Kreuzwegstationen, die feuchten Wände, die unbequemen Holzbänke, die mit blühendem Unkraut geschmückten Altäre.

Anstelle des schön gewachsenen und geschmackvoll geschmückten Weihnachtsbaumes wuchert vom Chorraum gegen die einstmals zur Rechten angebrachte Kanzel der dichte Wald aus südoldenburgischen Baumbeständen. Vor der Krippe knien die armen Hirten unter dem Stern von Bethlehem.

Über die Viehweiden, welche damals noch weite Teile des Planquadrats ausfüllten, ist die Stadt an die Kirche herangerückt. Willehad-, Walter-Rathenau- und Adolf-Vinnen-Straße sind zu einer dicht bebauten Wohngegend geworden. Die abenteuerliche kleine Wildnis des ehemaligen Pfarrwäldchens mit ihren mageren, im Wasser stehenden Erlen wurde abgeholzt. Eine saubere, ordentlich beschnittene Grünanlage bildet die Grenze zu den sich anschließenden Wohnblocks. Schräg gegenüber ersetzt seit vielen Jahren ein mehrfach erweiterter Schulbau die alte, dunkelgrün gestrichene Behelfsbaracke aus der Nachkriegszeit. Büsche und Bäume sind inzwischen breit und üppig geworden. Nichts erinnert mehr an den von Stacheldraht umzäunten Löschwasserteich, auf dessen spiegelnder Eisfläche die Kinder im Winter ihre letzten, vielfach geflickten Schuhsohlen abwetzten.

Der Schnee ist geschmolzen. Der meernahe, grüne Winter gibt den Blick auf die gepflegten Anlagen vor Kirche und Pfarrhaus frei. Am Wohnhaus wurde das ärmliche Grau übertüncht. Das Haus steht schweigend hinter den entlaubten Büschen seines Vorgartens. Blendend weiße Gardinen hinter blank geputzten Scheiben. Ein ruhiger Bezirk, dessen unsichtbare Schwelle ich etwas zögernd betrete. Es wohnt dort niemand mehr, den ich kenne. Ich spüre ein zwischen Scheu und Forschheit angesiedeltes Gefühl, das seine Unbestimmtheit behält, während ich auf den Klingelknopf drücke.

Wie in jedem anderen Pfarrhaus werde ich freundlich und zuvorkommend empfangen. Der Eindruck, ich würde eine Störung verursachen, ist gewiß nicht berechtigt. Zudem wurde ich angemeldet. Es ist kurz nach elf.

Was erwarte ich? Genauer: Wen erwarte ich?

Ein altes Bild zu behalten, gibt dem neuen keine Chance. Und doch hätte es in die Wände der veränderten Kirche eingemeißelt werden müssen: das Bild des Guten Hirten, der sein Leben einsetzt für seine Schafe.

Den Anspruch auf Absolutes, Bedingungsloses. Die Fundamente müssen so sein, welche Bauweise auch immer dem Untergrund und der Umgebung angemessen sein mag. Dafür gibt es keine Schonung, keine Rücksichtnahme. Auf dem Prüfstand des äußersten Postens gilt keine Materialermüdung, ohne Bedrohliches auszulösen.

Gewisse Fragen stehen mir nicht zu. Wir müssen sie immer zunächst an uns selbst richten. Ich frage also nach Unverfänglichem, nach nüchternen Zahlen. Nach äußeren Tatsachen. Nach Meßbarem. Ich erkundige mich nach der

Menge der hier umgeschlagenen Hilfsgüter in den Jahren nach 45. In Tonnen auf- und abgerundet.

Darüber sei nichts bekannt.

Es müßten aber, beharre ich, genaueste Angaben über Ein- und Ausgänge vorhanden sein. Ich kenne nämlich eine Person, die mit der Pünktlichkeit des Bücherrevisors hier Dienst tat mit einigen ständigen und vielen wechselnden Helfern. In der Natur dieser Person liege es, alles schriftlich festzuhalten, der Vollständigkeit und der Korrektheit halber, außer natürlich der Arbeits- und der Überstunden sowie der nie oder äußerst selten vorhanden gewesenen Gehaltszettel, nach denen zu fragen mir nicht anstünde.

Dieses: »Laß deine Linke nicht wissen, was die Rechte tut«, war in diesem Hause so vollkommen praktiziert worden, daß meine Frage ihren stummen Verweis erhält.

Der Name dieser Person, die hier beinahe fünf Jahre mitarbeitete, bekomme ich zur Antwort, sei völlig unbekannt, ja, man habe keine Erinnerung an die Existenz dieser Person behalten.

Noch weniger angebracht scheint die Frage nach dem damaligen Pfarrer zu sein. Wir haben alle mehr als unsere Pflicht getan, erfahre ich.

Lag ein Vorwurf in meiner Frage?

Von denen, die umbauten, anbauten, in Stein erneuerten, ist mehr geblieben. Es setzt sich kein Denkmal, wer arm wird mit den Armen, krank mit den Kranken, traurig mit den Trauernden, fröhlich mit den Kindern und ihnen auf der Hirtenflöte spielt.

Was die Aufzeichnungen beträfe, wird einlenkend beigefügt, so wäre es schon möglich, daß sie irgendwo oben auf der ungeheizten Bühne lagerten. Es wird deutlich, daß ich zum falschen Zeitpunkt gekommen bin. Vielleicht im Frühling, wenn das Eis geschmolzen ist...
Wir ermüden uns gegenseitig mit Frage und Antwort. Es fällt mir schwer, den Grund für meine Winterreise anzugeben, und so unterlasse ich es. Diesen einzigen Punkt zu benennen, der den Schlüssel dieses Zugangs bezeichnen könnte, diese Annäherung an einen Ort im Frost. Mein Schweigen wird dankbar registriert. Später sprechen wir zwangloser miteinander; ohne unangebrachte Fragen zu stellen, gelangen wir zu einer Art heiterer Plauderei.

Die dunkelbraunen Sessel, die Deckenleuchte, wie sie in den Dreißigerjahren Mode war, der große, einfache Schreibtisch. Diese sparsame Einrichtung scheint damals hiergeblieben zu sein und spricht auch für den Mann mir gegenüber.
Hier saß wohl der Pfarrer, als er 1947 an den Bischöflichen Offizial schrieb: »*Mein Gesundheitszustand ist zur Zeit schlecht. Die Strapazen und Reisen ruinieren uns alle körperlich vollständig. Es muß erwähnt werden, daß der katholische Priester bei den hiesigen amtlichen Stellen nur auf Unverständnis stößt, daß oft nur direkter Kampf möglich ist. Als Beispiel sei erwähnt, daß ich mich seit Juli um ein Fahrrad bemühe, aber bis jetzt ohne Erfolg. Ich habe mich in dieser Angelegenheit an den Minister W. persönlich gewandt. Bis jetzt mache ich alles zu Fuß, oder bei Wegen über sieben Kilometer mit der Bahn. Wir brauchen Fahrräder auch für den Caritasbetreuer und für*

die Wanderlehrerin. So geht viele kostbare Zeit verloren, abgesehen von den Schuhsohlen.«

Ich sehe ihn aufstehen, ans Fenster treten, an den Gardinen rücken, mit lächelnder Miene nach der Gartenlaube und nach den Apfeldieben spähen. Ich sehe ihn an seinen Schreibtisch zurückkehren und am Konzept seiner Predigt weiterarbeiten. Am Sonntag, auf der Kanzel, wird er das Manuskript beiseitelegen, es vergessen, während er mit den Seinen spricht.

Aus dem oberen Stockwerk vernehme ich gedämpfte Geräusche, das rastlose Hin und Her von Tante Lenas eiligen Schritten.

Inzwischen ist völlige Stille eingetreten. Ich habe fremden Schritten gelauscht. Der Gesprächsfaden ist abgerissen durch meine Unaufmerksamkeit. Ich entschuldige mich und stehe auf, weil ich ein Eindringling bin. Dennoch gilt meine Entschuldigung nicht meinen Fragen, sondern nur meiner Unaufmerksamkeit.

Jenes ungemalte Bild, sein Goldgrund von kraftvollen Farben überdeckt, jenes Bild, das nur zwei Maler verschiedener Richtungen hätten gemeinsam vollenden können, taucht noch einmal kurz auf, ehe ich mich verabschiede.

Die feuchte Kälte dieses Januartages: Schneeregen und ein scharfer Nordwestwind durchjagen die Willehadstraße. Mein dicker Mantel wärmt mich nicht. Als ich in die Magdalenenstraße einbiege, wird es besser. Ich habe den Wind nun im Rücken. Zwölf Uhr. Die Glocken rufen mir vom Kirchturm aus nach.

Unsere Eisersdorfer Kirchenglocken! Unser einziger gemeinsamer Besitz, der wieder zu uns gelangt ist. In den letzten Jahren des Dritten Reiches von ihren Seilen abgeschnitten und zu künftigem Kriegsdienst verurteilt, sollten sie zu Waffen und Munition geschändet werden. Nach 45 wurden sie jedoch auf dem riesigen Glockenfriedhof zu Hamburg wiedergefunden. Unversehrt.

Ohne Sprung haben sie schweigend den Untergang überstanden. Ohne Mißklang läuten sie hier. Doch eine Stimme fehlt in ihrem Geläut. Die fehlende Glocke ruft indessen vom Eisersdorfer Kirchturm her die Mittagsstunde aus. Ruft in die Pausen, die den verlorenen Glocken gehörten, über das bröckelnde Grau der Häuser, über die weggeworfenen Grabsteine unserer Toten, über die zugewachsene Ruine des Nachbarhauses, über die gestürzten Bäume auf dem Akazienberg. Ruft über die entwurzelten Bäume hinweg nach fremden Kindern. Holt sie von den gefährlichen Uferabstürzen der Biele zurück in die Häuser, in denen sie wohnen, wie sie uns im Dreiklang heimrief, wenn wir uns beim Spielen am Schloßteich verspäteten.

Der zerrissene Dreiklang ist es, der mir nachfolgt auf meiner Winterreise. Selbst im orgelnden Sturm behält der ergänzte Ton der jüngeren Glocke seine Schärfe, den hohen metallischen Klang, der sie als fremd ausweist zwischen den Eisersdorfer Glocken.

Jene vollen, durch Jahrhunderte geübten Rufe über die barocke Welt der Grafschaft Glatz, bieleauf- und bieleabwärts getragen, bis hin zu den Höhen des Märzdorfer Waldes, sich dem fernen Geläut der Rengersdorfer auf der einen und der Ullersdorfer Glocken auf der anderen Seite beimischend und bei günstigem Wind die Berge übersteigend, oder das Geläut aus den benachbarten Tälern aufnehmend zu gemeinsamer Harmonie.

Schon greift der Sturm ein in das verhallende Läuten, fällt mir erneut in den Rücken, jagt mir mit eisiger Schärfe Schneeregen nach. Ich winke dem Taxi, das mir wie gerufen über die endlose Gerade der Magdalenenstraße entgegenrast und lasse mich zum Hotel zurückbringen.

Die Schuhe waren längst zu eng und zu kurz geworden; die mehrfach mit Lederresten geflickten Sohlen drückten, obwohl sich der Schuster beim Abfeilen der aufgesetzten Stücke Mühe gegeben hatte. Nun mußte er an Kappe und Ferse ganze Teile des Oberleders wegschneiden, damit die Füße im Weiterwachsen nicht behindert wurden und dadurch verkrüppelten. Bei den alten Schnürstiefeln hatte er diese Operation noch aufgeschoben. Vielleicht bot sich doch noch ein Paar größerer Schuhe zum Tausch an, dann würde man diese retten können. Sie waren noch in recht gutem Zustand, hatten wohl auch viel Schonung erfahren, was wahrhaftig nicht einfach war in einer Gegend, die zu häufig während der Sommermonate von Regengüssen heimgesucht wurde und den Winter über im Schneematsch versank. Auch waren sie die Fluchtwege mitgegangen, hatten sich bei der Herbergssuche bewährt nach der langen Fahrt im Viehwaggon, während der sie die Füße vor dem Erfrieren schützen mußten.

Die ausgeschnittenen Halbschuhe boten jetzt einen traurigen Anblick. Sie standen nebeneinander vor der Bettstelle, und das Kind blickte nachdenklich auf sie hinunter. Es hatte ja nun Zeit genug nachzudenken, und die Schuhe hatten Zeit auszuruhen. Einige Wochen waren sie schon nicht mehr benützt worden.

Mutter hatte sie noch in Breslau gekauft. Sie waren spiegelblank und neu gewesen, als sie zum ersten Male über den Ring am Rathaus spaziert waren, unter den Zeigern der großen Uhr stehenblieben, weil das Kind, den Kopf in den Nacken gelegt, die Stundenschläge zählen und dabei den aufgescheucht davonflatternden Tauben nachsehen wollte. Sie hatten es zum Gabeljürge getragen, der da lachend seinen Brunnen hütete und den Dreizack zum Himmel emporhielt. Sie waren über die Schweidnitzer Straße geschlendert, von Schaufenster zu Schaufenster getrippelt beim Bewundern der herrlich bunten Auslagen, von denen Mutter allerdings behauptete, daß sie Kriegsware und somit nicht wert seien, auf dieser prächtigen Straße ausgestellt zu werden. Bei Wertheim waren sie die Rolltreppen auf- und abgeschwebt und zahllose Male in Straßenbahnen ein- und ausgestiegen. Waren zum Zoo gefahren oder in den Scheidniger Park, der sich an die Jahrhunderthalle anschloß, hatten den weiten Bogen der Pergola abgelaufen unter den schwingenden Ranken des wilden Weins und der Kletterrosen, waren am Stadtgraben wie angewurzelt stehengeblieben bei den schwarzen Schwänen, den verzauberten Prinzen, deren gelocktes Gefieder ihre geheimnisvolle Herkunft verriet. Sie hatten die Oderbrücken überquert, von der Lessingbrücke aus das Kind zur Margaretenstraße getragen oder hinüber zur Holteihöhe, auch zum Anlegeplatz der Ausflugsdampfer. Über die kleine Brücke waren sie zur Sandinsel gegangen. Maria auf dem Sande, die Kreuzkirche und den Dom hatten sie oft besucht. Durch das Klößeltor waren sie geschlüpft, auf der Zimmerschaukel bei Onkel Max und Tante Mia durch die Luft geschwebt. Ungezählte Male hatten sie das Viertel umrundet: Adalbertstraße, Lehmdamm, Mohnhaupt und Stern. Waren ebenso oft am Waschteich gewesen, seltener drüben in der Hirschstraße und in der Pestalozzischule. Sie kannten den Weg zur Michaeliskirche und die vielen verwinkelten und sich kreuzenden Pfade der Schrebergärten.

Allzuoft waren sie mit dem Kinde während des Mittagessens aufgeschreckt in den Luftschutzkeller hinuntergejagt. Hatten in einigen angstvollen Bombennächten über den nackten Zementboden geschbart, hin und her, hin und her. In nervöser Sprungbereitschaft mit dem Kind die Flucht geprobt, eingeschlossen zwischen den bebenden Wänden, von denen herab der Kalk über die ohnehin bleichen Gesichter zu rieseln begann.

Und sie waren, immer noch beinahe neu aussehend, mit in die Grafschaft Glatz gezogen, in Großvaters Haus treppauf und treppab gesprungen. Sie kannten jeden Schritt im Garten zwischen den blühenden Blumenrabatten und den Gemüsebeeten, betraten gern den samtweichen Rasen unter den Apfelbäumen und den Grasplatz am hinteren Pförtchen, wo Mutter die Wäsche bleichte. Kannten jeden bunten Kieselstein am Bieleufer, die knarrende Diele vor Herrn Webers Farbtöpfen ebenso wie die Schwelle, die zum stillen Arbeitszimmer von Herrn Böhm führte. Waren alle Eisersdorfer Straßen abgegangen, zur Schule, zur Kirche, zum Friedhof, zum Bahnhof, zur Mühle, zum Kaufmann, zum Bäcker, zum Sattler, zum Schwesternhaus. Hatten sich auf das eiserne Gestänge des Brückengeländers gestellt, wenn das Kind den flüchtigen Bildern auf den eiligen Wellen der Biele nachschaute, sie vergeblich zu halten, sie sich wenigstens einzuprägen versuchte.

Sie hatten die beiden unheimlichen, verfallenen Kalköfen betreten, leise und zögernd, um die schlafenden Eulen und Geister nicht aufzuwecken durch das Poltern des bröckeligen Gesteins. An den Schnürsenkeln zusammengebunden und geschultert, waren sie zur Kapelle am Wege nach Märzdorf getragen worden und von dort, mit duftenden Thymiansträußen gefüllt, heimwärts geschaukelt. Hatten am Bieleufer mit anderen Schuhen gewartet, wenn die Kinder an seichteren Stellen ins Wasser wateten, Steine sammelten, sie zu kleinen Mauern aufschichteten und zusahen, wie die Strömung sie nach und nach wieder einriß. Oder am Schloßteich drüben im Park, während die Kinder, ihre Hände verkettend, nach den verbotenen Seerosen angelten und sich dabei gefährlich weit über den unbewegten Wasserspiegel beugten.

Sie kannten den Akazienberg hinter dem Nachbarhaus bis hin zu den unzugänglichsten Winkeln, jeden Pfad, jeden Absatz, der nur für eine quergestellte Schuhbreite

Platz bot. Anders waren die Höhlen kaum zu erreichen, in denen die Kinder, ihre Friedenspfeife rauchend, zusammengedrängt kauerten, planten und erzählten. Die Schuhspitzen berührten einander, stießen auch gegeneinander in dem engen Raum, aus dem der Blick, von Erwachsenen unbeobachtet, weit über Häuser und Gärten, über das Bieletal und seinen Waldsaum schweifen konnten. Und sie kletterten auf die Akazien, deren geneigte Stämme und breit ausladende Äste die Kinder in ihr grünes Reich aufnahmen. Waren dabei auf den entfernten Hochsitzen, ihren Traumschiffen, den Weltumseglern, die mit den Wolken zogen, deren Weiß mit der Bläue des Himmels gemeinsam durch das lichte Dach der gefiederten Akazienblätter lugte.

Ja, sie waren noch weitere Wege gegangen, neben der Mutter her auf der Landstraße bis nach Ullersdorf gewandert, hatten sich im Zimmer mit den düsteren Tapeten hinter Tante Paulas Kaufmannsladen ausgeruht, während die Ladenglocke draußen immer wieder lustig bimmelte. Der rechte Schuh zumindest hatte seine Bewährungsprobe bestanden, bewegungslos zwischen den spitzen scharfen Zähnen von Tante Paulas tückischem schwarzen Spitz ausgeharrt, der ihn eine Weile gefangenhielt, verdeckt von Tante Hedwigs lang herabfallender Häkeldecke.

Die Schuhe waren mit dem Kind nach Glatz getrabt, immer an der Biele entlang, auf schmalem Pfad ihrem blitzenden Lauf folgend, bis sich anstelle von Büschen und Wolken die in den Wellen zerfließenden Bilder von Türmen, Brücken, Häusern und Kirchen und der alles überragenden Festung spiegelten. Sie hatten Onkel Josef und Tante Maria besucht, ihrer Spieluhr gelauscht. Waren auch zur Festung emporgestiegen, über Katzenkopfpflaster gestolpert und mit hallenden Schritten den dunklen Windungen und Gängen gefolgt, geleitet von den Seufzern der vor Jahrhunderten hier eingemauerten Heidnischen Jungfrau, deren Schatten sich noch immer hin und wieder aus dem steinernen Wandrelief löste und in mondlosen Nächten über die Grafschaft schwebte.

Und sie waren auch mühsame Wege gegangen, hatten in Wartha den Rosenkranzberg und den Kalvarienberg bestiegen, waren viele Male auf die Weißkoppe geklettert und hatten sogar mehrmals den für kleine Füße ermüdenden Anstieg nach Maria Schnee geschafft. Hatten, vom Staub bedeckt, lange dort oben ausgeruht, während das Kind, an die Mutter gelehnt, weit über die Grafschaft schaute, über Berge und Täler hinweg, über das besonnte Land, auf dem die eiligen Wolkenschatten, in Scharen ziehend, für Augenblicke die leuchtenden Farben dämpften und zugleich vertieften und so für immer das Vergängliche im Gedächtnis des Kindes einprägten.

Mit dem Kind zusammen hatten die Schuhe im Jahre 1945 gelernt auszuweichen, beiseitezutreten, auf leisen Sohlen unhörbar zu sein. Auszuweichen dem immer planloser durch das Dorf jagenden Rückzug der Wehrmacht vor der anrollenden Ostfront, den Flüchtlingstrecks, die die Straßen verstopften.

Beiseitezutreten, als russische Panzer und Militärautos Eisersdorf zu durchrasen begannen, als die Polen einzogen und die Häuser besetzten, als die brüllenden Viehherden in Richtung Osten durch das Dorf getrieben wurden und viele Tiere im Straßengraben verendeten.

Auf leisen Sohlen unhörbar zu werden vor den betrunkenen Russen im Erdgeschoß, vor der patrouillierenden Miliz, vor dem begehrlichen Zugriff der neuen Bevölkerung nach dem sonntäglichen Kirchgang.

Unhörbar zu sein, übte das Kind seinen Schuhen immer von neuem ein; in der Dachkammer konnte es beinahe lautlos mit ihnen hin- und hergehen, damit die Wirtin nicht wieder schimpfte. Sie schlichen fast geräuschlos mit ihm die Treppe auf und ab, und wenn die Bretter der fünften und siebenten Stufe nicht knarrten, konnten sie unbemerkt an der Küchentür vorbei ins Freie schlüpfen.

Auf der Straße vermieden sie laute Schritte, um an gewissen Stellen nicht versehentlich jene Kinder herbeizulocken, die zu gerne mit Steinen nach ihm warfen.

Mit seinen altgewordenen Schuhen ging das Kind täglich zur Schule, überstieg in der Nähe der Viktoriastraße vorsichtig die betrunkenen Besatzungssoldaten, die zuweilen morgens quer über dem Gehsteig lagen, neben ihrem Erbrochenen schliefen, oder an erdigen Karotten kauten, die sie im halbwachen Zustand aus den schmalen Beeten der Vorgärten gerissen hatten.

An die vielen, vielen Wege mit seinen Schuhen dachte das Kind jetzt, als es sie vom Bett aus in jenem jämmerlich zerschnittenen Zustand stehen sah.

»Mit diesen alten Dingern kannst du unmöglich auf der Bühne stehen und mittanzen«, hatte die Leiterin des Kinderhorts gemeint, als sie ein paar Tänze für das Sommerfest probten. Sie hatte es nicht unfreundlich gesagt, das Kind auch nicht ausgeschlossen, sich vielmehr bemüht und ihm schließlich ein Paar wunderhübscher Schuhe mitgebracht, die es bei dem Fest leihweise tragen durfte. Sie waren bildschön, aber viel zu klein. Ach, das Kind wollte zu gern an diesem einen Tage in diesen Schuhen tanzen, mochte aber, besorgt, daß es doch noch ausgeschlossen werden würde, niemandem sagen, daß die Schuhe nicht paßten, zog, um den Füßen ein wenig mehr Raum zu geben, die Söckchen aus, zwängte die Füße in die roten Schuhe und tanzte mit ihnen über die Bühne.

Bereits während des ersten Tanzes spürte es einen brennenden Schmerz, der sich von einem Mal zum anderen steigerte. Doch das Kind ließ nicht nach. Es war ein Glied in der Kette, durfte nicht ausfallen, wollte auch nicht fehlen, biß tapfer die Zähne zusammen, lächelte unter Tränen, sang mit, bis der Schmerz ihm die Stimme verschlug. Später zog es die roten Schuhe von den wunden Füßen, bemerkte erschrocken den Blutfleck am Innenleder, zog sich damit zurück, rieb ihn sorgsam mit kaltem Wasser fort und achtete nicht mehr auf seine Füße, an denen der Schmerz nachzulassen begann und in ein erträgliches Brennen überging. Abends lief das Kind barfuß auf die weitentlegene Sielstraße zurück.

Die wunden Stellen entzündeten sich, begannen erneut zu schmerzen, sonderten übelriechenden Eiter ab. So sorgfältig Mutter die Verbände auch wechselte, wie gewissenhaft sie die vom Arzt verschriebene Salbe auftragen mochte, die Wunden wollten sich nicht schließen, schwärten weiter, fraßen sich immer tiefer in die Fersen ein.

Nun lag das Kind bereits die vierte Woche auf seinem Strohsack. Der vom Hunger abgezehrte Körper sammelte langsam, sehr langsam seine spärlichen Kraftreserven für den verzögerten Heilungsprozeß. Oft schaute das Kind zum Fenster hinaus, sah anderen Kindern zu, die unten auf dem Schotterweg spielten, blickte über den Siel hinweg zu den Bäumen, deren Grün staubig zu werden begann, sah auch den Schwalben nach, die mit ihren Flügelschlägen flüchtige Zeichen an den Himmel schrieben. Enträtselte die Wolkenbilder, die der Sturm meist in großer Eile landeinwärts trieb.

Es vermißte die Schule und seine Eisersdorfer Spielkameraden. Nur selten trauten sich Kinder auf die entlegene Sielstraße, nachdem die Wirtin einige von ihnen bereits an der Haustür mit dem Hinweis auf die Treppe abgewiesen hatte. Manchmal saßen Helmut und Dorothea heimlich in der engen Dachstube, spielten mit dem Kind, liehen ihm ihre Bücher aus. Und wenn die Wirtin aus dem Hause ging, unterhielten sie sich miteinander durch die hellhörige Zimmerdecke von einem Stockwerk zum anderen. Dabei erinnerten sie das Kind immer wieder, auf die Rückkehr ihrer Mutter genau zu achten, denn es hatte von seiner Bettstelle aus den besten Überblick über ein beträchtliches Stück der Sielstraße.

Daß es nicht in den Hort gehen konnte, war dem Kinde ganz recht. Die Mutter hatte es notgedrungen dort anmelden müssen, weil das Leisesein in der kleinen Dachstube manchmal dem Leben in einer Gefängniszelle ähnelte, und weil es im kommenden Winter einen einigermaßen warmen Platz haben sollte. Tante Lena arbeitete sowieso von früh bis spät in der Caritas; Mutter rettete sich in den Pfarrsaal und nähte emsig mit den anderen Frauen an den neu eingetroffenen Wäsche- und Kleidungsstücken, bevor diese zur Verteilung gelangen konnten.

Jetzt, als das Kind krank lag, blieb sie meistens zuhause, zog sich einen Stuhl an die Bettstelle und erzählte alle Geschichten, die ihr einfielen. Erzählte vor allem von Eisersdorf und Breslau, wiederholte Aussprüche des verstorbenen Vaters, der schon seit einigen Jahren auf dem Markt-Bohrauer Friedhof begraben lag, und mußte immer von neuem Begebenheiten aus der eigenen Kindheit unter dem Schiefen Turm von Frankenstein wiedergeben.

Wenn sie dann für einige Stunden abwesend war, wegen irgend einer Kleinigkeit vor einem der Geschäfte in der Schlange wartend, dann schloß das Kind die Augen und ließ das Gehörte in seinem Innern in zahllosen Bilderfolgen lebendig werden. Es besaß beinahe nichts anderes als diese Bilder, doch mit ihnen fühlte es sich niemals einsam und allein gelassen, und es kannte keine Langeweile.

Auch griff es die spärlichen Eßvorräte nicht an, wenn es unbeobachtet war. Das hatte ihm zwar niemand untersagt, aber es verstand sich von selbst, sparsam zu sein und nicht jedem Hungergefühl nachzugeben. Nach und nach verspürte es überhaupt keinen Hunger mehr. Die rebellierenden Magennerven hatten sich beruhigt, an den Zustand des unfreiwilligen Fastens gewöhnt.

Nur manchmal äußerte das Kind sein Verlangen nach Erdbeeren, die langsam reif sein mußten, sprach vom

Eisersdorfer Garten und stellte sich Hanja vor, die jetzt wohl dort die Ernte einsammelte, falls sie nicht zu faul war, sich danach zu bücken.

Eines Tages, als das Kind wieder von den Erdbeeren sprach, mit spröden Lippen und blassem Gesicht noch immer auf dem Strohsack lag, da machte die Mutter sich heimlich auf.

Einige Schritte weiter, hinter dem Hause des Kommunisten, hatte sie ein großes Erdbeerbeet erspäht, von dem aus sie die reifen Früchte verlockend über den Zaun leuchten sah. Sie faßte sich ein Herz, klingelte und erzählte der öffnenden Hausfrau von ihrem kranken Kinde, dessen Wunden sich noch immer nicht schließen wollten, und bat sie um einige der köstlichen Früchte, nach denen es so großes Verlangen äußerte. Die Frau jedoch schüttelte den Kopf, und obwohl sie einen kleinen Jungen im selben Alter besaß, verweigerte sie die bescheidene Bitte mit der Ausrede:

»Mein Mann wünscht das nicht!«

Die Mutter stand noch einen Augenblick lang vor der zugeworfenen Haustür, dann wandte sie sich ungläubig ab und ging langsam die Straße hinunter. Wiederholte ihren Versuch an anderen Türen, erhielt überall Absagen und war schließlich mit leeren Händen am Ende der Sielstraße angelangt. Es fiel ihr zu schwer, jetzt mit dem unerfüllbaren Wunsch zu ihrem Kinde zurückzukehren.

In Brückennähe stand ein alter schiefgewachsener Kastanienbaum. Sie trat auf ihn zu, umfaßte mit beiden Armen seinen Stamm, lehnte die Stirn an die rauhe Rinde und weinte sich aus. Von kleinauf waren Bäume ihre

Freunde gewesen, und auch dieser vermochte sie nach einer Weile zu trösten.

Das Kind lag indessen auf seinem Strohsack und träumte von Eisersdorf. Es saß mitten im Erdbeerbeet und füllte eine große Schale aus böhmischem Rubinglas mit den reifsten Früchten. Es glaubte, den süßen Geschmack auf der Zunge zu spüren, da zerriß eine andere Vorstellung das Bild.

Was wäre, wenn jetzt der Aufruf zur Heimkehr erfolgte, wenn jetzt, ebenso rasch wie sie vertrieben worden waren, zur Rückfahrt gesammelt werden würde? Die wenigen Dinge, die ihnen hier gehörten, wären in weniger als in einer Viertelstunde zusammengerafft, überlegte das Kind. Möglicherweise könnte man alles stehen- und liegenlassen, denn es war doch einfach nicht möglich, daß inzwischen alles, was das Eisersdorfer Haus vom Keller bis zum Speicher ausgefüllt hatte, verschwunden sein könnte? Oder doch? Vielleicht war es abgebrannt wie Böhms Haus, oder ein vom Unkraut überwachsener Schutthügel wie das Haus in Markt-Bohrau, oder eine rußgeschwärzte Ruine wie das Heidersdorfer Haus von Onkel Franz und wie die Nummer 76 auf der Adalbertstraße in Breslau? Möglicherweise hatten die Polen auch nur Dielen und Treppen verheizt, weil sie nicht in den Wald gehen mochten? Diese Vorstellungen schmerzten es sehr, aber alle diese Bilder waren doch leichter zu ertragen als die Dachkammer auf der Sielstraße.

Wenn wir heute heimkönnten! dachte das Kind weiter. Ich muß aufstehen, jetzt, sogleich, damit ich jederzeit reisefertig bin. Es richtete sich auf, ließ die Beine über die

Bettkante baumeln und versuchte, in seine alten, ausgeschnittenen Schuhe zu schlüpfen. Sie paßten trotz des Verbandes ganz gut, drückten ein wenig an der Stelle oberhalb der Wunde, über die nun endlich doch ein dünnes Häutchen zu wachsen begann. Es probierte, ein paar Schritte zu gehen, hielt sich am Bettpfosten, am Tisch, am Waschtisch, am Schrank, stützte sich auf die Fensterbank und schaute hinaus.

Der Weg nachhause war weit. Und doch! Jeder, den es kannte, versicherte, ihn zu Fuß gehen zu wollen, wann immer die Möglichkeit dazu kommen würde. An Herrn Webers Rollstuhl würde es sich ein wenig festhalten, fiel ihm ein, festhalten und gleichzeitig schieben helfen. Der Nachbar war ohne seine Beine ganz klein und leicht geworden. Das Kind spürte bereits das Vibrieren des Griffs an der Rückenlehne des Rollstuhls in seinen kleinen Händen, während sie über das Pflaster fuhren, über den grauen Asphalt, über rauhen Schotter und über aufgeweichte Feldwege, immer weiter, immer heimwärts, immer auf dem Wege nach Eisersdorf.

Es blickte auf die Sielstraße hinunter, sah von weitem die Mutter kommen. Sah sie mit seltsam schleppenden Schritten, mit herabhängenden Armen, mit zu Boden gewendetem Gesicht sich nähern, erschrak vor der fremden Haltung dieser vertrauten Gestalt. Öffnete das Fenster, doch sein Ruf blieb stumm, in unbewußter Scheu, in diese Abgewandtheit und Einsamkeit vorzudringen. Es hatte erzählen hören, daß Schlafwandler im Mondlicht über die Dächer gingen wie auf gesicherten Wegen. Jeder Anruf jedoch ließ sie straucheln und stürzen.

Mit beschwörenden Blicken umfing das Kind die Mutter, und das Herz klopfte ihm dabei wie rasend. Den dringenden Wunsch, daß sie nicht stürze, nicht falle, legte das Kind in seinen Blick, der sie behutsam näherbrachte.

Endlich schaute sie auf, entdeckte den geöffneten Fensterflügel, die kleine Hand, die ihr ängstlich entgegenwinkte. Jetzt straffte sich ihre Gestalt, die Schritte wurden schneller, weit ausgreifend, wie gewohnt. Beide Arme hob sie dem Kind entgegen, das so unverhofft die Kraft zum Aufstehen wiedergefunden hatte. Irgendein wunderbar bewegender Antrieb mußte dahinterstehen, denn ungewohnte Röte überzog die schmalen, eingefallenen Wangen. Freude breitete sich über ihrem eigenen Gesicht aus, und sie lachte dem Kind aus ihren freundlichen Augen entgegen.

Ich sehe eine schnurgerade Allee, die zwei Orte verbindet: ein geruhsames Landstädtchen im Südoldenburgischen und ein behäbiges Bauerndorf. Kilometerlang zieht sie sich hin, von mächtigen Eichen beschattet, von weiten Stoppelfeldern gesäumt. Einige Bauern sind mit ihren Gespannen dabei, die Felder zu pflügen. Wie in alten Zeiten gehen die Pferde wieder vor den Pflügen her, weil Treibstoff und Motoren fehlen. Die Erdschollen glänzen im Gegenlicht des Spätnachmittags. Scharen von Vögeln bevölkern die Äcker, trippeln über das frisch aufgeworfene Erdreich.

Doch diese ländliche Idylle will ich übersehen. Es ist die Allee, die ich beobachten muß: Soeben schlagen die Kirchturmuhren die fünfte Stunde. Aus dem Stadttor tritt, wie jeden Tag um diese Zeit, eine Frau auf die Landstraße hinaus. Am anderen Ende der Straße passiert ein Kind täglich das gelbe Ortsschild. Zwei Menschen gehen aufeinander zu.

Ich bin unschlüssig, wem ich mich zuerst zuwenden soll, denn die Entfernung zwischen beiden ist so groß, daß ich sie nicht in einem Bilde fassen kann. Es ist wohl natürlich, sich zunächst dem Kinde zu nähern, das einsam und unbehütet unter den Alleebäumen dahineilt, mit zierlichen Füßen, die in seltsamen Schuhen stecken, in Schuhen, denen Kappe und Ferse fehlen. Es hastet so schnell über den Asphalt, daß ihm schwer zu folgen ist. Der Punkt am anderen Ende der Allee ist größer geworden, doch noch zu weit entfernt, um die Rufe des Kindes vernehmen zu können.

Jetzt sehe ich es genau: Das Kind weint. Mit tränenblinden Augen stolpert es hin und wieder über die Unebenheiten, dort, wo sich das Wurzelwerk der Alleebäume durch die Straßendecke zu arbeiten beginnt. Die Tränen laufen ihm ungehindert über die Wangen; in beiden Händen trägt es große, blaue Pflaumen.

Das Kind weint vor der Leere der langen Allee, die von Fremde zu Fremde führt, vor der Endlosigkeit der Fremde, die sich über alle Orte ausdehnt, die ganze Welt zu überziehen scheint bis in die fremden Häuser hinein, in denen fremde Menschen wohnen.

Der größer werdende Punkt, dieses einzige Ziel, das sich von der Fremde ringsumher abhebt, verschwimmt vor den Augen, geht verloren in dem ausweglosen Kummer des Kindes. Eine Pflaume entschlüpft der kleinen Hand und rollt in den Straßenstaub. Diese Unachtsamkeit holt das Kind zurück. Es kehrt um, legt die übrigen Pflaumen neben einen Baumstamm ins Gras und bückt sich nochmals, um die verlorene aufzuheben und sie mit heißen Händen zu säubern. Jetzt ist der richtige Augenblick, um nach dem Taschentuch zu suchen, damit zuerst die Pflaume blank zu polieren und als nächstes sorgfältig über das Gesicht zu wischen. Die Tränen versiegen. Niemand soll sehen, daß es geweint hat.

Jeden Tag, wenn es beim gelben Ortsschild das Dorf verläßt, kommen die Tränen, ganz gegen seinen Willen. Zu dumm, gerade zu dieser Stunde des Tages, der einzigen Stunde überhaupt, die zählt und gilt, zu weinen. Der praktische Sinn des Kindes sagt ihm, daß ja eigentlich kein Grund zur Klage bestehe. Es geht ihm so gut wie seit langem nicht.

In einem großen, schön gepflegten Hause hat es bei einem Pfarrer und seiner Schwester Unterkunft gefunden. Es wohnt unter der Obhut aktiv geübter Nächstenliebe. Der Pfarrer ist ernst und schweigsam, aber freundlich. Seine Schwester hat dem Kind gleich nach der Ankunft ein eigenes Zimmer gezeigt, in dem es nach ganz neuen Sachen duftet. Die weißgestrichenen Möbel vor weißen Wänden, die gestärkte, schneeweiße Bettwäsche, in der kein Fältchen zu sehen ist, sollen sein neues Zuhause bilden.

Nach dem Essen ist Mittagsruhe. Gehorsam legt sich das Kind auf das kühle Laken, besorgt, es nicht allzu sehr zu zerknittern. Ein Fenster steht offen. Das vom

Spätsommer dunstige Blau des Septemberhimmels und die winkenden Zweige des Pflaumenbaumes davor!

Leise erhebt sich das Kind noch einmal, tritt ans Fenster und schaut in den Garten hinunter. Dieser Garten, von einer sorgfältig gestutzten Ligusterhecke umgeben, mit ein paar Obstbäumen bestanden, mit unkrautfreien Gemüsebeeten, in geordneten Reihen wachsenden Blumen, einem kurz gehaltenen Rasenstück ausgefüllt, ähnelt keinem der Gärten, in denen es bisher zuhause gewesen ist. Die Wege dort unten sind frisch geharkt; jeder Schritt zeichnet sich in die geraden Linien ein, die der Rechen zum Abschluß seiner Arbeit überall hinterlassen hat.

Dem Kind wurde erlaubt, sich von den im Gras liegenden Äpfeln zu holen, so viel es nur will. Auch reife Birnen und Pflaumen dürfe es ohne Beschränkung pflücken und essen. Doch der Zugang zu den Bäumen führt nur über die eingezeichneten Zeilen auf den Wegen. Erst als die Schwester des Pfarrers selbst den Garten betritt, geht das Kind ihr nach und benützt dabei ihre Fußstapfen. Ringsum die reifen, die makellosen Früchte. Noch einmal die freundliche Aufforderung, davon zu pflücken und zu essen. Es greift nach einer Pflaume, kostet sie, der Stein fällt aus der reifen Frucht ins Gras. Das Kind bückt sich nach ihm, vergräbt ihn vorsichtig am Rande des Rosenbeetes und ißt die Pflaume zuende.

Die erste seit damals! Zuletzt hatte es Pflaumen im Eisersdorfer Nachbargarten gegessen, sie aus der Hand von Herrn Böhm empfangen, der sie sorgfältig und liebevoll entkernte und ihm zwischen die geöffneten Lippen schob. Herr Böhm, mit der großen Gartenschürze, mit dem breiten gelben Sonnenhut, nie wieder unter einem Pflaumenbaum. Nie wieder in seinem Garten. Herr Böhm, nirgendwo!

Für die Vögel des Himmels, die nicht säen, nicht ernten, nicht in die Scheuern sammeln und die das verschlossene Tor mit dem Schild in deutscher und polnischer Sprache: Betreten verboten! so gleichmütig überfliegen, für sie werden die Pflaumen des Eisersdorfer Gartens nun sein!

Das Kind mag nicht mehr weiteressen. Doch es pflückt für die Mutter zwei Hände voll, läßt sich am Baumstamm abwärtsgleiten, hütet die Pflaumen in seinem Schoß, beobachtet das träge Rücken des Zeigers, zählt die seltenen Schläge der Kirchturmuhr.

Es spielen keine Kinder in diesem Garten. Niemand bleibt an seiner Hecke stehen, um hinüberzuschauen, ihm zuzuwinken. Aber Vögel singen in den Zweigen der Obstbäume, Bienen, Hummeln und flatternde Schmetterlinge bevölkern seine Abgeschiedenheit.

Morgens verläßt das Kind das Haus, um in die nahe Dorfschule zu gehen. Es fühlt viele Augen auf sich gerichtet. Schweigsame Sekunden begleiten seinen schüchternen Gruß und die unsicheren Schritte zur letzten Bank im Hintergrund des Klassenzimmers. Die freundliche Ermunterung der Lehrerin, mit dem fremden Kinde zu spielen!

Hier würde ihm niemand den Weg verstellen oder einen Stein nach ihm werfen. Jedoch die Spiele der Kinder sind aufgeteilt, eingespielt. Es ist schwierig, die Kette zu zerreißen, den Kreis zu öffnen. Beim Abzählen bleibt es die ungerade Zahl, die übrig ist. Es bleibt Zuschauer, Beobachter, wird hin und wieder ausgetauscht für ein kurzes Spiel, dem es sich nicht hingeben kann, weil es die Blicke des Ausgeschiedenen unbehaglich im Rücken fühlt.

Mittags sitzt es mit steifem Rücken auf der Stuhlkante zwischen den beiden Erwachsenen. Es sitzt vor vollen Schüsseln, vor dem gefüllten Teller, aus dem der Dampf der Suppe aufsteigt. Die reichliche Mahlzeit, die köstliche Fülle und seine Pflicht, recht viel davon zu essen! Wegen seiner Abgezehrtheit, um dem Hunger zu entfliehen, wurde es hierhergeschickt.

»Aller Augen warten auf dich, Herr! Du öffnest Deine milde Hand und erfüllest alles, was da lebt, mit Segen.«

Langsam hebt das Kind den Löffel an den Mund, schlürft leise, hat Mühe beim Schlucken, rückt verlegen am Teller, in dem die Suppe zu erkalten beginnt. Gemüse, Fleisch, Kartoffeln — und der Hals ist wie zugeschnürt.

Vor gefüllten Tellern hungern! Hungern nach irgendetwas, das es nicht bezeichnen kann.

Ich bin undankbar, denkt es, legt Messer und Gabel beiseite, senkt den Kopf, damit niemand in seine Augen sehen kann. Es hört keinen Vorwurf, spürt nur die Blicke der Erwachsenen, als schließlich das Geschirr abgeräumt, als der gefüllte Teller schweigend hinterhergetragen wird.

Nachmittags kommt niemand am Pfarrhaus vorbei, niemand fragt nach ihm, und es mag nicht von selbst zu den anderen hinausgehen, aus Angst, wieder und wieder die ungerade Zahl zu sein.

Der abgeschiedene Garten! Die Hände des Kindes berühren die rissige Rinde am Stamm des Pflaumenbaumes. Endlich ist es so weit! Kurz vor fünf Uhr. Das Kind erhebt sich, nimmt die Pflaumen auf, schlüpft durch das Gartentor, läuft durch das Dorf bis zu dem gelben Ortsschild, hinter dem die beschattete Allee beginnt, die von Fremde zu Fremde führt.

Ein gutes Stück noch wird das Kind zu laufen haben. Dann ist der Augenblick gekommen, in dem sich die beiden Hälften des zerrissenen Bildes zusammenfügen.

Für eine halbe Stunde des Tages sehe ich Mutter und Kind vereint. Ihr Treffpunkt ist die Landstraße. Zwischen Fremde und Fremde lassen sie sich auf dem schmalen Grünstreifen nieder. Gegen einen Baumstamm gelehnt, rücken sie eng zusammen. Die Mutter fragt behutsam, das Kind schüttelt den Kopf, birgt das Gesicht an ihrer Schulter und sagt:

»Ja, es geht mir gut!«

Die Antwort klingt wie unterdrücktes Schluchzen. Schweigen, das lange anhält, kostbare Minuten unbarmherzig mitnimmt. Die Fremdheit greift über. Das Bild verliert an Klarheit, wird unscharf.

Später lächelt das Kind der Mutter tapfer zu. Sie aber hat längst die verräterischen Tränenspuren entdeckt und läßt den unbewußten Täuschungsversuch vor ihrem Innern nicht gelten. Das Kind erzählt nun von dem guten Essen, das täglich auf den Tisch kommt. Doch sie betrachtet besorgt das noch schmaler gewordene Kindergesicht, die eingefallenen Wangen, die bläulichen Schatten unter den Augen, die Durchsichtigkeit der Schläfen. Alles deutet darauf hin, wie wenig ein vollgeladener Teller vermag, wenn die Liebe nicht mit zu Tische sitzt. Sie spürt täglich dieselbe Beklemmung, wenn sie das fremde Brot zu essen beginnt und dabei die fragenden Augen ihres Kindes im Geiste auf sich ruhen fühlt.

Sie hatte vorgehabt, noch einige Tage abzuwarten, bevor sie eine endgültige Entscheidung treffen wollte. Doch sie kannte ihr Kind zu gut. Das war kein normales Heimweh, das jeden jungen Menschen gegen Abend in ungewohnter Umgebung anfällt und mit der Zeit vergeht. Früher hatte das Kind solche Trennungen von ihr leicht bewältigt und gut überstanden. Diese jedoch war eine, die an der Substanz zehrte, auch an ihrer eigenen.

Die Trennung einer Mutter von ihrem Kinde, weil Hausordnung und Statuten keine Paragraphen enthielten, die auf sie beide anwendbar gewesen wären. Als Küchenhilfe im Altersheim suchte man ihre Arbeitskraft, duldete man ihre Anwesenheit. Sie hätte zu gern ihr winziges Zimmer, ihr Bett, ihre Essensration mit ihrem Kinde geteilt, doch seine Anwesenheit im Hause war nicht vorgesehen. Genauer: Seine Anwesenheit war nicht nur unerwünscht, sondern untersagt.

Die Not hatte keinen anderen Ausweg gelassen. Die Vermittler ihrer Arbeitsstelle, die Wohltäter, die ihr Kind ohne Gegenleistung aufgenommen hatten, und sie selbst hatten kurzsichtig von einem Stück Brot zum nächsten geschaut, die Sackgasse jedoch nicht erkannt.

Es gab nur einen einzigen Weg, der aber kein Ausweg war. Den Weg zurück in Beengung, Hunger und Elend. Er mußte gewagt werden, auch wenn der Winter vor der Türe stand.

»Ich bin hier ebenfalls nicht glücklich«, sagt die Mutter jetzt, »wir werden nicht hierbleiben; wir werden so bald als möglich zurückfahren.«

Das Kind umarmt sie stürmisch. Seine Laute ähneln mehr einem unartikulierten Aufschrei als einer Antwort. Sie erschrickt vor der Heftigkeit des unterdrückten Gefühls, das noch immer die Worte verbirgt und doch so erschütternd deutlich über sich Auskunft erteilt.

Nach einer Weile erst erfreuen sich beide an den mitgebrachten Pflaumen. Mutter teilt und entkernt sie mit leichter Hand und schiebt abwechselnd sich und dem Kinde einen Bissen in den Mund. Diese köstliche gemeinsame Mahlzeit! Das reife Fruchtfleisch auf der Zunge zu spüren! Die herbe Süße des nahen Herbstes!

Schon ist die Frist verstrichen. Doch die Trennung fällt heute leichter. Aber der Riß im Bild wird trotzdem sichtbar. Er teilt Himmel und Erde, trennt Mutter und Kind. Zwei Hälften rücken weit auseinander. Ich verliere immer eine davon aus dem Blickfeld, das beide vergeblich zu halten versucht.

Herbst ohne Fülle, ohne Scheuern, in die reiche Ernten hätten eingefahren werden müssen. Die Bauern ohne Land, vertrieben von ihren Höfen, in engen, städtischen Hinterstuben, in Kellern und Abstellkammern zusammengepfercht, zog es hinaus vor die Stadt. Sie blickten über die unbegrenzte Ebene, auf die neuen Felder, welche die hiesigen Landwirte, der Not und den amtlichen Befehlen folgend, inmitten ihres Weidelandes angelegt hatten. Sie, die sommers und winters harte Arbeit gewohnt waren, vor Sonnenaufgang und vor dem ersten Hahnenschrei ihr Tagwerk zu beginnen gewohnt waren, traf die Arbeitslosigkeit, das tatenlose Zusehen, das Warten auf Ämtern und vor Geschäften am härtesten. Sie grübelten ihren vereinsamten Feldern nach, die niemand mehr bebaute, ihren vernachlässigten Höfen, deren schadhafte Dächer niemand ausbesserte, ihrem zurückgebliebenen Vieh, um das sich niemand kümmerte oder das rücksichtslos ostwärts getrieben, am Straßenrand elend verendet oder abgeschlachtet worden war. Sie dachten unablässig an ihre Scheuern, in denen sinnlos das Saatgut verdarb oder zu Schnaps gebrannt wurde, während sie hier ihre eigenen Kinder hungern lassen mußten.

Manchem Bauern gelang es, sich als Knecht zu verdingen und seine Herrenjahre für eine Weile zu vergessen. Die meisten aber mußten sich damit abfinden, keine Handvoll Erde mehr bearbeiten, kein Stück Vieh mehr züchten und betreuen zu dürfen.

Bereits lange vor der Erntezeit war es verboten worden, die Feldmark zu betreten. Und wer am Rande eines Feldes stand, während die fremden Ähren langsam durch die Finger glitten, wer sie dabei auf ihre Fülle überprüfte, den Ertrag abschätzte, der kam sich vor wie ein Dieb und fühlte sich dennoch vom bloßen Dasein dieser von Sturm und Regen gepeitschten dürftigen Kornfelder angezogen. Im nächsten Frühjahr, so dachten alle laut oder insgeheim, da bestellen wir wieder unsere eigenen Felder. Dieser Trost hielt sie aufrecht.

»Unsere Bauern tragen am schwersten. Sie haben nicht

nur wie wir ihre Häuser und Gärten verloren. Es ist die Erde, der sie seit Generationen, ja, seit Jahrhunderten verbunden sind«, sagte Mutter, während wir mit geliehener Hacke und unserem Weidenkorb auf ein winziges Stück Land zugingen, das uns die Stadt verpachtet hatte.

Leergebliebene, unbebaute Flächen ihrer ausgesparten Planquadrate wurden in schmale Parzellen aufgeteilt. Sie sollten uns vor dem Verhungern erretten. Die Grasnarben waren schwer abzutragen gewesen. Die kümmerlichen Pflanzen hielten den übersäuerten Boden umklammert. Der Spaten ließ sich nur mühsam in das feuchte Erdreich stoßen. Gelang ein kräftiger Stich, so füllte sich die entstandene Vertiefung sogleich mit Grundwasser auf. Es gab weder Tonröhren, mit deren Hilfe man die ärgste Nässe hätte ableiten, noch Düngemittel, die das Wachstum ein wenig hätten unterstützen können.

Einige vom Munde abgesparte Saatkartoffeln vertrauten wir diesem trostlosen Stück Land an. Stück für Stück hatten wir uns auf mühsamen, demütigenden Wegen erbetteln müssen, und die Versuchung, sie sofort aufzuessen, war manchmal übermächtig gewesen. Beinahe täglich hackten wir das kleine Rechteck, als die ersten grünen Spitzen daraus hervorzusprießen begannen. Wir umsorgten und umhegten die langsam wachsenden Stauden, beglückt und ermutigt über die tatsächlich hervorbrechenden Knospen, aus denen sich über Nacht zartlila Blüten zu entfalten begannen. Gewissenhaft lockerten und häufelten wir das Erdreich, hätschelten jede einzelne der mageren Pflanzen und beobachteten zufrieden das vergilbende und nach und nach absterbende Kartoffelkraut.

Alles hatte seine Richtigkeit, wenn hier auch alles etwas ärmlicher und spärlicher als gewohnt wuchs. Zuweilen gruben wir da und dort ein wenig nach. Die zum Vorschein kommenden Kartoffeln waren winzig, kaum von der Größe gewöhnlicher Pflaumen. Aber wir freuten uns trotzdem darüber und erwarteten ungeduldig die Ernte.

Endlich war es soweit. Vorsichtig, um keine der Knollen zu verletzen, hackte Mutter die Erde auf. Übler Geruch von den Abwässern der nahen Fabrik strömte uns entgegen; aber es war nicht die Zeit, um sich darüber Gedanken zu machen. Wir ließen uns auf die Knie nieder und durchsuchten mit unseren Händen den Acker nach Kartoffeln, gruben dort nach, wo die Hacke möglicherweise nicht sorgfältig genug gewesen wäre.

In die Freude mischte sich der erste Schatten, als wir feststellten, daß die inzwischen gerodeten Kartoffeln nicht nur winzig, sondern durch und durch von Drahtwürmern zerfressen waren. Immer hastiger gruben wir weiter, immer noch auf eine Ernte hoffend. Wir wollten uns nicht so schnell eingestehen, daß die monatelange Mühe und Sorgfalt umsonst gewesen waren, daß wir nicht nur vergeblich gearbeitet, sondern daß wir darüberhinaus noch die kostbaren Saatkartoffeln eingebüßt hatten, die uns einige sättigende Mahlzeiten verschafft hätten.

Eine Kartoffel nach der anderen wurde nun überprüft, zerhackt oder durchschnitten. Es fand sich nicht eine, die nicht von den ekelerregenden Würmern zerfressen gewesen wäre. Häßliche, rostbraune Gänge durchzogen in wildem Durcheinander jede einzelne Frucht.

Wir fanden keine Worte für unsere Enttäuschung. Zunächst hoffte Mutter noch, unsere Mißernte bei Bauern als Futterkartoffeln eintauschen zu können, aber wir erfuhren, daß die Würmer selbst für Tiere schädlich seien und ihre Milz angreifen und zerstören würden.

Unsere Hoffnung, einigermaßen gut durch den bevorstehenden Winter zu kommen, war zunichte. Wir lösten den Pachtvertrag unverzüglich, nachdem um Rat gefragte Eisersdorfer Bauern uns einmütig versicherten, daß hier ohne Düngung und Humuszufuhr nichts wachsen könnte.

Die Kartons, welche Tante Lena zum Aufbewahren unserer Ernte beschafft hatte, blieben zunächst leer. Erst nach und nach begannen sich einige zögernd zu füllen. Mutter und Tante Lena fuhren gleich einer Anzahl anderer Stadtbewohner von nun an viele Kilometer südwärts, um den Geestbauern beim Kartoffelroden zu helfen und sich dabei einen kleinen Wintervorrat zu verdienen. Es war für die unterernährten Frauen eine harte Arbeit, von der sie spätabends jeweils wie zerschlagen heimkehrten.

Nach und nach wuchs der Vorrat auch in unseren Kartons. Unsere Wirtin war jedoch nicht bereit, dafür eine Ecke ihres Kellers freizuräumen. Sie benötige ihren Keller selber, und es käme ihr sowieso niemand dort hinunter, erklärte sie immer wieder auf alle noch so höflichen Anfragen und Bitten hin. Wir mußten also die Kartoffeln in unserer Dachkammer aufbewahren und schoben die Kartons unter die Bettgestelle.

Im eiskalten Winter 1946/47, als wir nichts mehr zum Heizen hatten, erfroren die hart erarbeiteten Kartoffeln unter unseren Betten. Eines Morgens, als ringsum die Eiskristalle an den schrägen Wänden glitzerten, waren sie glasig und süß geworden. Wieder bedrohte uns der Hunger. Diesmal griff er uns im Verein mit der Kälte an.

Viele Menschen, alte, junge, auch Säuglinge, fielen den ersten Nachkriegswintern zum Opfer. Eines Tages starb die Frau unseres Rektors. An einem grauen, regnerischen Tage wurde sie zu Grabe getragen. Viele Menschen folgten ihrem Sarg. Die Schulkinder reihten sich auf durchweichten Wegen geschlossen in den Trauerzug ein. Unser Pfarrer bog vom Hauptweg des Friedhofs ab. Der Kreuzträger ging voran und kämpfte gegen den Sturm an. Der Wind zerrte heftig an den Chorröcken; Regen peitschte uns allen ins Gesicht. Plötzlich ließ der Sturm nach, der Regen ging in leises Nieseln über. In die ungewohnte Stille drang das schrille Läuten des Totenglöckchens, das vom Scharren ungezählter Füße auf dem unebenen Kiesweg begleitet wurde.

Wir näherten uns dem offenen Grabe. Hinter dem aufgeworfenen Erdhügel stand eine Pumpe verborgen, die gegen das steigende Grundwasser eingesetzt worden war. Der Totengräber entfernte sie möglichst unauffällig, bevor wir uns am Grabe versammelten.

Der Pfarrer sprach kurz und bewegend. Seine Gebete drangen klar durch das Dämmergrau dieses trostlosen Tages. Wir Kinder sangen das Lied von den ruhelosen Menschen, die auf Wanderschaft nach ihrer ewigen Heimat unterwegs seien.

»Wir sind nur Gast auf Erden...«
Ringsum weinten viele Menschen: Frauen und Mütter, deren Männer und Söhne nicht von der Front zurückgekehrt waren oder die noch immer ohne eine Nachricht von ihnen ausharren mußten, Menschen, die bereits selbst hier einen Angehörigen zu Grabe getragen hatten oder deren Gräber daheim zurückgelassen werden mußten. Sie erinnerten sich voller Grauen an die geschändeten Grabstätten, an die umgeworfenen und zerbrochenen Denksteine, die unter dem Vorwand des Wiederaufbaus ostwärts abtransportiert worden waren und nun irgendwo als Straßenpflaster dienten. Sie dachten an die ausgegrabenen Leichen ihrer Angehörigen, die ihrer Goldzähne beraubt worden waren, und an die zahllosen vereinsamten Hügel, die bald, von Unkraut überwuchert, der Vergessenheit anheimfallen würden. Ja, heim wollten wir, um unseren Toten ein Gebet sprechen, ihnen ein Licht entzünden zu können.

Die Gedanken der Kinder schweiften ab. In diesem von Efeu bekränzten, dunklen Sarge sollte die Frau des Rektors liegen? Das erschien uns unmöglich.`

Ihre zierliche Gestalt war uns oft auf dem Schulweg entgegengekommen. Unsere Grüße hatte sie immer besonders freundlich erwidert, und zuweilen, wenn sie uns auftauchen sah, heimlich ein paar Bonbons oder einige Groschen auf die Straße fallen lassen. Wir waren jedesmal darauf losgestürzt, um diese eifrig aufzusammeln, und waren ihr mit dem Ausruf, daß sie etwas verloren habe, nachgerannt. Daraufhin hatte sie sich lächelnd nach uns umgewandt und uns die bescheidenen, aber so sehr begehrten Fundstücke geschenkt.

»Zum Lohn für eure Ehrlichkeit!« wie sie immer von neuem erklärt hatte.

Einige Beobachter dieser sich häufig wiederholenden Szene hatten dieses Frage- und Antwortspiel als ziemliche Albernheit abgewertet. Warum, so fragten sie, warf sie die kleinen Geschenke auf die Straße, warum versammelte sie die Kinder nicht um sich, wenn sie ihnen etwas geben wollte? Heute erkenne ich den Hintergrund dieses seltsamen Spiels.

Sie liebte die Kinder, die ihr, arm und abgerissen wie sie selbst, täglich begegneten. Sie alle lebten von der Hand in den Mund, von einer kärglichen Mahlzeit zur anderen, von der Schläue und vom Organisationstalent derer, denen sie anvertraut waren, und von der Gerissenheit und den krummen Wegen der Schwarzhändler, die einen blühenden Handel trieben, aus dem Nichts Dinge zu greifen schienen wie Taschenspieler und Zauberkünstler. Gegen eine Welle von Ablehnung mußten sich die meisten dieser Kinder zudem zu behaupten versuchen, und doch sollten sie anständige Menschen bleiben, sooft ihre Ehrlichkeit auch auf den Prüfstand gestellt wurde.

Das war wohl der Beweggrund für die kurzen Dialoge der Rektorsfrau mit uns, die wir alle auf irgendeine Weise ihre Sorgenkinder waren. Ihr beständiges Lob einer Tugend, der Tugend der Ehrlichkeit! Immer wieder pries sie diese Tugend in uns, damit sie nicht in den chaotischen Verkehrungen der Wertbegriffe, die Krieg und Nachkrieg hervorgebracht hatten, untergehen sollten. Sie trug mit dazu bei, das Gefühl für den Unterschied zwischen Mein und Dein ständig wachzuhalten.

Wir verstanden das damals nicht, dachten nur, während wir auf dem Friedhof ihren Sarg umstanden, daß sie uns nie wieder begegnen würde. Dachten später hin und wieder auf unserem Schulweg, während wir in die Willehadstraße einbogen, an ihre zierliche Gestalt, an die fallenden Bonbons, an die rollenden Groschen und an ihren freundlichen Lobspruch:

»Weil ihr so ehrlich seid...«

An dieser einen Stelle, an der wir uns wieder und wieder gebückt hatten, wurden wir an sie erinnert.

Eine Begebenheit auf dem Friedhof prägte sich allen Anwesenden unauslöschlich ein: Als der Sarg von den vier Trägern langsam ins Grab gesenkt wurde, vernahmen wir das Geräusch seines klatschenden Aufschlags auf dem ihn umflutenden Wasser. Während kurzer Zeit war der Grundwasserspiegel wieder angestiegen. Wir wandten uns voller Grauen ab. Hier wollten wir nicht leben und schon gar nicht begraben sein.

Wie Ausgesetzte fühlten wir uns auf diesem unsicheren Boden, auf dieser dünnen, kaum belastbaren Schicht, diesem Spielball zwischen Land und Meer, unserem Niemandsland, in das wir geworfen worden waren.

Doch lange Zeit noch blieb hier unser Ankerplatz. Nur wenigen gelang bereits jetzt der Absprung. Fehlende Zuzugsgenehmigungen und trennende Zonengrenzen behinderten unsere Freiheit. Wir lagen zudem an der kurzen Kette unserer Lebensmittelkarten, die nur für den jeweiligen Wohnsitz ihre Gültigkeit besaßen.

Einige blieben im weitmaschigen Netz dieses Ortes für immer hängen. Für manchen bot es keinen Anreiz, diese Fremde gegen eine andere auszutauschen. Arbeitsplätze, freiwerdende Unterkünfte in späteren Jahren, Gewohnheiten, das in Dauerzustand übergegangene Gefühl der Vorläufigkeit, dieses auf Abruf bereite Probewohnen mochte sie gehalten haben.

Nach Jahren, als die Riesenwoge der Menschenflut abgeebbt war, als Wiederaufbau und wirtschaftlicher Aufschwung der Stadt ihre ursprüngliche Kraft wiedergaben, sie aus der hemmenden Umklammerung in das Wachstumstempo ihrer Gründerjahre freiließ, als sie noch einmal die ihr zugeworfene Chance auffing, plante und baute, ihr Netz weiter auswarf, mochte es aufregend und ermunternd sein, von ihr getragen, hier neu zu beginnen.

Eine Stadt der Arbeit! Wer sich in ihr Räderwerk einspannen läßt, findet seine Daseinsberechtigung, sogar seine Freude an ihr. Wer nicht mehr die Kraft zu aktiver Mitarbeit aufbringen kann, wird bald vergessen sein.

Von meinem Hotel aus gehe ich ein Stück weit auf der Atenser Allee entlang, die früher das aufgelockert bebaute Gebiet der jungen Stadt von der eng zusammengerückten Siedlung, die sich um ihre uralte Kirche auf der Wurt versammelt hatte, abgrenzte, und die nördlich und südlich dieser Berührungspunkte zwischen alt und neu, in das ebene Weideland der Marsch hineinführte.

Heute ist die Atenser Allee eine erweiterte, vielbefahrene Bundesstraße, die der Stadt und ihrer Industrie, dem Hafen, den Fähren und den Seebädern Zubringerdienste leistet. Die niedrigen, alten Klinkerbauten, einige unter ihnen von dicken Reitdächern beschirmt, beben leise unter den Schwingungen, die der vorbeirollende Schwerverkehr durch Asphaltdecke und Packlagen hindurch über den schwankenden Grund an sie weitergibt. Zwar ist das nördlich liegende, ehemals offene Weideland inzwischen bebaut worden, dennoch greift wie ehedem der Nordwestwind nach mir, wirft sich mir in Sturmböen entgegen, attackiert mich mit Regengüssen.

Ich lasse mich nicht abschrecken, nehme in wohlgenährtem Zustand, freiwillig und probeweise noch einmal den Kampf auf mich, der früher unsere täglichen Wege erschwerte. Auch unterlasse ich es nach einigen nutzlosen Versuchen, mein Gesicht abzutrocknen, den umgeklappten Schirm von neuem aufzuspannen. So bleibt mein Blick frei, um die Veränderungen registrieren zu können.

Mein nüchterner Blick für die schöne Sachlichkeit dieses Stadtgebiets wird nur manchmal von Überlegungen und auch von den heftigen Angriffen des Sturms getrübt.

In entgegengesetzter Richtung, stadtauswärts gehend, würde ich auf die großen, sozialen Einrichtungen stoßen, welche die Städte heute im allgemeinen ihren Alten und Kranken zuteilt, jene komfortable, Unsummen verschlingende Isoliertheit im Grünen, jenes Abseits, dessen beklemmende Stille nur der Sturm nächtelang zu durchorgeln pflegt.

Ich halte mich nordwärts: Neue Schulen, großzügige Sportanlagen, Stadium, Sportplätze, Tennishalle und

Tennisplätze, Hallenbad und Minigolfanlagen, ausreichendes Parkgelände, in großzügige Anlagen kunstvoller Landschaftsgärtnerei einbezogen, erhöhen den Freizeitwert dieser Stadt, die junge, arbeitstaugliche Menschen für den Fortbestand ihrer Wirtschaft dringend benötigt.

Noch ist die Frage nach der Umwelt, nach der Herrschaft der sie umgebenden Gefahren einschließenden Industrie, nach der herrlichen Umklammerung durch Meer und Strom nicht wirksam geworden. Noch ist das Pokerspiel mit der Gefahr nicht zur Gewaltherrschaft ausgeartet. Noch sind auf Seite des Menschen die Themen auf die Medien, auf Parteien, auf Diskussionsebenen entrückt, auf der anderen Seite aber gehorsam innerhalb der abgesteckten Grenzen geblieben. Das nimmt man jedenfalls an.

Zur Linken der Friedhof. Er ist mit der Stadt um ein Vielfaches seiner ehemaligen Ausdehnung gewachsen. Ich lasse ihn heute aus. Aber ich würde sie reihenweise wiedererkennen, die Namen der »plötzlich, unerwartet und fern der geliebten Heimat Entschlafenen«, wie in Todesanzeigen häufig zu lesen stand.

Und ich würde die Namen jener Altbürger entziffern, die vor der hereinbrechenden Menschenflut damals ihr Hab und Gut krampfhaft umklammert hielten und es jetzt doch, verbraucht, ungebraucht oder mißbraucht, auf jeden Fall für sie nutzlos geworden, entweder der Müllabfuhr oder den Erben hinterlassen haben.

Hier liegen sie miteinander und gegeneinander in ihren nassen Grüften, wenn sie nicht auf dem neueren, zu einer Wurt aufgeschütteten Teil in ihrem ehemaligen Glauben oder Unglauben, eingesegnet oder einfach vergraben, mit Kränzen und Blumen zugedeckt, in Frieden schlafen.

Der Weg über die Sielstraße wäre bei diesem Wetter zu weitausholend. Ich biege deshalb rechtwinkelig auf die lange Gerade der Luisenstraße ein. Wind und Regen greifen mich jetzt von der anderen Seite an, schlagen auch hin und wieder frontal zu, verlieren jedoch an Schärfe, als ich die größeren Häuserblöcke des inneren Stadtgebiets erreicht habe.

Meine ehemalige Lehrerin, eine durch Alter und Krankheit aus der Arbeits- und Lebensgemeinschaft der Stadt ausgeklammerte Dame, empfängt mich in gewohnter Herzlichkeit. So sehr sie meine Gänge zur Kreiszeitung billigt, so sehr freut sie sich aber auch über Sonn- und Feiertage, in denen Archive und Büros geschlossen bleiben.

Ich bin zu früher Nachmittagsstunde bei ihr eingetroffen, schüttle die Nässe ab, hänge Mantel und Tücher zum Trocknen auf, stelle meine Stiefel in die Nähe der Heizung und genieße die durchwärmende Wirkung des Ostfriesentees, der immer bereitsteht. Ihre Wohnung ist warm und gemütlich eingerichtet.

Wir geraten ins Erzählen, rekonstruieren ihre Ankunft damals in einem der Viehwagentransporte, die über die Stadt verhängt wurden, erwähnen die vielfachen Verflechtungen und Fügungen, die ihre und unsere Familien einander immer wieder begegnen ließen: Da war das Zusammentreffen ihrer Mutter mit meiner Großmutter, ihre und Tante Lenas gemeinsame Schulzeit bei den Schweidnitzer Ursulinen, viel später die zufälligen Kollegenjahre meines Vaters mit ihr an der Markt-Bohrauer Schule.

Schon damals stand sie im Ruf einer außergewöhnlichen pädagogischen Begabung. Durch unseren Wegzug nach dem Tode meines Vaters, durch Kriegswirren, Nachrichtensperre und Vertreibung hatten wir uns längst aus den Augen verloren. Die Möglichkeit, ihr wieder zu begegnen, war höchst unwahrscheinlich, ja, wir wußten nicht einmal, ob sie das Kriegsende lebend überstanden hatte.

Doch mitten in die Wirren der anstürmenden Fluten, mitten in das Meer der Möglichkeiten setzte Tante Lena, einem Einfall, einer fixen Idee oder einer Vorahnung folgend, in Pfarrhaus und Schule ihren Namen in Umlauf. Sie konstruierte die Möglichkeit ihres Hierseins, denn um den chaotischen Bildungsnotstand der heranwachsenden Kinder, die jahrelang keinen geregelten Unterricht erhalten hatten, zu steuern, war der Einsatz bester Lehrkräfte dringend erforderlich.

Trotz des Tumults, von dem unser Pfarrer ständig umlagert war, seit die Hilfesuchenden einander seine Klinke in die Hand gaben, trotz seiner natürlichen Abneigung gegen in keiner Weise fundierte Gedankenkonstruktionen — oder Hirngespinste, wie Mutter deutlicher zu sagen pflegte — prägte er sich den Namen dieser als ungewöhnlich gepriesenen und von der Gehirnwäsche des Dritten Reiches unversehrten Lehrerin ein.

Und da er sich sowieso zu jedem der nach uns eintreffenden Transporte auf dem Bahnhof einfand, um den aus den Waggons wankenden Gestalten ein Wort zuzurufen, mit seiner Bereitschaft zur Hilfe ein Zeichen ins Leere zu setzen, begann er, die Bahnsteige auf- und abschreitend, einen Namen auszurufen, mit dem sich möglicherweise eine noch lebende Person unter den weit über zehn Millionen in alle Welt zerstreuten Vertriebenen und Flüchtlingen verband. Es war, wie er wußte, wider alle Vernunft. Aber er rief trotzdem ihren Namen aus. Und eines Tages hörte sie ihn.

Halb ohnmächtig und beinahe verhungert in einer Waggonecke im Stroh liegend, glaubte sie, ihren Namen vernommen zu haben. Zu kraftlos, um ihre undeutlich gewordene Wahrnehmung überprüfen zu können, zu verwahrlost von dem endlosen Transport, um sich jemandem stellen zu wollen, blieb sie liegen.

Nach einer Weile ruckte der Waggon, er wurde umgekoppelt und begann langsam wieder aus dem Bahnhofsgelände hinauszurollen. Die Mitfahrenden deuteten durch die offenstehende Tür auf den großen, schwarzgekleideten Mann, dessen Anzug ihn als Priester auswies, und bestätigten, daß er nach ihr gerufen habe. Im Vorübergleiten nahm sie ihn nur flüchtig wahr, jedoch deutlich genug um zu erkennen, daß sie ihn nie zuvor gesehen hatte. Seine eindrucksvolle Gestalt prägte sich ihr ebenso ein wie die Verwunderung darüber, daß er nach ihr gefragt haben sollte.

In einem Dorf in Küstennähe endete der Transport. Mit ihrer Freundin, einer Lehrerin aus der Markt-Bohrauer Parallelschule, wurde sie in einem Bauernhof einquartiert. Beide blieben zunächst arbeitslos und besaßen nur das, was sie auf dem Leibe trugen, weil sie bereits in Markt-Bohrau und auch unterwegs mehrmals ausgeraubt worden waren.

Doch irgendwo in der nächsten Stadt kannte jemand ihren Namen. Sie hatte nur den Faden aufzugreifen, den labyrinthartigen Verwicklungen seines Weges zu folgen und zu erfragen, was das Schicksal wiederum für sie bereithielt.

Der letzte Abschnitt ihres abenteuerlichen Weges scheint, aus heutiger Sicht betrachtet, unmittelbar vor dem Ziel zu liegen. Wir aber sind gewohnt, eine Lage aus der kurzsichtigen und vergeßlichen Betrachtungsweise der Satten und Gesunden zu beurteilen und übersehen dabei, daß wir zudem in Schuhen mit intakten Absätzen stecken. Sie hingegen hatte die Grenzen ihrer Belastbarkeit während des vergangenen Jahres längst überschritten und fühlte sich krank und erschöpft.

Während wir uns gegenübersitzen, stürzen die Stationen ihres letzten schlesischen Jahres wie Schatten an uns vorüber. Sie spricht leise und ruhig, als sie von den Fußmärschen berichtet, die sie durch das halbe Land führten, um zu ihrer verhungernden Mutter zu gelangen.

Wir sehen sie, entfernt von den gefährlichen Hauptstraßen, den Weg durchs Hinterland nehmen, verwirrt vor den veränderten Ortsschildern mit den polnischen und daher unverständlich gewordenen Angaben stehenbleiben. Wir versuchen, die Schwierigkeit zu ermessen, unbemerkt an den Häusern vorbeizugelangen, das vorsichtige

Abtasten der Situation nachzuvollziehen, ehe der wachgewordene Instinkt das Zeichen erteilt, ob ein Mensch in der eigenen Muttersprache ansprechbar sei, ob ihm vertraut werden dürfe.

Wir beobachten sie beim Sprung in einen Misthaufen, in den sie sich eingräbt, um einem Russen zu entfliehen, der sie verfolgt und vergewaltigen will.

Noch vorsichtiger geworden, setzt sie ihren Weg zur Mutter nun in langen Nachtwanderungen fort. Einmal wird sie dabei vom Militärauto betrunkener Russen angefahren, bleibt so lange verletzt im Straßengraben liegen, bis sie aus ihrer Ohnmacht erwacht und es ihr aus eigener Kraft gelingt, die nächste Ortschaft zu erreichen.

Ohne Passierschein, ohne Aufenthaltsgenehmigung, zudem innerhalb der Sperrstunden, befindet sie sich in mehrfacher Gefahr, bedeutet aber auch für jene, die sie vielleicht aufnehmen würden, ein Risiko. Doch ihre Wunden bluten noch immer, sie müssen unbedingt gesäubert und verbunden werden. Und sie darf nicht aufgeben; ihre sterbende Mutter wartet in Schweidnitz auf sie.

Sie erzählt von dem großen Glück, das sie zu einem Haus geleitet, in dem noch deutsche Krankenschwestern leben, die sie aufnehmen und versorgen.

Zum Weiterwandern ist sie durch den Blutverlust allerdings zu entkräftet; vor Einbruch der Nacht wird aber kontrollierende Miliz erwartet, die sie unweigerlich aufspüren würde. Die Schwestern sehen den Ausweg, der zwar ebenfalls seine Bedrohungen birgt, jedoch die einzig mögliche Lösung bietet. Sie erfährt nun, daß sie in einem Irrenhaus Zuflucht gesucht hat, und daß sie in der Abteilung geistesgestörter Frauen untertauchen müsse. Sie läßt sich in einen großen Saal hineinschieben.

»Wir müssen sehen, ob Sie von ihnen überhaupt angenommen werden«, flüstert die Schwester ihr zu, »und wie sie nachher bei der Kontrolle reagieren werden.«

Da sie mit ihren Pflastern und Binden, vor allem mit ihrem Kopfverband absonderlich aussieht, erhöht sich die Schwierigkeit und die Gefahr beträchtlich. Inmitten der sie umringenden Kranken versucht sie, ruhig zu bleiben, auch dann, als diese immer näher an sie heranrücken und ihre Verbände zu betasten beginnen. Doch nach und nach lassen sie von ihr ab, ziehen sich ein wenig zurück, starren sie aber weiterhin unentwegt an. Als die Schwester eintritt, Brot zu verteilen beginnt, deuten sie mit ihren Zeigefingern hinüber und geben mit dem Ausruf: »Die auch!« zu verstehen, daß sie in ihre Gemeinschaft aufgenommen sei. Es folgen weitere angstvolle Augenblicke, als die Miliz erscheint, aber die Geisteskranken zeigen mit keiner auffälligen Reaktion an, daß sich eine Fremde unter ihnen befindet.

Sie liegt flach ausgestreckt, die schmerzenden Glieder können endlich ausruhen; die Schockwirkung, die der Unfall verursacht hat, beginnt zögernd abzuklingen, doch sie verharrt inmitten dieser ungewohnten und unberechenbaren Gesellschaft in sprungbereitem, halbwachem Zustand.

Diese ungewöhnliche Begebenheit wird ihr ebenso gegenwärtig bleiben wie die anderen schrecklichen Ereignisse, die sie jedoch mit zahllosen Menschen teilt. Das sind: Die Flucht vor der anrückenden Invasion ins Gebirge und ihre spätere Rückkehr, der Tod nahestehender Angehöriger, der zahllose Opfer fordernde Flecktyphus, verschiedene Plünderungen, der Verlust der Wohnung, das mehrmalige Ausgewiesenwerden aus wechselnden Unterkünften, das Zerrinnen des gesamten Hab und Guts und schließlich die Vertreibung und der Transport im Viehwaggon, ihre Ankunft mit leeren Händen.

»Trotz allem behütet und geleitet«, sagt sie. Von Vergangenem spricht sie mit nur wenigen.

Die durchsichtige Zartheit, die sie durch ihr ganzes Leben begleitete, läßt auf den ersten Blick kaum ihre Energie, ihre Kraft und Unnachgiebigkeit vermuten. Ihr Gesicht blieb in den letzten Jahren beinahe unverändert. Außer einer steilen Stirnfalte, die sich schon damals ganz unwillkürlich bildete, wenn etwas ihren Unwillen erregte, hat sie kaum weitere Falten dazubekommen. Jedenfalls übersieht man sie wegen ihres lebhaften Mienenspiels, das ihre ungeteilte Aufmerksamkeit und Anteilnahme verrät. Beherrschend sind ihre großen, dunklen Augen. Sie waren die Instrumente, mit denen sie auch jene, die sie körperlich weit überragten, bändigen, beherrschen und bezaubern konnte. Ihre Augen sind heute noch ihr beredtes Ausdrucksmittel. Weisheit und Güte sehen mich daraus an. Und ich erkenne auch, daß sie so klar und unbestechlich wie früher geblieben sind.

Ihre Schüler fürchteten diesen Blick, wenn sie kein reines Gewissen hatten und ihm vergeblich auszuweichen versuchten. Ihre zierliche Gestalt reckte sich selten zu einer Strafpredigt empor, doch ihre Augen zeigten Enttäuschung, Zorn und Ablehnung für das, was wir getan hatten. Schneller als aus ihren Worten war aus ihnen jedoch auch abzulesen, daß sie uns verziehen hatte und eine Angelegenheit für sie damit ein für allemal erledigt war.

Außenstehende hielten sie für ungewöhnlich ernst und streng, doch ihre Schüler empfanden das nicht so. Ihr Gerechtigkeitssinn ließ keine Unterschiede in ihrer Zuwendung gelten. Gegen ihre selten verhängten Strafen hatten die Betroffenen aus diesem Grunde im tiefsten Innern nichts einzuwenden. Im Gegenteil, sie befreiten sie von ihrem schlechten Gewissen und stellten die Ordnung wieder her.

Wie Tante Lena vorausgesagt hatte, erwies sich ihre Anwesenheit in unserer Schule als Segen für ihre damaligen und ihre späteren Schüler. Ihr umfassendes Wissen und ihre pädagogische Fähigkeit, es vermitteln zu können, ihr erzieherisches Wirken und ihre persönliche Ausstrahlung machten sie zu einer Meisterin ihres Berufes. Nicht ohne leisen Neid beobachteten ihre Kollegen, was ihr mit den sparsamsten Mitteln gelang.

Hochaufgeschossene Analphabeten verwandelte sie in eifrige Leser, und sie schaute uns beim Schreiben und Rechnen unnachgiebig auf die Finger, mochten wir unsere Aufgaben nun auf Abfallpapier oder in ein bereits zum zweiten Male ausradiertes Schulheft schreiben. Sie selbst jammerte niemals um Dinge, die nicht vorhanden waren. Mit Wandtafel und Kreide gelang es ihr, alles, was auf der Welt von Bedeutung schien, vor uns hinzuzaubern. Wir bemerkten deshalb den Mangel an fehlenden Lehrmitteln kaum.

Als wir unsere neue Schulbaracke bekommen hatten, durften während der großen Pause immer zwei Kuriere in die Nordschule eilen, um bei ihrer Freundin Bücher auszutauschen, denn beide Lehrerinnen besaßen für jedes Fach nur ein gemeinsames Lehrbuch.

In der ersten Zeit hockten wir auf dem Fußboden um sie geschart, weil Tische und Stühle fehlten. Nur wenige der Kinder besaßen Lesebücher. Wir hielten die verschiedensten Exemplare aus der Zeit vor 1945 auf dem Schoß. Der Name Hitlers und ein paar andere von ihren Altären gestürzte Wörter waren mit dickem Kopierstift ausgestrichen oder sogar herausgeschnitten worden. Später gab es neue Bücher, welche die Militärregierung genehmigt und auf rauhfaserigem Nachkriegspapier gedruckt hatte. Sie sahen ohne anschauliche bunte Bilder recht arm und schmucklos aus, dennoch waren wir glücklich, endlich wieder eigene Bücher in die Hände zu bekommen, und in den meisten Fällen lasen alle Familienmitglieder darin.

Unsere Lehrerin kümmerte sich auch außerhalb der Unterrichtszeit um uns und faßte uns in Gruppen zusammen, die sich nachmittags trafen. Feste religiösen Ursprungs, Gedenktage, kulturelle Ereignisse beging sie mit uns gemeinsam. So war das Leben in unserem ärmlichen Schulraum dennoch abwechslungsreich und farbig. Unter ihrer Leitung wuchs unsere Klasse zu einer auf einander eingeschworenen Gemeinschaft zusammen. Das war keineswegs selbstverständlich, denn die Anzahl der Kinder, die aus den verschiedensten Verhältnissen und aus allen möglichen Gegenden bunt zusammengewürfelt vor ihr saß, war recht groß. Keines brachte die gleichen Voraussetzungen mit. Der Wissensstand unterschied uns stark voneinander, bei den meisten ähnelte er dem eines Schulanfängers. Zunächst verband uns nur das gleiche Geburtsjahr. Einige, vor allem uns Eisersdorfer, schmiedete der gemeinsame Heimatort aneinander. Die meisten Kinder hatten ein schweres Schicksal zu bewältigen, ein paar hatten Vater oder Mutter, beide Elternteile oder eines ihrer Geschwister auf grausame Weise verloren und andere schreckliche Dinge erlebt, die ihnen unauslöschlich eingegraben waren.

Beinahe alle lebten während der ersten Jahre auf engstem Raum beieinander, litten unter quälendem Hunger und an Unterernährung. Dazu kam das Gefühl, beinahe überall unwillkommen oder gar verachtet zu sein. Trotzdem kamen wir in der Schule gut voran. Es gelang, die trennenden Unterschiede abzubauen. Jeder, der auf irgendeinem Gebiet seine Begabung, seine Stärke zeigte, wurde zur Nachbarschaftshilfe eingesetzt. Nach wenigen Jahren waren die Mängel bei der Mehrheit aufgehoben. Mehr noch! Als ich später in eine Schule überwechselte, in der nur Kinder saßen, die ohne Unterbrechung ihre Schulzeit hinter sich brachten, konnte ich dort ein Schuljahr überspringen und den Altersunterschied annähernd ausgleichen.

Nahezu alle Schüler, die von unserer Lehrerin unterrichtet wurden, erlernten später gute Berufe. Eine ganze Reihe aus dieser Nachkriegsklasse schaffte sogar ein Studium. Mit besonderer Freude erwähnt sie, daß viele soziale Berufe aus dieser Gemeinschaft hervorgegangen seien.

Ich bin mir darüber klar, wie groß ihr Anteil an unseren späteren Entscheidungen, an unseren Erfolgen gewesen ist, denn nur wenig wird man aus sich selbst, und ich sage ihr das auch. Doch sie winkt ab.

Inzwischen hat sie ein Album mit alten Fotos hervorgeholt: Schwarzweißaufnahmen aus der Schulzeit. Sie erzählt von den früheren Klassenkameraden, die ich größtenteils aus den Augen verloren habe, die ebenso wie ich so rasch als möglich die überfüllte Stadt verlassen hatten.

Nun tauchen sie wieder auf: In vergilbenden Fotos unterscheiden wir die unscharf gewordenen Züge. Die alte Vertrautheit will sich nicht einstellen. Etwas Künstliches, Papiernes läßt die Kinder von damals entrückt in ihrer Erstarrtheit verharren.

Aus einem nicht illustrierten Zeitungsbericht springt uns dafür ein Bild entgegen. Aus Buchstaben, Silben, Wörtern wächst die Überschrift: 40 Jahre Stadt am Strom! Stadt der Zukunft!

Es ist alles provisorisch, alles selbstgemacht. Ein Versuch, die Freude ins neue Stadtjahrzehnt hinüberzuretten. Ein Aufflackern der Lebenskräfte der jungen Stadt bereits vor der Währungsreform. Schulklassen haben mit ihren Musiklehrern als fahrende Sänger die Zukunft lautstark zu verkünden. Im wunderschönen Monat Mai des Jahres 1948 trifft man sie bei Wind und Wetter an jeder zugigen Straßenecke. In den grotesken Verkleidungen, die seit 1945 zum Alltagsbild gehören, singen sie zukunftsgewiß gegen den Sturm an, der von jenseits des Deiches durch die geraden Straßen auf sie zujagt.

Ich erkenne die Gruppe wieder, die über den Mittelweg, über Magdalenen- und Viktoriastraße hinziehend, diese Aufgabe zu erfüllen hat. Vor ihr steht der Musiklehrer in seinem abgetragenen, fadenscheinigen Anzug. Gutmütig blickt er durch die dicken Gläser seiner Nickelbrille über die kleinen Sänger hinweg, während die Stimmgabel den Anfangston aus seinem kahlen Schädel herauszuklopfen scheint. Mit leisen Zischlauten gibt er letzte Anweisungen. Seine Aussprache und sein Aussehen sind etwas seltsam geworden, seit Gewehrkolben und rohe Fäuste dem ehemaligen Volkssturmmann des Jahres 1945 ein paar Zähne eingeschlagen und beide Kiefer zerbrochen haben. Ein lückenhafter Zaun, der sich zu einer einzigen Zahnreihe schließen kann, ist übriggeblieben. Geblieben ist auch der Spott der Schüler, der sich unwillkürlich verstärkt, wenn der alte Lehrer seine gerettete Geige, die nur noch mit drei Saiten bespannt ist, liebevoll zwischen Kinn und Schulter klemmt und mit schwingendem Bogen den Einsatz gibt. Jetzt entlockt er seinem Instrument klagende Töne, die den frischen Gesang der Kinder kontrastreich untermalen.

Es geht gut bis zum Refrain, bis zu diesem: »Mit uns zieht die neue Zeit!« Wir erkennen im Hintergrund der Gruppe das Kind wieder, das jedesmal an dieser Stelle von Lachen geschüttelt abbricht, das Gesicht hinter den Kameraden verbirgt, es in den Händen vergräbt und nur noch durch seine zuckenden Schultern verrät, daß es das Tragikomische dieser Situation erfaßt hat, daß es immer dann unbändig lachen muß, wenn es eigentlich zu weinen gilt.

Eines der Fotos fällt wegen seiner technischen Mängel besonders auf. Das Jahr 1951 ist auf seiner Rückseite vermerkt. Auch hat sich der Fotograph nicht gescheut, den Firmennamen einzutragen, obwohl sein Experiment mit den beiden neuen Scheinwerfern nicht gelungen ist. Zwar bietet er später als Entschädigung dafür an, jene Aufnahme zu wiederholen, für die sich die beiden Mädchen das Geld mühsam auf vielen Botengängen zusammengespart haben, jedoch ist es dafür jetzt zu spät. Eine der beiden Freundinnen ist mit ihrer Mutter und ihrer Tante in die französische Zone umgesiedelt worden.

So bleibt das mißglückte Experiment als einziges erinnerndes Dokument einer geglückten Freundschaft und einer zuende gehenden Kindheit. Die Freundschaft gründete auf einer Dose Leberwurst, die im Jahre 1946 als Sonderzuteilung der Schulspeise jeweils an zwei Kinder ausgegeben worden war. Büchsenöffner besaßen zu dieser Zeit nur wenige, und so war ein gerechtes Teilen nicht ohne Probleme möglich.

Das blonde Mädchen mit den langen Zöpfen kam noch am selben Tage auf die Sielstraße und brachte die ehrliche Hälfte ohne Abzug und Sonderanteil für seine Wegzehrung mit. Von diesem Tag an spielten die Kinder oft gemeinsam und unauffällig ihre Spiele, durch die sich sogar die Wirtin nicht belästigt fühlen konnte. Das Mädchen hatte das Leisesein ebenfalls gut eingeübt. Sein Vater, ein ehemaliger Kaufmann, der nun zeitweise als

Werftarbeiter ungewohnte Arbeit in Nachtschicht verrichten mußte, brauchte tagsüber seinen Schlaf. Seine verständliche Forderung nach Ruhe war schwer erfüllbar, denn die elende Unterkunft, die nur über einen schmalen, dunklen Gang, der über einen Hinterhof führte, erreichbar blieb, war eng, hellhörig und zudem ungesund. An Regentagen sickerte das Wasser durch die Mauerritzen, im Winter glitzerten die Eiskristalle dort ebenso wie an den Wänden der Sielstraße.

In den Hinterhof fiel selten ein Sonnenstrahl. Über sein dämmeriges Geviert huschten vielmehr Ratten und Mäuse. Als die kleine Schwester geboren worden war, konnte man sie deshalb nicht unbehütet im spärlichen Sonnenschein stehenlassen. Die beiden Freundinnen schoben sie oft gemeinsam in einem geliehenen Kinderwagen durch die Stadt oder auf dem Deich entlang, und sie wurden unzertrennlich. Während ihrer Schulzeit saßen sie nebeneinander und in den Ferien, die sie manchmal voneinander getrennt auf den großen südoldenburgischen Bauernhöfen verlebten, vermißten sie einander sehr.

Das mißglückte Foto zeigt die Mädchen in verkrampfter Haltung. Der Fotograf hat den dunklen und den blonden Kopf gegeneinandergelehnt und, während er mit den ungewohnten neuen Lampen vergeblich herumhantiert, das gezwungene Lächeln, über dem bereits die Schatten der bevorstehenden Trennung liegen, erstarren lassen. Die Mädchen beginnen sich gerade in dem Augenblick aus der versteiften Stellung zu befreien, als der Fotograf sich endlich entschließt, den Auslöser zu bedienen. Teile der beiden Gesichter hellen sich eben auf, doch die Traurigkeit bleibt vorherrschend. Die Blonde versucht ein spitzbübisches Augenzwinkern, die Dunkle schielt ungeduldig gegen die unnatürliche Haltung an. Das starke Lichtbündel eines falsch eingestellten Scheinwerfers liegt wie ein weißer Balken zwischen Stirn und Stirn.

Ich stecke das häßliche Bild, das mir in seiner Unvollkommenheit auf dieser Versuchsebene des Zusammenrückens und des Getrenntwerdens plötzlich sehr nahe ist, in das Album meiner ehemaligen Lehrerin zurück.

Zum Abschied schenkt sie mir ein Foto, das sie doppelt aufbewahrt hatte. Es zeigt Schneewittchen und die sieben Zwerge in jener Aufführung, die wir zur Eröffnungsfeier unserer Notschule eingeübt hatten.

Der Regen hat nachgelassen. Hier und da beginnt das Straßenpflaster unter einer leichten Brise abzutrocknen. Einzelne Herbstblätter, die der Sturm verspätet abriß, und die er auf den Asphalt klebte, heben sich jetzt mit matten Flügelschlägen, machen auf sich aufmerksam. Blätter sind zur Unzeit vom Baum gefallen, um mich mit Bildern einzukreisen.

Auf einem lächelt Schneewittchen im Kreis der Zwerge. Die sieben schauen freundlich zu ihm empor: gutmütig, bewundernd, ein wenig verschmitzt. Einer hebt warnend den Zeigefinger. Die ernste Befragung des Spiels beginnt. Doch man sieht, daß sie verziehen haben, so schwer das den Mitspielern auch gefallen sein mag.

Wer hat das Gift des Bösen eingestreut? Schneewittchen selbst hat ihnen die Falle gestellt. Die Verkleidungskünste der bösen Königin haben jedenfalls nichts Ungeplantes ins Spiel eingebracht.

Ich sehe es jetzt wieder vor mir, das Kind, auf das seiner dunklen Augen und seiner schwarzen Haare wegen die Wahl fiel. Es hat die Rolle gut gelernt. Während Mutter das lange weiße Nachthemd aus der Altkleidersammlung mit pastellblauen Blenden versah und in ein prächtiges Gewand verwandelte, hörte sie den Text ab, korrigierte sie die Aussprache, achtete sie auf die Klarheit der Endsilben, auf die Betonung und die Intensität der einzeln herausragenden Wörter, die so vieles bewirken müssen.

Schneewittchen hat die Worte gesprochen und ist dann verstummt, mit dem Apfel in der Hand vorschriftsmäßig umgesunken für den vorletzten Akt. Halb verborgen von den weinenden Zwergen, die es umringten, wirkten die Einflüsterungen noch immer. Jene Einflüsterungen, denen es rollengemäß zu unterliegen hat, weiten sich aus. Dieses süße Gift: Iß den Apfel!

Die Zuschauer können es nicht beobachten, aber die Zwerge werden zu Augenzeugen. Das ewig hungrige Schneewittchen hebt die Hand, in der der Apfel ruht und atmet den Duft der reifen Frucht ein.

Bittersüßer Herbstgeruch aus Eisersdorfer Gärten!

Es hat regungslos dazuliegen, dazuliegen wie tot. Doch wer möchte schon tot sein mit solch einer Köstlichkeit in unmittelbarer Nähe? Es beginnt langsam zu essen, ißt genußvoll Bissen für Bissen vor den Augen der Zwerge, deren Schluchzen nun echt wird, so echt wirkt, daß nachher ein besonderes Lob für ihr naturgetreues Spiel für sie abfällt.

Schneewittchen hat das vergiftete Apfelstück auf sein Stichwort hin nicht ausgespuckt, im Gegenteil: Es hat den ganzen Apfel ungeteilt verzehrt und steht nun da mit leeren Händen, mit schlechtem Gewissen und einem wunderschönen Gefühl im Magen. Ein Lächeln wird dennoch möglich. Auch die sieben Zwerge lachen dem Fotographen zu, der Beifall hat sie versöhnt und die Erkenntnis, daß die lange und ungleich schwierigere Rolle des Schneewittchens mit einem Apfel belohnt werden dürfe.

Das nächste Mal spielen sie im Altersheim draußen am Deich. Nur eine Apfelhälfte konnte dafür dieses Mal aufgetrieben werden. Beinahe alle Insassen haben sich versammelt, um dem Spiel der Kinder zuzusehen. Nur zwei alte Frauen sind der Einladung nicht gefolgt.

Herbstblätter, die von irgendwoher vor meine Füße geweht wurden, am nassen Asphalt haftenbleiben und den matten Versuch, aufzuflattern, wiederholen. Immer vergeblich wiederholen.

Die Rote-Kreuz-Schwester, der Pfarrer, der Verwalter, unsere Lehrerin, sie alle versuchen nacheinander, die beiden Frauen zum Hereinkommen zu bewegen, rühren leise am Arm der einen, um sie in den Kreis der anderen zurückzuführen. Doch sie schüttelt die sanfte Berührung wie eine Belästigung unwillig ab. Sie bleibt stehen, wo sie immer steht und wo sie auch heute und morgen stehen wird, bis die hereinbrechende Dämmerung ihr die Sicht über den Deich verhängt.

»Ich warte auf meine Söhne und auf meinen Mann«, wiederholt sie, und manchmal setzt sie hinzu: »Der Weg aus Rußland ist weit!«

Die andere steht neben dem Eingang, blickt durch die Ankommenden hindurch. Unverwandt schaut sie über den freien Vorplatz zur Straße hinüber. Wie Schatten ziehen die Menschen an ihrem Gesicht vorbei, Schatten, die flüchtig die Türöffnung verdunkeln. Über ihrem Arm hängt eine karierte Reisedecke; ein Rucksack liegt zu ihren Füßen. Zur Hand, die sich behutsam auf ihre Schulter legt, spricht sie:

»Es geht zurück in die Heimat! Ich werde nachher abgeholt!«

Reisefertig, Tag für Tag mit dem Bündel zu ihren Füßen und der Decke, unter der sie hin und wieder ihre gichtigen Finger wärmt! Reisefertig steht sie da, dort, wo der Weg nachhause zuende ist.

Zwei, drei Blätter verdecken notdürftig den Riß, der quer über den Asphalt springt. Wer hat diesen Riß verursacht? Wer ist Urheber dieser Erschütterungen? Der Hebungen und Senkungen dieses dünnhäutigen Landstrichs?

Ich sehe jetzt das Kind während der Einweihung der Barackenschule zu Boden blicken. Hinter ihm hocken die anderen Kinder dichtgedrängt. Vor ihm sitzen auf geliehenen Stühlen die Ehrengäste, darunter der amerikanische Kommandant und die ihn begleitenden Adjutanten und Offiziere der Militärregierung.

Ein Kreuz hängt an der Wand. Nach dem tiefsten Fall wurde es wieder aufgerichtet, an manchen Orten aus verkohlten Balken gebildet, die aus den Trümmerstätten ragten. Ein Zeichen hängt an der Barackenwand, das Zeugnis geben soll vom christlichen Geist, der wieder Einzug halten darf, nachdem der Ungeist vertrieben und zertrümmert worden ist.

Zur Bekräftigung hat das Kind das Vaterunser zu sprechen, klar und deutlich im Sinne der christlichen Bekenntnisschule, ja mehr noch, der auferstandenen Konfessionsschule. Dankbaren Herzens die Hände zu falten und zu sprechen:

»Unser tägliches Brot gib uns heute! Und vergib uns unsere Schuld, wie auch wir vergeben unseren Schuldigern.« Der Blick des Kindes wandert langsam über die verschiedenen Schuhpaare in der ersten Reihe, während es das Gebet spricht.

Diese Militärstiefel!

Da und dort!

Sie springen ihm in die Augen, springen es an. Sein Atem stockt. Die Stimme versagt ihm den Dienst, spricht das Wort nicht zuende. Mit halbgeöffnetem Mund starrt das Kind auf die Stiefelspitzen, die leise auf und abwippen.

Der verhaltene Vortakt zur Erstürmung des Hauses. Ein Morgen im Mai. Blauer Himmel über dem Bieletal. Ein Himmel, so klar, daß er nichts ankündigt. Drohend ist nur die Stille. Seltsam die leeren Straßen, auf denen während der vergangenen Wochen Militär und Trecks in wilder Flucht vorbeijagten. Blühende Bäume in den Gärten. Weiße Schneebälle am Busch neben Großvaters Haus.

Und auf einmal sind sie da! Über den Zaun gesprungen! Gewehrkolben geben den ungeduldig herrischen Befehl, die Haustür zu öffnen. Das Sonnenlicht flutet herein. Ihre langen Schatten fallen gleichzeitig in den Hausgang, drücken es zur Seite. Die lehmverkrusteten Soldatenstiefel treten hart auf, stürzen vorüber, stürmen die Treppe polternd empor.

Das Kind schrickt auf, reißt sich von den Stiefelspitzen los. Versucht, die Richtung der verhallenden Schritte zu finden.

Ein Gesicht rückt in sein Blickfeld. Ruhige, graue Augen sagen den Text, ohne die Lippen zu bewegen. Es erkennt den Pfarrer, der neben dem Kommandanten in der ersten Reihe steht und ihm weiterhilft.

Erkennt sie alle wieder. Das löst ihm die Zunge, und es spricht ohne weiteres Stocken klar und deutlich, als wäre nichts gewesen:

»Und führe uns nicht in Versuchung, sondern erlöse uns von dem Übel. Amen!«

Grüner, durchsichtiger Küstenwinter, der das Laub des Vorjahres aufdeckt, ehe die Zeichenschrift der Blätter unleserlich geworden ist.

Das Kind lag mit offenen Augen und blickte zur Decke empor. Der Schein der verlöschenden Flammen im Kanonenofen wurde schwächer. Trotzdem konnte das Kind alles erkennen. Aus dem engen Geviert der Dachkammer wuchsen Schatten hervor. Dort erhob der Schrank seine schwarze Masse. Unheimlich war es zuerst gewesen, wenn es sich nachts in ihm regte. Jetzt hörte das Kind ohne Furcht dem Ticken des Holzwurmes zu. Vor dem Schrank stand der Tisch mit der zerrissenen Wachstuchplatte, jener sonderbaren und immer veränderlichen Landkarte, auf der das Kind jede Unebenheit mit dem Zeigefinger aufspürte und das allmähliche Zurückweichen der Landmasse wahrnahm. Zwei Stühle, ein Hocker, eine Apfelsinenkiste mit ein paar Büchern warfen nur wenig Schatten. Hell schimmerten dagegen der weiße Krug und die Schüssel in der Ecke.

Aus dem eisernen Feldbett an der Wand und aus der hölzernen Bettstelle gegenüber klang abwechselnd gedämpftes Husten. Das Kind rückte weiter von der Wand ab, deren eisige Nähe es vorhin aufgeweckt hatte. Es zog sich die Decke über den Mund. Der Ofen spendete jetzt keine Wärme mehr, und die Eiskristalle an den schrägen Wänden wuchsen wieder. Trotz der behutsamen Bewegung raschelte das Stroh, auf dem das Kind lag.

Von dem Hintergrund des Fensters hob sich der Weihnachtsbaum ab. Deutlich waren seine beiden Spitzen zu erkennen. Im übrigen war er ein ganz normaler Baum. Schön gerade gewachsen breitete er seine grünen Arme aus und verbreitete jenen Duft, den das Kind von früheren Weihnachtsbäumen her kannte.

Jedoch war dieser im Gegensatz zu denen daheim nicht wie durch ein Wunder ins Haus gelangt, prächtig geschmückt und im geheimnisvollen Licht sanfter Wachskerzen strahlend. Ihm fehlten Zuckerwerk und Engelhaar, die goldenen Kugeln, die Sterne, die Kerzen und all die anderen herrlichen Dinge. Unter den Zweigen lagen keine Geschenke, die erinnerten: »Hier ist Weihnachten!«

Auch stand keine Krippe mit dem Jesuskind da, weder Maria noch Joseph, weder Ochs noch Esel, weder Schafe noch Lämmer zeigten an, daß hier Bethlehem sei. Und nicht einer der Heiligen Drei Könige war zu erwarten. Nur ein einziger Engel verkündete, aus dem Tannengrün hervorschwebend, einem einzigen armen Hirten die Frohe Botschaft.

Und doch hatte der Baum seine Wunder vollbracht. Das Kind hatte es ihm sofort angesehen, daß er von besonderer Art war. In der hintersten Ecke hatte er gelehnt, vom Händler wie von den Käufern unbeachtet. Das Kind war auf ihn zugetreten. Nie zuvor hatte es einen Weihnachtsbaum mit zwei Spitzen gesehen und deshalb sogleich die Hände nach ihm ausgestreckt und ihn gekauft. Der Händler hatte die Zweige zusammengebunden und ihn auf die schmalen Schultern des Kindes geladen.

Es trug den kostbaren Baum, den es seiner Einmaligkeit wegen erwählt hatte, und kämpfte mit ihm gegen den eisigen Ostwind an, der von den Weiten jenseits des Stromes herüberblies. Der Wind trieb Wasser in die Augen des Kindes. Die Tränen gefroren sofort auf seinen Wangen zu Eis und brannten kurz darauf wie Feuer.

Über die endlos erscheinende Atenser Allee war das

Kind recht spät in das Haus zurückgekehrt mit der leisen Hoffnung, in der Dämmerung unbemerkt an der Tür der Wirtin vorbeischlüpfen zu können. Es war ja verboten, Dinge in die Dachkammer zu tragen, die mit der Wand neben der Holztreppe in Berührung kommen konnten. Vorsichtig tappte das Kind treppauf.

Plötzlich löste sich die Schnur, und einer der Zweige schnellte gegen die Wand. Ein schwaches Ziehen und Kratzen wurde hörbar. Die Tür sprang auf. Die Wirtin trat heraus und ballte die Fäuste. Sprachlos blickte sie auf den Baum, der, nun frei, sich immer mehr auszubreiten begann und da und dort die Wand streifte. Das Kind löste sich langsam aus dem lähmenden Entsetzen und sagte:

»Der Baum hat zwei Spitzen!« Und wie von einer Zauberformel berührt, nickte die Frau und verschwand hinter ihrer Küchentür. Das Kind gelangte unbehelligt hinauf und lehnte den Baum gegen einen Dachbalken.

Am Heiligen Abend holte die Mutter ihn in die Dachkammer. Zu dritt saßen sie davor, als es draußen dunkel wurde. Sie blickten zu den beiden Spitzen auf. Und es geschah etwas Wunderbares. Mutter, die, seit sie in diesem Hause wohnten, nicht mehr singen konnte, stimmte ein Lied an, das sie früher oft gemeinsam gesungen hatten: »Der Christbaum ist der schönste Baum, den wir auf Erden kennen.«

Auch die anderen fielen ein. Das Kind sang mit klarer, ungedämpfter Stimme, unbesorgt um die dünnen Wände dieses Hauses. Es vergaß völlig, daß es unhörbar sein sollte, damit die Frau unten, der sie zur Strafe ins Haus gesetzt worden waren, nicht noch böser wurde. Ein Lied um das andere fiel ihnen ein. In ihre warmen Mäntel gehüllt, saßen sie da und sangen in die dunkle Heilige Nacht.

Plötzlich pochte es an der Kammertür, und augenblicklich verstummten sie. Die beiden Kinder der Wirtin traten ein. Jedes hielt ihnen eine brennende Kerze entgegen, und der blonde Junge sagte:

»Das schickt sie euch!« Die Mutter steckte die beiden Kerzen an den Baum, und ihr milder Schein erfüllte den Raum. Dorothea bat:

»Könnt ihr nicht weitersingen?« Gemeinsam sangen sie, und der wunderbare Baum mit den zwei Spitzen breitete seine Arme um sie aus.

An all das mußte das Kind nun denken; aber endlich schlief es doch wieder ein. Im Schlaf wurde es von einem Traum unruhig. Es bewegte sich, die Decke rutschte ihm von der Schulter, das Stroh raschelte, und die heranschleichende Kälte weckte das Kind vollends auf. Aber es war ihm nicht unangenehm. Das süße Gefühl des vergessenen Traumes war noch in ihm. Das Kind schlug die Augen auf.

Zwischen den beiden Spitzen des Weihnachtsbaumes leuchtete riesengroß der Stern von Bethlehem durch das Fenster herein. Mit einem Ruck setzte sich das Kind auf und starrte in die klare Nacht hinaus. Jenseits des Kanals lagen die Weiden. Die Hirten mit ihren Herden waren fortgezogen. Aber das Kind wunderte sich nicht. Der Stern von Bethlehem stand über der schlafenden Stadt. Alle bösen Wirte schliefen, und die anderen Leute schliefen auch und konnten sein Licht nicht strahlen sehen.

Jetzt wich er ein wenig zurück in die unendlichen himmlischen Fernen, aber in seinem Funkeln waren die Flügelschläge des Engels noch deutlich zu erkennen.

Und nun erinnerte sich das Kind blitzhaft an seinen Traum. Es streckte beide Arme nach dem entschwebenden Engel aus, der ihm soeben die Botschaft gebracht hatte wie einst Maria und Joseph, den Weisen aus dem Morgenlande und den Hirten auf dem Felde. Seine verklungenen Worte blühten auf im Herzen des Kindes, so daß ihm warm wurde. In der langsam wieder dunkel werdenden, armseligen Dachkammer hatte er ihm das Geheimnis der nicht aufgeschriebenen und verlorengegangenen Worte aus der Biblischen Geschichte geoffenbart.

Das Kind wußte sie nun, nicht alle, nein, aber doch die, nach denen es am meisten gefragt hatte. Dabei störte es nicht, daß Orte, Zeit und Reihenfolge ein wenig durcheinandergerieten, daß nun auf einmal so viele Menschen und verschiedenartige Geschehnisse auftauchten, die in den alten, bekannten Geschichten nicht vorkamen.

Maria und Joseph waren also nicht die allerletzten gewesen, die spätabends in der Stadt angekommen waren, hatte der Engel gesagt, und das Kind konnte es nun deutlich erkennen. Hinter ihnen zogen noch Tausende: Männer und Frauen mit ihren Kindern. Endlos kamen sie über die vereisten Straßen, eine unübersehbare Schar, die der Kaiser Augustus mit seinen Statthaltern vertrieben hatte, als er die Welt aufteilte. In den Ställen verendete das Vieh. Die Wegränder säumten niedergesunkene Gestalten, aus denen der Schnee kleine weiße Hügel formte. Da und dort blieb das Gepäck am Straßenrand zurück. Von Kilometer zu Kilometer verwandelten sich alle in zitternde, mühselige alte Bettler.

Herodes schickte in seinem Wahnwitz die Häscher aus, um die Kinder zu ermorden, weil ihrer das Himmelreich ist. Aber zuvor war der Engel dem Joseph im Traum erschienen, um ihn zu warnen.

»Nimm das Kind und seine Mutter«, sagte er, und dann war er weitergeeilt von Haus zu Haus. Manche hatten ihn gehört. Auch die Mutter des Kindes mußte ihn vernommen haben, denn sonst wären sie nicht hier, geborgen unter dem Stern von Bethlehem.

Feuer und Schwefel sanken über die Städte wie über Sodom und Gomorrha. Die herrlichen Kirchen, die himmelhohen Türme, die prächtigen Häuser stürzten beim Heulen der Sirenen übereinander wie die Mauern Jerichos beim Schalle der Posaunen.

Auch da war der Engel den Weisen erschienen und hatte sie gerufen. Der Nachbar nahm seine Kinder, und die Mutter rannte mit ihm aus dem Keller hinaus auf die Straße, gerade in dem Augenblick, als Herodes Feuer vom Himmel fallen ließ und das Haus brennend in sich zusammensackte. Der Engel aber breitete seine Flügel aus, und der Nachbar und sie alle entkamen sicher dem Funkenregen.

Doch der Engel konnte nicht überall zugleich sein, denn in Breslau und Dresden, in Hamburg und Köln, in Berlin, in München und in Stuttgart, in Königsberg, in Warschau, in Paris, in London und anderswo brannten die Häuser. Wer lebte, kam aus den Trümmern hervor, schüttelte die Asche aus den versengten Kleidern und paßte zu denen, die über die Straßen zogen. Alle Straßen waren Fluchtwege geworden.

Eines Abends hatten viele dieser Menschen die Stadt erreicht, übermüdet, halb erfroren und beinahe verhungert. Maria und Joseph waren eine Stunde früher angekommen, aber in den Herbergen und Kneipen war schon für sie kein Platz mehr gewesen, wieviel weniger erst für die späteren Ankömmlinge. Jeder Wirt wollte mindestens ein Zimmer im Hinterhalt haben, falls Schiffe im Hafen einliefen. Denn Seeleute hatten sie gern, die waren lustig und machten eine große Zeche.

Joseph war also von Haus zu Haus gehinkt, mit aufgeriebenen Füßen, und die Wirte hatten die Türen einfach vor ihm zugeschlagen. Die Frau, die später die Wirtin des Kindes werden sollte, wollte die Dachkammer Joseph auch dann nicht geben, als sie einen Blick auf die wunderschöne, aber ganz erschöpfte Maria geworfen hatte. Aber weil sie ihren Bruder, den Kohlenhändler und Ankerwirt, nicht leiden konnte, schickte sie ihm Maria und Joseph auf den Hals. Das hatte sie schon ein paarmal mit anderen Leuten so gemacht. Deshalb hatte der Kohlenhändler sein Haus bereits vollbesetzt. Doch weil er ein gutes Herz hatte, gab er Maria und Joseph seinen alten Schuppen hinter dem Deich. Und dort ereignete sich das Wunder der Heiligen Nacht.

Als das Kind mit der Mutter, mit Tante Lena und den anderen Eisersdorfern in die Stadt kam, ging gerade der Stern von Bethlehem über dem Dach auf. Aber vor Mattigkeit konnten sie ihn nicht erkennen. Vom Heulen des Sturmes fast taub, vernahmen sie auch die Stimme des

Engels nicht, die zu den Hirten sprach. Die Hirten aber eilten heim und schafften Platz für die Neuankömmlinge.

Einer von ihnen begleitete das Kind und schimpfte mit der Wirtin, die noch immer die Dachkammer für irgendwelche Seeleute aufheben wollte. Er holte für das Kind eigenhändig Stroh beim Kohlenhändler aus dem Schuppen hinter dem Deich.

In der Heiligen Nacht geschehen Wunder, das wußte das Kind. Gott hatte in seiner Gnade einen Weihnachtsbaum mit zwei Spitzen wachsen lassen, vor dem die Wirtin verstummte und Gutes tat, ohne es beabsichtigt zu haben. Er hatte seiner Mutter die Stimme zurückgegeben und ihm die Botschaft des Engels gesandt.

»Überall ist Bethlehem! Fürchtet euch nicht! Herodes schläft hundert Jahre. Maria, Joseph und das Kind können hierbleiben«, hatte der Engel geflüstert, ehe er entschwunden und das Kind erwacht war.

Das Kind legte sich glücklich auf den Strohsack zurück. Es raschelte wunderschön, wenn es sich bewegte. An den Wänden glitzerten die Heerscharen der Eiskristalle, doch das Kind fror nicht mehr. Es blickte unverwandt auf den Stern von Bethlehem, der zwischen den beiden Spitzen des Baumes eingefangen war.

Der Weihnachtsbaum behielt wochenlang seine dunkelgrünen Nadeln, und sein würziger Waldgeruch strömte jedem entgegen, der die Tür zur Dachkammer öffnete. Nur die Träume, die er dem Kind geschenkt hatte, wurden durchsichtiger, verloren an Kraft und Farbe und fielen von ihm ab. Es blieb die Kälte. Es blieb der Hunger. Und es blieben die glitzernden Eiskristalle an den schrägen Wänden. Die Kartoffeln erfroren unter dem Bettgestell in ihren Kartons. Frostbeulen bildeten sich an Händen und Füßen. Der Atem setzte sich an der Bettdecke ab, ließ das Leinen gefrieren und starr werden.

Die mühsam hergestellten Papierbriketts spendeten wenig Wärme, und sie durften zudem nur sparsam verbraucht werden. Das teure Ölpapier reichte, um jeweils einen Liter Wasser zum Kochen zu bringen. Im roh gezimmerten Bettgestell des Kindes hielten einige unbearbeitete Bretter den Strohsack in der Waagrechten. In der äußersten Not nahm Mutter eines davon, zersägte und zerhackte es und steckte das gewonnene Brennholz in das Eisenöfchen.

Eines Tages lag der Strohsack nur noch auf zwei Brettern, die verrutschten, wenn sich das Kind nachts, von unruhigen Träumen gequält, hin- und herwälzte. Es kam vor, daß dann eines der Bretter polternd zu Boden fiel, wodurch das Kind zusammensackte und schreiend erwachte. Der Fall war zwar durch den Strohsack gemildert, doch das Gefühl des Fallens durchzog die Träume verstärkt. Brennende Häuser stürzten über ihm zusammen, und es fiel von in Flammen stehenden Treppen ins Uferlose. Das Gefühl, in die schwarze Mündung eines Gewehrlaufs zu sinken, kehrte wiederholt zurück.

Für eine Raucherkarte, für ein Päckchen Tabak, für ein paar Zigaretten konnte hin und wieder ein Kistenbrett als Ersatz für das verheizte eingehandelt werden, doch das war ein Nichts gegen den ungewöhnlich langen und harten Winter.

Der Kohlenhändler hatte sich erweichen lassen und einen seiner Männer mit einem Sack, der mit Briketts halbgefüllt war, auf die Sielstraße geschickt. Da dieser jedoch zu ungewohnter Stunde kam und unvorsichtigerweise an der Haustür klingelte, fing ihn die Wirtin persönlich ab.

»Im Keller ist kein Platz!« schrie sie ihm aufgebracht entgegen, »und über die Treppe lasse ich Sie nicht! Die ist frisch renoviert! Das könnte Ihnen so passen, mit Ihren dreckigen Stiefeln und dem Kohlensack hier alles zu ruinieren.«

Damit schlug sie ihm die Tür vor der Nase zu. Der ehrliche Mann lud die Briketts wieder auf, fuhr davon und berichtete seinem Chef, was er erlebt hatte. Der wiederum bekam Mitleid, stellte den Sack beiseite und wartete geduldig ab, bis Tasche für Tasche endlich geleert war. Tante Lena schleppte die kostbare Last nach und nach auf die Sielstraße.

Ins Quartier, wie sie es nannte. In all den Jahren hörte sie niemand sagen, daß sie heimgehe, wenn sie sich müde vom Schreibtisch des Caritasbüros erhob. Quartier war der einzig angebrachte Ausdruck, der das Provisorische, das Unbehauste, das Kalte und Lieblose unserer Notunterkunft am treffendsten zu bezeichnen schien. Heimgehen bedeutete für sie und für uns etwas ganz anderes.

Kurz vor Wintereinbruch, oder wenn Regenzeiten bevorstanden, in denen alle Wege ohne Gullis unter Wasser gesetzt wurden, ließ die Stadtverwaltung einige Ladungen voller Rückstände aus den Hochöfen anfahren und auf die Schotterwege verteilen.

Noch waren die Arbeiter dabei, mit ihren Schaufeln die dunkelgrauen Haufen einzuebnen, als schon aus allen Häusern Kinder mit Körben und Eimern herbeistürzten und mit flinken Fingern zu wühlen begannen. Immer wieder fanden sie unter dem Ausgebrannten, Verschlackten einzelne Koksstückchen, die sich als brennbar erwiesen. Seltener stießen sie bei ihrer Suche auf Kohle, die zu damaligen Zeiten einem seltenen Schatz glich.

Waren die Schotterberge zu gewöhnlichen Zeiten bei den Kindern recht unbeliebt, weil man sich beim Spielen daran Hände und Knie aufschürfte und schmerzhafte und nässende Wunden zuzog, zumindest aber abends häufig schwarz wie ein Schornsteinfeger heimkehrte und mit einer Strafpredigt, wenn nicht mit Schlimmerem rechnen mußte, so verwandelte sich die Sielstraße an diesen besonderen Tagen in ein begehrtes Wohngebiet. Eifrig wachten alle darüber, daß sich kein Fremder mit einem verdächtigen Behälter näherte, um sich an der Schatzsuche zu beteiligen.

Da und dort gab es auch unter den Kindern Streitigkeiten, wenn eines heimtückischerweise gegen das Gefäß des anderen geriet und es dabei umkippte. Rollten dann die mühselig zusammengelesenen Stückchen auf den Schotterweg zurück, versuchten die anderen, danach zu angeln und sie ihrer eigenen Beute beizumischen. Es gab einige größere Schlägereien deswegen. Doch hier griffen die Erwachsenen ein, denn ihr eigenes Interessengebiet geriet in Gefahr. Von nun an fühlten sich die Kinder beobachtet und sammelten friedlich jenen Teil des Weges ab, der sich auf der Höhe ihres Grundstücks befand.

Hin und wieder bekamen wir ein paar Äste geschenkt. Mutter stand dann unten im Hof vor dem Hackeklotz und versuchte, weitausholend, das frische Holz zu spalten, wobei ihr kleine Eisstückchen ins Gesicht sprangen oder der Saft des grünen Holzes in die Augen spritzte.

Die Leute hatten jetzt begonnen, sogar die spärlichen Obstbäume in ihren Gärten zu fällen und ihre Holzzäune niederzureißen und zu verheizen.

Als eine Sonderzuteilung zur Schulspeise hatten wir einmal von amerikanischen Spendern Skier bekommen. Sie waren zwar ohne Bindung und ohne Stöcke eingetroffen, doch wir erfreuten uns eine Weile sehr an ihrem Anblick. Später, als die Temperaturen noch tiefer sanken, machte Mutter sie zu Kleinholz.

Der Torf, der uns ab und zu in kleinen Portionen zugeteilt wurde, war ebenfalls nicht lange genug getrocknet worden. Das feuchte und für uns völlig unbekannte Brennmaterial schwelte langsam vor sich hin und verbreitete mehr beißenden Qualm als behagliche Wärme.

Im Park wurden nachts mehrmals Bäume gefällt. Am nächsten Morgen verrieten nur noch wenige Spuren, daß Holzfrevler am Werk gewesen waren.

So einfallsreich Tante Lena auch sein mochte und so praktisch Mutter sonst immer dachte, das Organisieren fiel beiden schwer. Ihr Gewissen hatte sich noch nie dem herrschenden Zeitgeist unterworfen, und sie erklärten einmütig, daß Organisieren und Stehlen meist ein und dasselbe seien. Auch hatten sie wenig Talent, um die Hinweise zu deuten, die jene einander gaben, deren Sinn dafür besser entwickelt war.

Einmal wanderten wir auf dem schmalen Pfad, der den Bahndamm begleitete, aus dem Stadtgebiet hinaus. Ein Zug kam uns entgegen. Der Heizer lehnte aus dem Fenster der Lokomotive, lachte uns im Vorüberfahren gutmütig zu, schrieb mit beiden Händen Zeichen in den Himmel und verschwand hinter einer Dampfwolke. Wir winkten ihm eine Weile lang nach. Jener freundliche Unbekannte, der Menschenbruder mit dem rußgeschwärzten Angesicht, hatte uns aus freien Stücken zugelächelt, und wir spürten noch immer die Wärme dieses Augenblicks.

Daß er uns nicht allein mit seiner Freundlichkeit beschenkt hatte, erkannten wir zu spät. Erst nach und nach rekonstruierten wir seine Gesten aus dem Gedächtnis und begannen, sie zu entziffern. Unsicher geworden, ob wir sie richtig gedeutet hätten, blieben wir stehen.

Vielleicht bedeuteten jene Linien, die seine Hände in die Luft gemalt hatten, Kohle? Ja, er hatte uns möglicherweise Kohle hinuntergeworfen! Wir begannen zurückzurennen, bis wir, ganz außer Atem, zu der Stelle kamen, an der die Gleise, parallel zum Deich verlaufend, einen leichten Bogen in die Ebene schrieben.

Und nun konnten wir es sehen: Ein Mann beugte sich gerade über den Pfad und sammelte eifrig die Kohlestücke, die für uns bestimmt gewesen waren, in seine Einkaufstasche. Neben ihm bückte sich eine Frau, die den Rest in ihre geraffte Schürze klaubte. Noch bevor wir die beiden erreicht hatten, waren sie verschwunden.

Was hätte es auch geändert, wenn wir sie eingeholt hätten? Wir hatten keinerlei Anrecht auf dieses seltene Geschenk. Es gehörte demjenigen, der sich zuerst danach gebückt hatte.

»Auch Armsein muß erlernt werden!« meinte Mutter, »wir haben jedenfalls noch viel dazuzulernen.« Und sie seufzte tief auf. Doch die Gelegenheit, bei der wir unsere neu gewonnene Erfahrung in Zukunft hätten anwenden können, kam nie wieder.

Ich sehe jetzt das Kind durch einen schmalen Gang schleichen. Kurz vor dem Ende hält es an und lauscht auf die Geräusche, die vom Hinterhof zu kommen scheinen. Langsam schiebt es sich noch ein Stück vorwärts, äugt um die Hausecke und wirft einen kleinen Stein in flachem Bogen über den freien Platz. Auf das Kollern des Steines folgt ein nahezu lautloses Huschen. Die Ratten haben sich zurückgezogen, das Kind richtet sich erleichtert auf und überquert den Hof.

Es blickt sich noch einmal vorsichtig um, ehe es leise an eine Tür pocht. Kein Laut ist von drinnen her vernehmbar, und doch spürt es, daß sie dort alle versammelt sind. Endlich wird zögernd die Klinke heruntergedrückt. Durch einen engen Spalt späht das Gesicht der Freundin einäugig heraus. Mit einem Ruck wird die Tür aufgerissen. Das Kind tritt eilig in die Behausung ein und begrüßt leise den Kreis der anwesenden Familienmitglieder.

»Ach, Du bist's!« lacht jetzt der Vater der Freundin befreit auf, ergreift die Hand des Kindes und schüttelt sie überschwenglich.

»Du bist's!« folgt das Echo der anderen, mit dem sie gleichsam den Schrecken von sich abschütteln und aufatmend sich wieder zu bewegen beginnen.

»Und wir dachten schon«, will die Mutter den halbangefangenen Satz beenden. Sie wiederholt ihn noch einmal, bringt ihn wieder nicht zum Schluß, deutet dafür aber auf einen großen Rucksack, der, prallgefüllt, mitten in der Stube steht. Die Freundin öffnet ihn: Kohle! Schwarze, glänzende Kohle!

Im Hintergrund sitzt Großmutter, sieht lächelnd, aber ein wenig abwesend zu dem kleinen Gast herüber und blickt dann wieder auf die Perlen ihres Rosenkranzes nieder, die beständig durch ihre gichtigen Finger gleiten.

Der Vater tritt jetzt zu ihr. Er ist noch dabei, seine Hände abzutrocknen, während er sich über die Kerze beugt und sie auslöscht. Dann legt er die freie Hand auf die Schulter der alten Frau und lacht ihr zu:

»Schon gut, Großmutter! Schon gut! Ich bin ja wieder zurück! Es ist nichts passiert, und du kannst mit deiner Beterei wieder einmal aufhören. — Ich war auf Tour«, erklärt er später dem Kind, »und Großmutter gibt mir mit ihren Gebeten jedesmal den Geleitschutz für meine Raubzüge und verschwendet dabei den letzten Kerzenstummel zu Ehren der heiligen Jungfrau!«

Das Kind sieht, wie seine Freundin ängstlich von einem zum anderen blickt. Die Mutter, die das spöttische Gerede jedesmal wie ein Pfeil trifft, hat nichts gehört. Sie macht sich inzwischen in der Nebenkammer an dem Kohlensack zu schaffen.

»Furchtbare Zeiten!« lamentiert Großmutter, »furchtbare Zeiten! Daß wir so etwas jemals tun würden! Wer hätte das gedacht? Es ist doch gestohlen! Du bist ein Dieb, Schwiegersohn, und ich bete noch, daß sie dich und uns nicht erwischen. Was ist das für eine verkehrte Welt?« Sie schüttelt traurig und ratlos den Kopf.

»Unsinn!« poltert jetzt der Vater. »Unsinn! Ihr mit eurem übertriebenen Gewissen seid päpstlicher als der Papst. Euer Kardinal Frings hat im Dom zu Köln höchstpersönlich von der Kanzel verkündet, daß solche Mittel erlaubt sind, um das Leben und die Gesundheit der Familie zu erhalten. Und nun reicht mir's ein für allemal, Großmutter, ich stehle nicht, ich fringse! Meinst du, daß mir das Spaß macht? Ich tu's ja auch nicht wegen mir. Ich tu es für euch und auch wegen dem da!«

Seine letzten Worte klingen schon wieder gedämpft, freundlicher, weicher. Er weist in die Ecke, aus der nun das Weinen des Babys zu hören ist. Die Mutter ist lautlos hereingekommen, beugt sich über das Kleine, spricht ihm mit sanfter Stimme beruhigend zu.

Die Kinder blicken durchs Fenster auf den Hof hinaus, während der Vater, hinter ihnen unruhig auf und abgehend, eines seiner häufigen Selbstgespräche führt. Er will, das wissen sie längst, nicht gestört werden, wenn er seine Probleme mit sich bespricht, sich Fragen stellt, sie zu beantworten sucht, Einwände vorbringt, die Gegenvorschläge verwirft, nach Auswegen angelt und doch beinahe jedesmal wieder bei der Ausgangsfrage anlangt. Er bewegt sich im Kreise, das spürt er längst, doch der Zeitpunkt, an dem er sich endgültig entscheiden muß, rückt näher. »Wenn nur die verdammten Gauner nicht wären!« Ein Gesprächsfetzen, den die Kinder hoffentlich nicht aufgefaßt haben, ehe er im unruhigen Wandern wieder untertaucht. Eine trockene Wohnung ist ihm angeboten worden, frei von Ungeziefer, frei vom Schwamm, der hier in allen Mauern nistet, und frei von der bedrückenden Hinterhausatmosphäre, die das Dasein noch mehr verdüstert. Der freie Himmel blickt dort zu den Fenstern hinein, wenn die Fenster nicht ausgerechnet in diese Straße hinausschauen müßten! Türe an Türe mit zweifelhaften Schiebern zu wohnen, die dort nachts die Amerikaner empfangen, und, sobald ein Schiff in den Hafen einläuft, sogar tagsüber an den Hausecken lehnen, um die Matrosen während ihres Landganges abzufangen.

Und doch hat er insgeheim bereits zugesagt. Er mußte es tun, wenn sie sich nicht alle miteinander die Schwindsucht zuziehen wollen. Wann war der geeignete Augenblick, um es seiner Frau zu sagen? Großmutter würde vielleicht die Begleitumstände nicht bemerken. Denkbar wäre es! Das Baby könnte unberührt von der Umgebung mit den durchs Fenster fallenden Sonnenstrahlen spielen.

Aber sein Mädchen? Die sanfte Unschuld des Kindes rührte ihn. Wie würden die halbwüchsigen Kinder überhaupt in dieser Welt zurechtkommen, bei diesen Lehren, die sie erhielten? Denn Großmutter hatte natürlich recht! Aber sie hatte nur im Prinzip recht, unter normalen Umständen betrachtet.

Seine Gedanken bewegen sich wieder im Kreise, und er brummt wütend vor sich hin, als er es bemerkt. Er ist wütend über sich selbst, wütend über die Zeit und in heller Wut über die Stadt, in die sie hineingeraten sind. Entschlossen zerreißt er sein Gedankengespinst, lacht halblaut vor sich hin und ruft:

»Kinderleute! Das war ein Ding heute! Das hätte ganz schön ins Auge gehen können!«

Während seine Frau mit dem Baby auf dem Arm nähertritt und Großmutter aufmerksam wird, beginnt er zu erzählen. Er berichtet, daß er wie immer in den Schuppen hinter dem Bahnhof gegangen sei, dort Mütze und Umhang vom Haken genommen und die Schaufel geschultert habe. Die Kinder wenden sich ihm zu und beginnen zu kichern. Doch er winkt ab.

»Das ist ja nichts Neues! Das Beste kommt erst!«

Sie sehen den Vater als Bahnarbeiter verkleidet bedächtig über die Gleise steigen, sehen, wie er zwischen den Vorratsschuppen verschwindet, ohne sich durch verdächtiges Umschauen zu verraten. Ganz ruhig ist er eingetreten. Ohne Hast hat er den Rucksack vollgeschaufelt, unter dem weiten Umhang verborgen über die Schulter gehängt. Vorsichtig öffnet er die Tür. Da! Ein breiter Schatten schiebt sich vor die Öffnung. Ein Polizist tritt ein.

»Verdammt! Verdammte Schweinerei!« entfährt es dem Vater, als er die Uniform erkennt.

»Halt die Schnauze, Kumpel, und gib die Schaufel her«, flüstert ihm der andere zu. »Na, gib schon! Ich bin doch auf dem gleichen Wege wie du. Ich verrate dich nicht! Schnauze! Verstehst du?«

Ohne ein weiteres Wort wechselt die Schaufel in die Hand des anderen hinüber. Lautlos wird die Schuppentür hinter ihm zugezogen.

Ein Bahnarbeiter läuft ohne Hast die lange Linie der Gleise ab, bleibt sogar prüfend bei einer Weiche stehen, geht sodann langsam weiter, öffnet die Schuppentür beim Deich, hängt Mütze und Umhang an den Haken zurück, tritt durch die stadteinwärts gewendete Tür hinaus und wandert mit seinem Rucksack so unauffällig wie möglich durch die Seitenstraßen in Nähe des Deiches heimwärts.

»Das war ein Ding! Kinderleute nochmal! Wie plötzlich der Polizist vor mir steht, denke ich, jetzt ist's aus! — Das hätte ins Auge gehen können!« wiederholt er noch einmal kopfschüttelnd und lacht in die Runde.

Die Kinder klatschen in die Hände. Mutter atmet erleichtert auf, und sogar Großmutter lacht mit. Sie alle wissen, daß neulich in dieser Stadt ein kinderreicher Vater, der in seiner Auswegslosigkeit ein Brot gestohlen hatte, zu einer fünfwöchigen Gefängnisstrafe ohne Bewährung verurteilt worden war.

Die Kinder freuen sich und freuen sich auch nicht. Sie haben Angst. Sie lachen mit, doch in Wahrheit haben sie Angst. Sie wenden sich ab und blicken wieder hinaus auf den freudlosen Hof, über den die Ratten huschen. Gerade beginnt ein später Sonnenstrahl, das Dach des Vorderhauses zu übersteigen. Die Kinder haben vergessen, was sie miteinander spielen wollten. Sie sprechen wenig. Sie denken nach, und ihre Augen folgen dem Sonnenstrahl, der langsam in schräger Haltung über den schattigen Hof zu wandern beginnt.

Ein ganz gewöhnlicher Arbeitstag hat begonnen. In leiser Ungeduld hat die Stadt die Feiertage überstanden. Es gibt nicht allzuviel von jenem Flitterkram wegzuräumen, mit dem andere Orte sich alljährlich lange vor Weihnachten überreich zu behängen pflegen und dabei Unsummen vergeuden.

Hier ist man ehrlich genug, bei seiner sachlichen Einstellung zu bleiben, lieber gar keine Gefühle als falsche zu zeigen. Das gefällt mir, obwohl ich so vieles vermisse. Es erleichtert das Spurenlesen, das Auffinden von Bildern. Von Bildern, die mir an jeder Straßenecke entgegenkommen, unverfälscht und frei vom Staub der Jahre, frei von Vertuschungsversuchen. Nur selten wurde eines von der Werbung dazwischengeschoben mit der Aufgabe, Konsumwünsche in mir zu wecken.

Ich falle sowieso auf so viele Dinge herein, mit und ohne Werbung. Ihr bloßes Dasein ist dafür verantwortlich zu machen.

Daß ich mir hier etwas kaufen muß, etwas das teuer, aber nicht unbedingt notwendig, jedoch brauchbar ist, war mir bereits bei meinem ersten Gang durch die Stadt klar geworden. Ich habe nie vorgehabt, ausgerechnet hier auf die Suche nach einem ausgefallenen Modellkleid zu gehen. Hier will ich ein Stück aus dem weit fortgeschrittenen Bereich der Technik erwerben, eine jener Messeneuheiten, die ich wirklich noch bewundern kann, weil mir das Verständnis dafür fehlt.

Von einem Fachmann lasse ich mich beraten. Er spricht in ruhiger Gelassenheit und verbirgt geschickt den Wunsch, mir etwas verkaufen zu wollen. Ich spiele in dem gut eingefädelten Gespräch den Interessenten, verrate aber mit keiner Miene, daß ich mich bereits zum Kauf entschlossen habe. Ich höre aufmerksam den Informationen zu, die im Akzent der Küstenbewohner klar und sachlich formuliert werden. Durch Fragen gebe ich zu erkennen, daß ich zu Einsichten gelange, aber eben nur in so beschränktem Maße, daß das Weitererklären sinnvoll bleibt und dem Mann zudem noch Freude bereitet.

Vor mir liegt dieses Wunderwerk der Technik, das unter seiner kleinen Hülle mehrere Präzisionsgeräte birgt: Ein Radio mit den beiden Bereichen aus Ultrakurz- und Mittelwellen, einen kräftigen Lautsprecher, eine versenkbare Antenne, eine Quarzuhr mit sämtlichen Zeitangaben, einen Wecker, eine Stoppuhr mit gespeicherter Zeit, Zwischenzeit und Count-down, sowie einen Rechner, der über die Grundrechenarten hinaus zu unglaublichen Auskünften bereit ist, Speicher- und Reziprokrechnungen anstellt, Skonto- und Gewinnberechnungen ausführt, Tages- und Zeitberechnungen vornimmt. Daß er Auskünfte über einen Zeitraum von 200 Jahren erteilt, daß er Zeit speichert, ist das Faszinierende an dem kleinen Gerät.

Immer auf einer Spur sein, nah an eine Grenze zu gelangen, die wir auch gemeinsam nicht zu übersteigen vermögen.

Schließlich erkläre ich dem Mann, daß ich mich zum Kauf entschlossen habe. Das Ladenlokal von einst ist erweitert und modernisiert worden. Aber auch heute herrscht hier nüchterne Zweckmäßigkeit vor. Der Preis, der zu entrichten ist, scheint mir nicht zuletzt aus diesem Grunde angemessen zu sein. Es ist das erste Mal, daß ich mir in dieser Stadt einen teuren Gegenstand aussuchen und auch kaufen kann.

1946 fehlten das Geld und die Waren, nach der Währungsreform fehlte uns hauptsächlich das Geld. Uns Kindern machte es dennoch Spaß, nach Dingen zu fragen, die es nicht gab oder die überhaupt noch nicht erfunden worden waren. Unermüdlich gingen wir von Geschäft zu Geschäft, erkundigten uns nach den Preisen, dankten höflich für die Auskunft und verschwanden wieder, um unser Spiel im nächsten Laden fortzusetzen.

Manchmal ließen wir uns im Auftrag einer fingierten Person eine Auswahl vorlegen, die wir genau beäugten. Wir überlegten lange und zogen davon. Es gab geduldige Geschäftsleute, die, uns ernstnehmend, mitspielten; andere warfen uns kurzerhand hinaus, noch ehe wir unsere gut vorbereitete Frage, die wir in mächtig gestelzten Worten vorbringen wollten, ausgesprochen hatten.

Daß wir stets mit leeren Händen aus den Geschäften kamen, nicht eines der nötigen und vielbegehrten Dinge kaufen konnten, machte uns nicht weiter traurig. Keines von uns Kindern besaß mehr als ein paar Groschen, keines konnte sich etwas kaufen, und so machte uns das auch nicht viel aus. Es war eben so, und wir hatten uns längst an diesen Zustand gewöhnt.

Nur jene Kinder, deren Väter nachts als Schwarzhändler unterwegs waren, besaßen richtige Geldscheine als Entschädigung für ihre Einsamkeit; doch sie würden zum Vergleich nicht herangezogen und schon gar nicht beneidet.

Soeben verließen Inga und das Kind das Pfarrhaus. Tante Lena hatte sie mit einem Paket zur Post geschickt. Sie freuten sich über den Auftrag. Der Weg zum Postamt war ziemlich weit. Mit der Rückkehr würden sie sich viel Zeit lassen und ihr beliebtes Spiel wieder aufnehmen.

Ehe die beiden Mädchen in die Willehadstraße einschwenkten, zog Inga das Kind auf einen Sprung zur Kirche hinüber. Bereitwillig ging es mit, denn es liebte diesen stillen, abgeschiedenen Platz.

Manchmal saß es an langen Nachmittagen ganz allein hier, starrte auf den Altar und wartete auf ein Wunder. Wartete auf Manna, das jetzt dringend vom Himmel fallen müßte, auf Brot und Fisch, die die Fünftausend damals gesättigt hatten, ohne zuendezugehen. Das Kind hatte gehört, daß der Glaube Berge versetzen könne, und es glaubte mit aller Kraft. Schloß die Augen und erwartete einen Berg, der wenigstens entfernt der Weißkoppe oder lieber noch dem Akazienberg ähneln sollte, erwartete einen Garten, ein Stück Bieleufer, einen kleinen Wald, ein Getreidefeld, einen Wiesenrain mit Heckenrosen und Brombeergesträuch.

Doch nie geschah das Wunder. Ihr Kleingläubigen! meinte das Kind zu vernehmen. Das war es! Der Glaube war noch immer zu klein, die Ungeduld zu groß. Es hätte nicht unter den halbgeschlossenen Lidern hervorblinzeln dürfen, um zu sehen, wie Gott es wohl machen würde, wenn er die Berge versetzte oder wenn er Manna regnen ließe. So etwas überprüfte man nicht. Und schon gar nicht bei Gott!

Auch hatte man ihn nicht zur Eile zu drängen. Immer verdarben es sich die Menschen selbst mit ihrer Ungeduld und mit ihrer Neugier. Denn — Ein Auge ist, das alles sieht!

Manchmal hielt das Kind, weil es sich inzwischen seiner Schwäche bewußt geworden war, vorsichtshalber die Hände vors Gesicht und preßte die Finger gegen die Augen. Der Zeitraum, den diese intensive Glaubensübung umfaßte, erschien ihm unendlich lang. Schließlich blickte es wieder auf. In Wirklichkeit war nur kurze Zeit verstrichen. Aber jetzt war es wohl schon besser gelungen. Das glaubte es jedenfalls den Gesichtern der Heiligenfiguren entnehmen zu können, die von den Seitenaltären zu ihm hinunterzunicken schienen. Eines Tages hörte es jedoch die Bibelstelle: Vor Gott sind tausend Jahre wie ein Tag, und von da an gab es seine Versuche auf, Zeuge eines Wunders zu werden.

Inga drängte es jetzt nicht etwa in die Kirche, um dort andächtig zu beten, gerade jetzt, wo ein paar ungebundene Stunden winkten. Sie flüsterte dem Kind zu, daß sie nur schnell gemeinsam nachsehen sollten, ob die Tempeljungfrau oder die verkehrte Oma zufällig anwesend seien. Aber die Kirche war leer.

Beinahe leer. In einer der hinteren Bänke hockte Jan über seinen Büchern. An der Art, wie er sich mit gerunzelter Stirn nach ihnen beiden umwandte, erkannten sie, daß er sozusagen gar nicht da war. Vom einzigen ruhigen Platz aus, den es für ihn gab, war er mit seinen Gedanken auf großer Fahrt und durfte nicht gestört werden. Seine Mutter half unterdessen unermüdlich, die Hilfsgüter zu sortieren und zu verteilen.

Enttäuscht zogen sich die beiden Mädchen zurück. Sie erinnerten sich an ihren Auftrag.

»Die verkehrte Oma beobachte ich zu gerne«, sagte Inga zu dem Kind, und das Paket zwischen ihnen begann unternehmungslustig zu schaukeln.

»Zu verrückt, wenn sie in ihrer langen, blaugestreiften Schürze, mit Schrubber, Wischlappen und Wassereimer bewaffnet, der Kirche zu Leibe rückt. Neulich überraschte sie der Pfarrer wieder einmal dabei, wie sie gerade auf den Seitenaltar geklettert war und eine Statue mit brauner Kaffeebrühe abwusch.«

Inga lachte, und das Kind lachte ebenfalls, und sie erzählten sich alle komischen Dinge, welche die verkehrte Oma in ihrer Verwirrung und in ihrer Putzwut bereits angestellt hatte. Aber dann meinte das Kind:

»Jans Mutter hat gesagt, das komme daher, weil niemand sie lieb hat. Sie hätte die verkehrte Oma noch als saubere, ordentliche Hausfrau gekannt. Doch ihr Mann, der ein Säufer war, schlug sie oft, und ihre Kinder sind alle davongelaufen. Deshalb ist sie so geworden.«

»Mir tut sie auch leid«, antwortete Inga nun mit ernstem Gesicht.

»Und die Tempeljungfrau dürfen wir ebenfalls nicht verspotten, obwohl ich vor Lachen fast platze, wenn ich nur an sie denke.«

»O ja!« pflichtete das Kind bei, und schon begann das Paket zwischen ihnen wieder hin- und herzuschaukeln.

Sie stellten sich vor, wie sonntags zu Beginn des Hochamtes die Orgel feierlich spielte, während der Pfarrer mit seinen Ministranten aus der Sakristei kam und sich vor den Altarstufen verneigte. Eine Bewegung ging jedesmal durch die Menge der Gläubigen, wenn im selben Augenblick die Tempeljungfrau einzog und nach vorn drängte. Groß, schlank, kerzengerade aufgerichtet und in schwarze wallende Tücher gehüllt, glich sie einer dieser Gestalten, die in der Biblischen Geschichte abgebildet waren. Wenn sie dann vor die anderen trat, sie mit weit ausgebreiteten Armen singend übertönte, während die schwarzen Tücher um sie herum in Bewegung gerieten, dann fühlte sie sich eins mit Moses, der sein Volk durchs Rote Meer führte.

»Es war aber nicht das Rote Meer«, nahm jetzt das Kind das Gespräch wieder auf, »es war das vereiste Haff, über das die Tempeljungfrau mit ihrem Dorf geflohen ist, während die Tiefflieger sie beschossen. Und nun dankt sie Gott, daß ihr die Rettung der meisten gelang, die ihr anvertraut waren. Sie denkt, es sei eben erst geschehen. Denn nach der überstandenen Gefahr ist ihr Gedächtnis stehengeblieben.«

Die beiden Mädchen wollten eben die Hafenstraße überqueren, als das Kind anhielt und zu einem der Häuser hinüberdeutete, das sich vornehm und verschlossen hinter seinem Vorgarten zurückgezogen hatte.

»Dort wohnt meine Lehrerin, und sie ist krank«, flüsterte das Kind.

»Dann wollen wir sie besuchen, nachdem wir das Paket abgegeben haben«, schlug Inga vor.

»Niemals!« wehrte das Kind erschrocken ab, »nein, das geht nicht! Wir würden ihr nur Ärger bereiten. Ihre Wirtin würde uns überhaupt nicht hineinlassen. Gestern abend, als meine Mama annahm, ich schliefe schon, erzählte sie Tante Lena, was neulich passiert ist. — In dem Zimmer, das meine Lehrerin mit ihrer Freundin bewohnt, gibt es wie bei uns weder ein Waschbecken noch einen Herd. Und wie bei uns erlaubt die Wirtin trotzdem nicht, daß sie ihre Küche mitbenützen oder wenigstens Wasser dort holen dürfen. Sie schließt die Tür immer hinter sich ab und antwortet auf kein Klopfen und Bitten. Deshalb müssen die beiden das Wasser aus dem Keller heraufschleppen. Aber beide sind doch krank, und die Eimer sind viel zu schwer für sie. Jetzt ist meine arme Lehrerin, sie ist ja nur so groß wie du, Inga, jetzt also ist sie neben dem Wassereimer zusammengebrochen. Gerade in diesem Augenblick kam der Hausarzt, um seinen Krankenbesuch bei ihr zu machen. Als er sah, was sich hier abspielte, wurde er schrecklich zornig, rannte zur Wirtin, um ihr gehörig die Meinung zu sagen und zertrat dabei ihren Schirmständer.«

»Das finde ich richtig! Großartig!« lachte Inga, ließ das Paket auf den Gehsteig fallen und drehte sich mehrmals auf dem Absatz um sich selbst. Auch das Kind hüpfte schadenfroh lachend ein paarmal von einem Steinquadrat zum anderen. Doch nun wurde es wieder ernst.

»Meiner Lehrerin«, meinte es, »würde es gar nicht recht sein, wenn sie wüßte, daß ich so etwas weitererzähle. Sie sagt oft, wenn sie uns aus dem Religionsbuch vorliest, was Christus gesagt und getan hat, das müßten wir ebenfalls üben und tun, so schwer es auch sei. Dieses: Tuet Gutes denen, die euch hassen! Aber weißt du, Inga, manchmal wünsche ich mir, der Doktor käme auch einmal zu uns und würde unserer Wirtin die Treppe kaputtmachen.«

Inga war derselben Meinung. Schließlich hoben sie das Paket wieder auf und führten ihren Auftrag aus. Mit dem Gewicht des Paketes ließen sie aber auch alle Gedanken, die sie beschwerten, zurück. Leichtfüßig hüpften sie die Stufen des Postamtes hinunter und begannen mit ihrem Fragespiel in den Geschäften der Bahnhofstraße. Dann bogen sie in die Friedrich-Ebert-Straße ein. Inzwischen hatten sie viele interessante Dinge gesehen, kannten ihre Vor- und Nachteile und vor allem die Preise.

Zum Abschluß hatten sie sich noch ein Geschäft vorgenommen, vor dessen Schaufenstern sie zunächst stehenblieben, um all die blitzenden Waren zu betrachten, die in normalen Zeiten in jeden Haushalt gehörten.

»Ach, komm schon, der Küchenkram ist langweilig!« rief Inga ungeduldig und wickelte das Ende ihres langen Zopfes um den Zeigefinger.

»Für dich vielleicht«, antwortete das Kind, »ihr habt nichts verloren. Aber uns fehlt noch beinahe alles, was du hier siehst!«

Endlich war das Kind bereit, hineinzugehen. Mit der Fragerei war es nun selbst an der Reihe. Es reckte die Schultern und räusperte sich. Aber die Frage stellte es nicht. Die Spielregeln außer acht lassend, zog es zwei Zehnpfennigstücke aus der Tasche, legte sie auf den Ladentisch, blickte ernst zum Kaufmann auf und sagte:

»Das ist neues Geld, und mehr habe ich nicht davon. Ich kaufe, was ich dafür bekommen kann. Haben Sie zufällig etwas, was zwanzig Pfennig kostet?«

›Niemals!‹ dachte Inga bei sich. ›Nie, nie kann das gutgehen!‹ Doch der Kaufmann, der ebenfalls aus Schlesien stammte und das Kind vom Sehen her kannte, nickte ihm freundlich zu, holte einen nagelneuen Teelöffel herbei und opferte sogar noch ein kleines Stück Seidenpapier, als er erfuhr, daß es sich hier um ein Geburtstagsgeschenk für die Mutter handelte.

Das Kind nahm glücklich den Löffel an sich, hielt ihn dicht vor die Augen, drehte und wendete ihn, spiegelte sich im blitzenden, unzerkratzten Chrom, entdeckte auf der Rückseite sein breitgezogenes Gesicht, lachte darüber, drehte den Löffel herum und rief, auf seine Vertiefung deutend:

»Inga, Inga, schau nur! Jetzt stehe ich kopf!«

Die Nachricht von einer Sonderzuteilung Papier, welche die Atenser Druckerei erhalten hatte, sickerte bald durch und versetzte die Schule in Aufregung. Das Abfallpapier sollte ab heute verkauft werden. Aus diesem Grunde ließ der Rektor die Pause verlängern, damit die Kinder die seltene Gelegenheit, Papier zu erstehen, wahrnehmen konnten. Natürlich waren die älteren Schüler ihrer längeren Beine wegen bei dem Wettlauf in den entlegenen Stadtteil im Vorzug, auch die meisten Jungen der Klasse waren unschlagbar. Dennoch gelang es dem Kind, noch eine recht ansehnliche Papiermenge zu erhalten.

Zuhause hatte es alle Blätter auf dem Tisch ausgebreitet, um einen Überblick über den Vorrat zu erhalten. Und dann hatte es eingeteilt: Das meiste davon wurde für die Schule beiseitegelegt, einige der in ungenormtem Format geschnittenen Bogen behielt es zum Malen für sich, und etliche schmale Streifen hob es an einem geheimen Platz unter dem Strohsack auf, um daraufzuschreiben, was ihm einfiel oder was es gerade bewegte. Einige Blätter gleichen Formats begann es nun sorgfältig zu linieren. Mit schwarzer Tusche schrieb es die Monatsnamen darauf. Jeden der Bogen versah es mit Zahlen und schönen Borten und übergab sie der Mutter, welche sie mit Perlgarn auffädelte und zu einem Geburtstagskalender zusammenband.

Aus den übrigen entstand auf ähnliche Weise ein Adreßbüchlein, und als es Tante Lena am Abend zur Überraschung auf ihrem Platz liegend vorfand, freute sie sich so sehr darüber, daß sie sogleich anfing, alle Anschriften, die sie bisher auf Zetteln notieren mußte, mit ihrer schönen, klaren Schrift einzutragen.

Es wurde eine Sammlung der in alle Winde Zerstreuten. Freunde, Verwandte, Bekannte, Nachbarn, ehemalige Schulkameraden und Arbeitskollegen, deren Adressen nach und nach über den Suchdienst des Roten Kreuzes, oder durch Weitergeben untereinander, hierhergelangt waren, trafen in dem schmalen Heft wieder zusammen. Säuberlich nach dem Alphabet geordnet, fanden sie ihren Platz, sie, die in der grausamen Wirklichkeit ihrer Ordnung, ihrem Besitz, ihrem Ansehen, vor allem ihrer Heimat mit allem, was sie damit verbunden hatte, entrissen und in die Fremde geworfen waren. Tante Lena hielt das Büchlein in der Hand und sprach ihre Gedanken aus:

»Beinahe alle lebten am Rande der Existenz, vegetierten dahin, ungeliebt und höchstens geduldet, im besten Falle bemitleidet, selten verstanden, öfter dagegen von Spott verfolgt. Vor ein paar russischen Panzern zu fliehen, sich gegen ein paar Leute von der Miliz nicht zu wehren, nicht die Hand zu erheben, sich wie eine Herde friedlicher Schafe vertreiben zu lassen, um sich anderen ins Nest zu setzen, was für Dummköpfe mußten das sein! Der jämmerliche Zustand bei der ersten Ankunft, als sie entkräftet und verschmutzt aus den Waggons gekrochen waren, oder als sie nach endlosen Märschen mit verstaubten Kleidern auf wunden Füßen angehumpelt kamen, dieser erste Eindruck blieb ihnen und ihren Kindern wie ein Stempel aufgedrückt. Dahergelaufene blieben sie lange Zeit, denn durch das Waschen und Flicken wurde die Kleidung zwar sauber, doch nicht mehr schön und ordentlich.

Und es kannte sie keiner. Wenn sie vor einer Haustür standen, befanden sie sich auf derselben Stufe wie ein möglicher Dieb, der, von Hunden verbellt, seine guten Absichten erst einmal zu beweisen hatte. All das Vertrauen, all das Ansehen, das sie sich durch Generationen hindurch ihres guten Dienstes, ihrer getreuen Arbeit, ihrer Ehrlichkeit, ihres Fleißes, ihrer Talente, ihrer künstlerischen Fähigkeiten wegen erworben und angesammelt hatten, waren mit ihrem Hab und Gut, mit den Menschen, die einander gekannt und geachtet hatten, dahin, verloren oder zerstreut. Unwiederbringlich.

Trotz aller Friedfertigkeit drangen sie ungewollt ein, wurden zu Fremdkörpern und Störenfrieden in den alteingesessenen Gemeinschaften. Sie störten durch den Anklang eines fremden Dialekts, der natürlich im Vergleich zum eigenen lächerlich war, durch andere Bräuche, die komisch wirkten und sich selbstverständlich andernorts nicht breitmachen sollten.

Sie beanspruchten notgedrungen Platz zum Wohnen in Räumen, die man selbst benötigte, jetzt mehr als jemals zuvor, und sie mußten, Gott sei's geklagt, essen zu einer Zeit, da man selbst Hunger litt.

Zunächst schienen sie eine Gefahr zu bedeuten, die man argwöhnisch wachsen sah. Nicht zu Unrecht befürchtete man eine Revolution, in der, da ja der Krieg von allen verloren worden war, die gleichmäßige Teilung des übriggebliebenen Deutschland und des gesamten Hab und Guts erfolgt wäre.

Doch der ostdeutsche Mensch, zur Zeit in seinem Glauben noch tief verwurzelt, neigte nicht zu Gewalttätigkeiten und Umstürzen, die das Untere zuoberst kehrten. Er benötigte nur eine kleine Chance, ein wenig Platz und ein wenig Material, um sich mit seinen guten Eigenschaften einsetzen und bewähren zu können.

Auch für die Einheimischen kam im Jahre 1945 die Stunde Null. Man wollte neu anfangen, schnell wieder hinaus aus der Not, und dabei hemmen die notwendigen Abgaben zur Hausratshilfe und die befohlenen Zahlungen zum Lastenausgleich. Das schürt neue Feindseligkeiten. Offener Neid mißgönnt und mißtraut, hält nicht für möglich, daß diejenigen, die da etwas erhalten — so viel! erhalten — oder irgendwann kurz vor ihrem Tode erhalten würden, es auch wirklich verdienten. Diese Habenichtse, die von verlorenen Gütern und Häusern phantasierten, die es wohl nie gegeben hatte!
Doch die kleine Chance muß gewährt werden, das Heer von Flüchtlingen und Vertriebenen steht schon bereit für den friedlichen Kampf ums Dasein. Vereinzelt konnten sie es bereits beweisen, daß sie gewillt sind, mit allem ursprünglichen Ideenreichtum, mit aller Kraft mit in die Speichen zu greifen, um den gemeinsamen Karren aus dem abgrundtiefen Dreck ziehen zu helfen.«
»Ja, das sind wir!« pflichtete Mutter bei, »aber warum sagst du nicht auch ›wir‹, warum sprichst du von uns wie von fremden Leuten?«
»Um Abstand zu gewinnen«, antwortete Tante Lena, »um auf Härte nicht mit Härte zu antworten, um nicht bitter zu werden und ungerecht von all dem erlittenen Unrecht. Was man zu nah an die Augen hält, das kann man nicht mehr überblicken und schon gar nicht von beiden Seiten betrachten.«
Mutter nickte, legte den Arm um ihr Kind und sagte:
»Man hat uns einfach in die Fremde geworfen, egal, wohin wir fielen und wie sehr wir uns beim Fallen ver-

letzten. Die Städter wurden in Einödshöfe, die Bauern in Stadthäuser eingewiesen. Wer an der Ostsee zuhause war, wurde im Bayerischen Wald abgeladen, wer den weiten Blick über die Ebene ererbt hat, sitzt nun beengt und bedrückt in einem Alpental. Uns, die wir Berge und Wälder zum Atmen brauchen, verstieß man in die leere Weite der Marsch. Und einige vegetieren auf den Trümmern zerbombter Städte dahin. Die sind am allerschlimmsten daran.« Sie schwieg eine Weile und blätterte in dem neuen Adreßbüchlein. Dann fuhr sie fort:

»Wenn wir doch nicht so schrecklich weit voneinander entfernt leben müßten! Auseinandergerissen, die sonst aus den Fenstern einander zuwinkten, sich über den Zaun hinweg die Hände reichten, einander berieten, halfen und trösteten. Über viele Kilometer und Zonengrenzen hinweg, getrennt all jene, die früher durch einen Spaziergang, eine Fahrt mit der Straßenbahn, oder durch eine kurze Reise mit dem Zug erreichbar waren. Kein Familienfest können wir mehr gemeinsam begehen, — und, wenn sich schon einmal ein Grund zur Freude ergibt, können wir uns nicht miteinander freuen.«

Mutter nahm auch den Geburtstagskalender zur Hand. Vor eine Reihe von Namen hatte Tante Lena ein kleines Kreuz gezeichnet: Der älteste Stiefsohn war gefallen, der jüngere lebte zwar, jedoch in französischer Gefangenschaft. Die ältere Stieftochter war verlorengegangen und blieb unauffindbar. Alle Nachforschungen waren ohne Ergebnis im Sande verlaufen. Doch die Vermutung, daß die Nazis sie kurz vor dem Ende in eine der Gaskammern getrieben hatten, lag nahe, wurde beinahe zur Gewißheit.

Ihr Name war noch nicht mit einem Kreuz bezeichnet, aber Mutter bemerkte die winzige Stelle, die dafür freigelassen worden war.

Tante Maria war in den letzten schlesischen Tagen an ihrer schrecklichen Krankheit zugrundegegangen und namenlos, ohne Geleit, ohne Kreuz und Gedenkstein, aber doch wenigstens in Heimaterde begraben worden.

Onkel Karls Name war ebenfalls mit einem Kreuz versehen. Das Kind senkte den Kopf und sah ihn kurz unter der Breslauer Wohnungstür stehen, sah ihn mit lachendem Gesicht eintreten. Das sollte für immer vorbei sein?

Tante Hede hatte einen traurigen Brief aus Westfalen geschrieben. Abends, als ihre Kinder bereits über die Leiter in die Kammer über den Pferdeboxen geklettert waren und neben den Knechten schliefen, hatte sie sich zum Schreiben entschlossen. Sie saß allein in dem engen Raum hinter dem Stall, in den der Bauer und seine Knechte die kotigen Stiefel warfen, wenn sie von der Arbeit kamen. Das trübe Laternenlicht blakte, und niemand konnte ihr zusehen, als sie die grausamen Ereignisse vom Untergang Breslaus schilderte.

Ihr Mann war im Zivildienst des Telegraphenamtes eingesetzt gewesen und durfte die Festung nicht verlassen. Als im übrigen Deutschland die Kapitulation bereits ausgerufen worden war, wurde Breslau noch erbittert umkämpft und kostete unzählige zusätzliche und sinnlose Opfer.

In den letzten Tagen vor dem endgültigen Sterben der Stadt wurde auch Onkel Karl tödlich getroffen. Sie schrieb jetzt erstmals ausführlich darüber, so oft sie auch absetzen mußte, weil ihre Augen das Papier nicht mehr erkennen konnten. Sie schrieb, wie sie nach ihrem Marsch durch das zerstörte Land, über die Trümmer der Stadt hinweg, an den ausgebrannten Resten des Infernos vorbeikriechend, sich vor russischen Militärfahrzeugen im Straßengraben oder in Ruinen verbergend, doch noch zur Beerdigung ihres Mannes, der im Massengrab beigesetzt wurde, zurechtgekommen war.

Ringsum stieg der Rauch aus der glimmenden Asche, den Verwesungsgeruch der Stadt überdeckend, als Onkel Karl unter den verkohlten Stümpfen der Kirchtürme und der verbrannten Trauerweiden auf der Sandinsel seine letzte Ruhe fand. Dort, wo die Oder die Insel aus ihren Armen entläßt und wieder eins wird, dort, unterhalb des ehrwürdigen, zerstörten Backsteingemäuers von ›Maria auf dem Sande‹ wurden Gebete gesprochen, wurde ein Lied gesungen. Dieses: Näher, mein Gott zu Dir! stieg gegen den von Schwelbränden noch verhangenen, schweigenden Himmel empor.

Noch viele Kreuze standen vor weiteren Namen im Geburtstagskalender, und jedes barg seine eigene Geschichte und seine Anklage gegen den grausamen Krieg. Trotz allem überwogen die Namen der Überlebenden in dem Adreßbüchlein, das Mutter in den Händen hielt.

Noch fehlten viele Anschriften von Freunden und Verwandten. Der Platz hinter ihren Namen blieb leer, und noch stand aus, ob ihnen nach langer Zeit ein Kreuz oder ein Ort irgendwo zugeteilt werden würde.

Die Glatzer Tante Maria, die man zuletzt für ein paar Augenblicke in dem unbeschreiblichen Durcheinander gesprochen hatte, während sie das halbe Brot in den Viehwaggon reichte, kurz bevor der Transport ins Ungewisse zu rollen begann, hatte inzwischen mit Onkel Josef eine Notunterkunft im zerbombten Nürnberg gefunden. Sie meldete sich mit einem langen Brief, dem sie nicht nur ihre persönlichen Erlebnisse, sondern auch viele Anschriften gemeinsamer Bekannter beifügte.

Der Sohn hatte trotz seiner schweren Verletzungen überlebt. Die Tochter war mit ihrem Baby auf dem Arm den Apokalyptischen Reitern entronnen, war wie durch ein Wunder aus den Dresdens Straßen durchrasenden Schwefelfeuern gerettet worden.

Die Frauen der beiden Stiefsöhne hatte Mutter auch wiedergefunden. Die eine, die schwerkrank darauf wartete, daß ihr Mann aus der Gefangenschaft zurückkehrte, hauste in der Nähe mit ihrer Mutter und mit ihren Schwestern zusammen. Der Mann einer Schwester war gefallen, aber es war ihr zur Erinnerung an die kurze Ehe ein kleiner Junge geblieben.

Die andere Stieftochter war ebenfalls durch den Krieg jung Witwe geworden. Sie hatte nun für zwei Jungen zu sorgen. Mit ihnen war sie zu ihrer Familie zurückgekehrt und fristete zwischen den Trümmern Kölns ein ebenfalls ärmliches Dasein.

Tante Hubertina, die bis zuletzt dem Fürstbischöflichen Oberhospital zu Neisse als Oberin vorgestanden hatte und erst, als mehrere Bombeneinschläge das schöne, alte Bauwerk zu zerstören begannen, den Treck mit den Alten, Kranken und Sterbenden zu unternehmen wagte, war ziemlich spät im Westen eingetroffen. Jetzt leitete sie im

Schloß Erwitte im Kreise Lippstadt ein Krankenhaus, in dem sie sich mit anderen Neisser und Trebnitzer Borromäerinnen ausschließlich der Pflege schwerbehinderter Kriegsversehrter widmete.

Tante Metas genaue Anschrift fehlte noch. Man wußte nur, daß sie bei der Flucht aus Breslau ihren vierzehnjährigen Sohn verloren hatte.

Auch Onkel Felix aus Habelschwerdt hatte sich noch nicht gemeldet, doch Mutter hatte über Dritte bereits Nachricht erhalten, daß er mit seiner Familie irgendwo im Westen angekommen sei. Sein ältester Sohn jedoch war gefallen.

Die lebhafte Tante Paula, der es immer am wohlsten gewesen war, wenn ihre Ullersdorfer Ladenglocke recht oft und lustig gebimmelt hatte, saß mit Tante Hedwig von der Welt getrennt auf einem einsamen Bauernhof bei Osnabrück, wo sie 1946 abgeladen worden waren.

Tante Paulas Adoptivtochter arbeitete bei Bauern in der Nähe ihrer Mutter. Sie hatte den Schock von damals noch nicht überwunden. Die Russen hatten 1945 ihren Mann unter der Haustür erschossen, weil er wegen seines verletzten Beines nicht schnell genug öffnen konnte. Während sie sich aus ihrem Versteck hinter dem vorgeschobenen Schrank aus eigener Kraft nicht zu befreien vermochte, verblutete er hilflos in ihrer Nähe.

Onkel Franz und Tante Frieda war es gelungen, mit ihren drei jüngsten Töchtern dem Lagerleben bei Hannover zu entrinnen und zu ihren übrigen Kindern zu ziehen, die sich nach und nach in einem kleinen Allgäudorf zusammengefunden hatten.

Die älteste Tochter war mit ihrem kleinen Sohn und zwei Schwestern, aus Niederösterreich kommend, zur Familie gestoßen. Nach Linz hatte sie Tante Lena 1945 auf abenteuerlichen Fluchtwegen gebracht, bevor sie, gegen den großen Strom, noch einmal nach Eisersdorf zurückkehrte, um bis zur Vertreibung dort zu bleiben.

Noch wartete die älteste Tochter zwar sehnsüchtig auf ihren Mann, aber sie wußte inzwischen, daß er lebte und sich noch immer in russischer Kriegsgefangenschaft befand.

Die siebente Tochter gelangte auf unglaublichen Irrwegen zu dem kleinen Ort, der durch einen dort geborenen Kriegskameraden ihres Bruders als gemeinsamer Treffpunkt vereinbart worden war.

Einer der Schwestern war zu Beginn des Krieges der Verlobte gefallen. Nach Jahren hatte sie sich zum zweiten Male verlobt, doch auch dieser Mann mußte kurz darauf an die Front zurückkehren. Durch seine Mutter erfuhr sie zwar von seiner gesunden Heimkehr, doch während eines Besuchs bei seiner inzwischen in Berlin lebenden Schwester wurde er von Russen verschleppt und kehrte nie wieder zurück.

»Und doch haben wir einen besonderen Schutzengel gehabt«, meinte Mutter, »denn nur wenige Mitglieder unserer großen Familie sind getötet oder verdorben worden.«

Der Sohn war zwar schwerkrank an zwei Krücken humpelnd vom Militär entlassen worden, aber er hatte seine Braut wiederfinden und heiraten können. Und bereits 1946 bewies sein erstgeborenes Kind, daß wider alle Not und wider alles Sterben eine neue Generation sich ankündigte, um das gerettete Leben empfangen und weitergeben zu können.

Viele Namen, viele Schicksale, viele ungelöste Fragen, aber auch Antworten faßte dieser Abend zusammen. Mutter hängte den Kalender an den dafür bestimmten Platz, und Tante Lena lehnte das Adreßbüchlein an die Bücher in der Apfelsinenkiste. Dann sprachen sie miteinander das Abendgebet.

Wie immer fügte das Kind, so wie es das gelernt hatte, ein Gebet für die Lebenden und für die Verstorbenen an. Es beendete die Aufzählung mit dem Dank für die gemeinsame Rettung und mit der Bitte, Gott möge alle, die ihnen Gutes getan hatten, belohnen und alle bösen wieder zu guten Menschen machen.

Das Netzwerk der Parkbäume füllt den Rahmen meines Hotelfensters wie ein Suchbild aus. Auf der Suche zu sein wonach? Nach den fortschreitenden Verästelungen und Verzweigungen in der Folge dieser ersten Jahre? Nach der Rindenschrift, nach den eingewachsenen Ringen, den verwucherten, unscharf gewordenen Einkerbungen? Nach den eng beschriebenen Linien verjährter Blätter? Ein großes Netz, das mir die Ferne verhängt.

Es ist viel, was mir dagegen die Nähe dieser wenigen Briefe in die Hand spielt. Ein schmales Bündel, das geordnet in jenem braunen Umschlag mittlerer Größe Platz fand, der heute in meinem Hotelfach lag.

Wir hoben damals nicht viel auf. Der Platz war zu beschränkt, und außerdem benötigten wir jeden Bogen, um Papierbriketts herzustellen. Vielleicht hatten wir auch etwas gegen die Neuansammlung von Dingen, die nicht zum Lebensnotwendigsten gehörten. Zuerst mußten wir lernen, uns zu beschränken; inzwischen hatten wir eingeübt, immer aufbruchbereit zu sein. Noch stand uns die Heimkehr täglich vor Augen.

Um die verlorengegangenen Briefe ist es schade. Botschaften und Zeitdokumente, in Kartons gesammelt, sind während einiger Umzüge durcheinandergeraten, sind später beschwerender Ballast bei neuerlichen Veränderungen gewesen. Man wollte auf einmal nichts mehr wissen von der Zeit, die sie entstehen ließ.

Jede Belastbarkeit hat ihre Grenzen, und die Vergangenheit war an der Oberfläche bewältigt, das heißt: totgeschwiegen! Weil niemand etwas von ihr wissen wollte. Sie mit einer Handbewegung beiseitewischte. Oder mit Steinen danach warf. Dann verlachte. Zuletzt in Diskussionen totredete.

Doch Totes schweigt nicht für immer. Es bleibt, weil es sich nicht mehr verändern kann. Auf die Dauer betrachtet, spricht es eindringlicher als die doppelzüngige Tagesmeinung. Schon beginnt eine neue Generation, das Zugeschüttete freizuschaufeln und aufzudecken.

Es sind ein paar Briefe mit sehr persönlichen Nachrichten, die sich zeilenweise freilegen lassen.

Jans Mutter, die uns als erste eine Schüssel geschenkt und sich dabei von einem ihr lieben und kostbaren Stück ihres Hochzeitsservices getrennt hatte, schreibt an das Kind, das ich gewesen bin:

»Heute muß ich Dir einen Brief schreiben, mein Herz will es einfach, weil es mit Dir Heimweh hat. Da kam gestern der blaue Sunlichtwagen mit seinem Lautsprecher vorbei, und gerade als er bei mir war, spielte er den alten Schlager: Ich hab' so Heimweh nach Berlin, nach meinem alten Berlin! Da habe ich auf offener Straße geweint und bin davongelaufen. Und mein Berlin ist nicht mal so schön wie Deine Heimat.

Aber ich hatte Sehnsucht nach dem Blick dort aus meinem Fenster auf den verschneiten und im Frühling wieder grünen Park ... Dann ging ich zu Fuß nach Hause, und als ich in die Martin-Paul-Straße kam, sang über mir im Feld eine Lerche. ›Hier ist auch Himmel und Sonne und Gotteserde‹, sang sie. — Und darum müssen auch wir hier leben können, dachte ich.

Es kommt wohl überhaupt nur darauf an, daß wir alles recht lieb haben, was Gott geschaffen hat, sei es nun hier oder dort. Dort lieben wir Berge und Wälder, hier sollen wir den weiten Himmel und alles, was unter ihm lebt und wächst, lieben, auch die kalten Menschen, die uns oft wehtun, aber sie kennen ja nur wenig Frohsinn und Lieblichkeit. Sie werden zu oft von Sturm und Wetter geschüttelt.

Wenn es nun wieder Frühling wird, wollen wir hier froh sein, und wenn Du eine Lerche hörst, sage ihr: Eine Freundin läßt Dich grüßen und Dir sagen, Du singst hier ebenso schön wie überall, und sie läßt Dir danken für den Gesang, der sie wieder froh gemacht hat.«

Nüchterner, sich auf Tatsachen beschränkend und auf jeglichen, die Zeit betreffenden Kommentar verzichtend, lesen sich die folgenden Briefe aus dem Jahre 1946. Zu dieser Zeit befand sich Tante Hubertina, die ehemalige Oberin des ehemaligen Fürstbischöflichen Oberhospitals zu Neisse, noch mit ihren Alten und Kranken auf einer ihrer Zwischenstationen im schlesischen Wansen. Beide Briefe mußten einer strengen Kontrolle standhalten können. Am 5. 6. 1946 schreibt sie an ihre Schwestern auf die Sielstraße:

»*Du, Lena, sollst mit Deinen Kräften haushalten, aber daß Du einen solchen Wirkungskreis gefunden hast, ist mir eine große Freude. Und Du, liebste Lisa, kannst nun auch Deine Begabung so gut verwenden, dadurch Hilfe leisten und Freude bereiten, anderen und auch Dir selbst, und ich kann nur immer wieder beten, daß Gott Eure Wohltäter segnen möchte.*«

Ihr zweiter Brief wurde am 14. 12. 1946 in Wansen abgestempelt und erreichte, obwohl damals nur offene Postkarten nach der Sowjetunion abgefertigt wurden, wider alles Erwarten jenes russische Kriegsgefangenenlager, in dem sich der Mann ihrer ältesten Nichte befand. Es war die allererste Verbindung, die nach zwei Jahren mit ihrem Neffen überhaupt zustandekam. Sie schilderte in vier eng beschriebenen Seiten das Schicksal beinahe aller Angehörigen, gibt deren neue Wohnorte an und fährt dann fort:

»*Nun muß ich Dir leider eine sehr traurige Mitteilung machen. Deine liebe Schwester Maria sowie meine Mitschwestern Gottharda und Emma bekamen im Dezember 1945 Flecktyphus. Alle drei waren schwer krank. Deine Schwester starb am 9. 1. 46 und Schwester G. am 13. 12.*

1945. Prälat Wawra, Schwester Gisberta und Schwester Modesta starben auch Anfang des Jahres. Erwin ebenfalls. Herr B. ist in Berlin bei Verwandten, nachdem ihm unterwegs Fräulein N. an Lungenentzündung gestorben ist. Deine Schwester liegt auf dem Jerusalemer Friedhof zu Neisse in der Nähe der neuen Halle.«

Dieser Brief ist vom vielen Lesen, vom häufigen Auseinanderfalten und Zusammenlegen morsch und brüchig geworden. Seine Außenseiten sind angeschmutzt. Wertvolle Medizin und ständiger Begleiter eines Kriegsgefangenen, der an Hungerwassersucht litt und vor dem Ungewissen seiner Zukunft nicht verzweifeln wollte.

Von Tante Lena sind ein paar Briefe erhalten geblieben, die sie an Tante Hede nach Westfalen geschickt hat.

13. 7. 1947

»Bekommt man dort auf Bezugsmarken einen Schal oder Wolle? Erhältst Du dort wohl Kamm oder Bürste, Gummiband oder Gummischnur zu kaufen? ...

Du hast uns wieder mit so schönen, nahrhaften Lebensmittelmarken beglückt. Heute haben wir anstelle der fehlenden Kartoffeln für Deine Nährmittelmarken ein gutes Sonntagsessen gehabt. Makkaroni waren es, und sie haben fein geschmeckt. Das Brot haben wir gleich gekauft, da hatte doch das Abzirkeln eine Weile ein Ende. Gott sorgt schon immer wieder und rührt gute Herzen ...«

12. 10. 1947

»Meine Schwester fuhr mit dem Kind am 30. 9. zur Erholung ins Allgäu, nachdem sie wochenlang auf den Interzonenpaß warten mußten. Sie schrieben, daß die Ge-

gend ganz herrlich und die Aufnahme bei den Verwandten erstaunlich gut sei, aber die so sehr erhofften Aussichten auf eine Übersiedlung sind schlecht. Die Stellung, die man meiner Schwester angeboten hatte, mußte inzwischen besetzt werden, und nun wird nur noch landwirtschaftlichen Kräften der Zuzug genehmigt.

Sie werden dann doch wieder mit mir den schrecklichen Winter hier zubringen müssen. Die beiden taugen gesundheitlich gar nicht mehr viel. Mir wird manchmal angst und bange, weil ich keinen Rat und keine Hilfe weiß. Wenn man auch nicht allen helfen kann, den allernächsten Angehörigen möchte man zu gern helfen, und man müßte es wohl auch. Es ist furchtbar, wenn man täglich sieht und spürt, wie die Kräfte nachlassen und man nichts dagegen tun kann.

Möge sich Gott unser erbarmen, unsere Not wenden, ehe sie uns zur Verzweiflung treibt...«

24. 8. 1948

»Ich war inzwischen auf Reisen und zwar mit dem Lastdampfer im Emsland. Binnen einer halben Stunde mußte ich mich fertig gemacht haben. Ich hatte gerade Sprechstunde und konnte erst gar nicht mehr auf die Sielstraße gehen. In einem geborgten Mantel, mit ebenfalls geliehenen Kopftuch, Nachthemd und Kamm, aber ohne Zahnbürste, ging es los, doch ich habe es nicht bereut. Wenn man erst mal dem täglichen Trott entronnen ist, wird man wieder unternehmungslustig...

Wie zufrieden sind doch oft einfache und arme Leute, denen mitunter noch mehr fehlt als unsereinem, wenn sie sich nicht mit unerfüllbaren Wünschen plagen und über

Kleinigkeiten so froh sind wie über ein großes Geschenk... — Wenn wir Flüchtlinge und Vertriebenen wenigstens besser die Zeichen der Zeit verstünden... Hier bleiben wir doch nur die Gelittenen und Überflüssigen...

Während meiner Kahnfahrt war ich in Rhederfeld bei Papenburg, wo der Kreuzbund eine Moorsiedlung versuchen will. Es geht dort erbärmlich arm zu, und man bangt, ob sie sich werden halten können. Gut und nützlich wäre es wohl, wenn dadurch wieder ein paar Heimatlose zu einer Heimat kämen. Meine Schwester ist nicht abgeneigt, sich's auch mal anzusehen...

Ist wohl unser Wecker inzwischen in Ordnung gekommen? Das Gedichtbuch hätten wir auch gern zurück...«

5. 9. 1949

»Aus dem köstlichen, märchenhaft schmeckenden Kuchen möchten wir schließen, daß Ihr inzwischen das große Los gewonnen habt, denn er ist ja mehr als friedensmäßig. Vielen, vielen Dank! Hoffentlich müßt Ihr jetzt nicht acht Tage lang trocken Brot essen. Das schöne Packpapier kann leider nicht mehr verwendet werden, denn es war total durchgefettet, um zu verraten, wie gut der Kuchen gemacht war. Von den schönen Birnen hat es unser Kind doch fertiggebracht, ihrer Lehrerin eine zum heutigen Geburtstag zu schenken...

Ihr seid halt immer noch ein nobles Volk. Da würde es Dir hier jetzt garnicht mehr gefallen, denn seit der Währungsreform, da ich garnichts mehr verdiene und meine Schwester doch ab und zu etwas an Hausgerät anschaffen muß, reichen wir nicht hin und nicht her, und das Flicken und das Stopfen nimmt und nimmt kein Ende. Die Caritasarbeit wird bei der hiesigen Arbeitslosigkeit (nach der Demontage durch die Alliierten gehen hier neunzig Prozent stempeln) immer schwerer.

Und der Gesundheitszustand meiner Schwester läßt weiter nach. Etwa acht Wochen laboriert sie jetzt an Gelenkrheuma und Ischias. Die vierzehn Tage in unserem Patendorf im Südoldenburgischen haben ihr eher geschadet. Sie schlief zwar dieses Jahr nicht mehr auf einer Strohschütte im Massenlager, aber in einem völlig sonnenlosen Parterrezimmer mit dicken Bäumen vor den Fenstern ... Das Herz macht ihr auch Beschwerden ... Nun hoffen wir krampfhaft, mit den, bislang allerdings nur geplanten, Massentransporten überzähliger Flüchtlinge in die liebenswürdige französische Zone geschafft zu werden, aber viel Aussicht haben wir nicht, denn dort werden nur Arbeitskräfte gesucht, die jung, gesund und hübsch sind usw.

In dieser Stadt ist es erst einer Familie gelungen, ausgesucht zu werden, doch ob mit Erfolg, steht immer noch aus ...

Zu Euch könnte ich nur kommen, wenn Ferien sind, denn meine kranke Schwester braucht Hilfe. Trotzdem weiß ich noch nicht, ob ich Deine freundliche Einladung annehmen werde, denn ich könnte Dir, wenn L. mir schon das Reisegeld gibt, keinerlei Kostgeld zahlen und würde wohl dort auch nicht die Gelegenheit finden, in Heim- oder Fabrikarbeit etwas zu verdienen? Zur Hausarbeit stelle ich mich leider ganz schlecht ...

Ein Tuberkuloseheim wollte es mit mir versuchen,

aber L. ließ mich durchaus nicht ausgerechnet dorthin. Wenn ich nur zu etwas Verdienst käme, denn Stempelgeld erhalte ich nicht, wenn ich am gleichen Ort wie meine Schwester wohne ...

Wenn Deine Tochter Schwierigkeiten bei der Berufswahl hat, dann sag' ihr zum Trost, daß die jüngsten Töchter meines Bruders Franz auch erst mit neunzehn und zwanzig Jahren Lehrstellen gefunden haben. Inzwischen sind sie beim Bauern hübsch und rund geworden und zu einigem Ansehen gelangt, weil sie als Städterinnen ihre Sache sehr gut gemacht haben ...«

Noch einmal muß ich das Datum dieses letzten Briefes überprüfen. Doch ich stelle fest, daß ich mich nicht geirrt habe. Tante Lena hat ihn am 5. 9. 1949, also ein Jahr nach der Währungsreform geschrieben. Ein Jahr nach jenem Tage X, der bereits in den Geschichtsbüchern als Wendepunkt markiert ist, an dem wie durch Zauberei anscheinend alles wieder zu haben war. Alles, was auch immer gebraucht wurde, wie von selbst auf die Ladentische zu springen schien und der künftige Bundesbürger bereits Fett anzusetzen begann, um die Segnungen des kommenden Wirtschaftswunders auf breit gewordenen Schultern und kräftigem Nacken tragen zu können.

Wir haben uns dieses nachträglich kaschierte Bild eingeprägt, und das unzuverlässige Gedächtnis hat es sich unterschieben lassen. Als wir später von den Sorgen ums tägliche Brot, um trockenes Brot, wohlgemerkt, im wahrsten Sinne des Wortes befreit waren, vergaßen wir zwar nicht die Notzeiten, doch sie rückten in unserer Erinnerung zusammen auf einen zeitlich eng begrenzten Raum. Und danach ging angeblich rasch alles besser.

Die beiden letzten Briefe veranlassen mich, noch einmal im Archiv der Zeitung unterzutauchen, noch einmal jener Spur nachzugehen, die hauptsächlich das elementarste Bedürfnis des Menschen verfolgt, ohne das ein Weiterleben nicht möglich ist: die Nahrungssuche.

Jedoch, bereits ungeduldig geworden, lasse ich meine Notizen recht knapp ausfallen. Ich kann es kaum erwarten, den längst fälligen Aufwärtstrend mit der Meldung vom Oktober 1949 zu beschließen: Zucker, Schokolade, Marmelade markenfrei! 100 000 Kisten Apfelsinen aus Südafrika eingetroffen!

3. Januar 1948

Rasierklingen, 1 Schachtel Streichhölzer.

Fleisch und Fett konnte nicht überall ausgeliefert werden.

14. 1.

1 Gemüsekonserve an Zuckerkranke.

24. 1.

1500 g Brot.

31. 1.

200 g Brot, Raucherkarte.

7. 2.

Zündhölzer, Rasierklingen.

Anzeige: ATA extrafein, (leere Packungen stets zurückbringen).

14. 2.

5. Raucherkarte.

Statt 1 Stück Feinseife erhalten Sie 4 Einheiten Schwimmseife. Rasierseife noch nicht erhältlich.

6. 3.
Bezugsmarken für Schuhwaren und Schuhreparaturmaterialien, (alte Marken verfallen).

13. 3.
2 Eier.
Anzeige: Zirkus Fischer kommt! 100%iges Weltstadtprogramm!

20. 3.
200 g Weizenmehl.

1. 4.
Bestandserhebung aller Haushaltsgeräte aus Eisen, Metall. Möbel, Fahrräder mit Zubehör, Radio, Radioröhren, Nähmaschinen, Kinderwagen, Uhren... (Groß- und Einzelhandel).

24. 4.
2 Eier, 2 Gemüsekonserven für Kinder und Jugendliche bis zu 20 Jahren. 1 Obstkonserve für Kinder bis zu 6 Jahren.

1. 5.
40 Jahre Stadt am Strom.
Stadt der Zukunft.

8. 5.
100 g Magermilchpulver.
Auswanderer-Beratungsstelle eingerichtet, da ein verderbliches Spiel mit der Hoffnung heimatlos gewordener Menschen getrieben wird.

22. 5.
Trockenfrüchte 500 g, 1 Zitrone für Erwachsene, 2 Zitronen für Kinder und Jugendliche, 100 g Trockenmilch.

Die Ostfriesischen Inseln eröffnen die Saison 1948!
Übernachtungspreise: 3,00 RM bis 9,00 RM,
Suppe: 40 Rpf bis 75 Rpf.
28. 5.
150 g Fisch, 1 Ei, 750 g Trockenfrüchte.
Gesetz zur Beschaffung von Hausrat für Flüchtlinge und gleichgestellte Personen.
19. 6.
Die Ungleichheit verpflichtet zum Ausgleich!
26. 6.
2 Eier, 100 g Trockenmilch.
Aufruf zum Sammeln von Beeren und Pilzen.
1.—10. 7.
1000 g Brot, 500 g Rohrzucker.
10. 7.
Giftgasverladung (Warnung).
24. 7.
Trockenfrüchte, Seife.
Frankfurt am Main ist wieder Messe- und Ausstellungsstadt.
12. 8.
Währungsreform — Bargeldmangel.
Aufruf zum Torfstechen!
21. 8.
Die zweite Rate des Kopfgeldbetrages wird angekündigt: ab 18 Jahre 20 DM.
Verbot: Milchverkauf ab Hof.
Aufruf zur Unterstützung der Berliner Bevölkerung.
10 Ztr. Torf pro Haushalt für den kommenden Winter.

1. 9.
Markenfreie Abgabe rationierter Lebensmittel in Gaststätten führt zur zwangsweisen Schließung.
1.—10. 9.
100 g Brot!
11. 9.
Bekämpfung der Malaria im Kreis.
19. 9.
Niedersächsischer Gedenktag für die Opfer der nationalsozialistischen Gewaltherrschaft.
25. 9.
Für Erwachsene 1837 Kalorien pro Tag wünschenswert!
1. 10.
Reichsdeutschen ist das Verlassen Deutschlands noch immer verboten!
16. 10.
Was wird aus den Depots? 4000 Arbeitslose. Es geht um die Existenz der Stadt!
Beschränkung der deutschen Schiffahrt.
17. 11.
Warnung vor dem Verkauf ausländischer Waren!
1. 12.
Notopfer Berlin! (2 Pf. Steuermarken).
2 Ztr. feste Brennstoffe, Torfausgabe für Minderbemittelte, 1 Schuhpunkt.
31. 12.
Aufruf des Bürgermeisters:
Verschließen wir doch nicht die Augen vor der ungeheuren Not einer großen Volksmasse, die auch ein Recht zum Leben hat. Stellen wir doch alle persönlichen An-

sprüche zurück und lassen wir alle teilhaben an einem Leben, welches bei etwas gegenseitigem Verständnis, christlicher Duldsamkeit und Nächstenliebe noch lebenswert wäre. Gerade an der Jahreswende scheint mir ganz besonders der Zeitpunkt gekommen zu sein, wo wir unser Tun und Lassen ernstlich überprüfen und uns selbst zur Rechenschaft ziehen sollten. Eine solche ernstliche Selbstbesinnung könnte die Verhältnisse wesentlich beeinflussen zum Nutzen aller ...

Den Besatzungsmächten aber rufen wir in dieser Stunde zu: Macht endlich wahr, was Ihr uns in zahllosen Flugblättern während des Krieges versprochen habt. Gebt uns endlich unsere heute noch hinter Stacheldraht schmachtenden Kriegsgefangenen zurück! Gebt uns Frieden! Seid Euch auch der ungeheuren Verantwortung bewußt, die Ihr als Besatzungsmächte übernommen habt. Laßt auch Ihr Euch bei Euren Entscheidungen von Menschlichkeit und christlicher Nächstenliebe leiten! Spielt ganz besonders betreffs der Demontage nicht mit dem Leben und der Existenz ganzer Volksteile! Wir sind aber auch ehrlich genug, um für all das zu danken, was man uns an Unterstützung und Hilfe bereits gewährt hat.

Januar 1949
Stromeinschränkung weiterhin nötig. Wo die Straßenbeleuchtung fehlt, ist im Schaufenster eine Notlampe zwischen 15—25 Watt gestattet.

15. 1.
je 1 Zitrone.

22. 1.
Helft Berliner Kindern! Keine Ferntrauungen mehr!

2. 2.
Fischration auf 1000 g erhöht. Maiszuteilung.
13. 4.
Teesteuer: 15 DM pro Kilo.
25. 5.
Schwarzmarktpreise für Gewürze.
4. 6.
Erfassung nicht zurückgekehrter Kriegsgefangener durch das Deutsche Rote Kreuz.
13. 6.
Erwerbslose: Wir verlangen sofortige Inbetriebnahme des ersten Depots! Wir wollen arbeiten, nicht hungern! (lautet das Motto der Großkundgebung)
Funksprechverkehr mit Übersee.
25. 6.
Ministerium für Ernährung: Eiweißwürste mit Fisch und Sojamehl.
3. 8.
Der Kreis bekommt wieder eine Zeitung.
6. 8.
Mehr Kuchen, Brötchen, helles Mehl!
14. 8.
Wahl des ersten Deutschen Bundestages und Bundesrates.
17. 9.
Kampf gegen die Tuberkulose!
21. 9.
Umsiedlung in die französische Zone.

8. 10.
Haussammlung: Helft der Jugend!
Weitere Einschränkung des Stromverbrauchs.
15. 10.
Zucker, Schokolade, Marmelade markenfrei!
100 000 Kisten Apfelsinen aus Südafrika eingetroffen.
Futtermittel frei! Gute Kartoffelernte!
Krebs ist die häufigste Todesursache.
1. 11.
Die Kreiszeitung erscheint wieder! (nach dem alliierten Pressegesetz von der Pressefreiheit).

Zwischen den Briefen fand ich einen dreifach gefalteten Bogen, der auf einer Seite vollgezeichnet und mit Buntstiften bemalt worden ist. Auf der Rückseite erkennt man gelbliche Leimflecke, die nach und nach durchschlugen. Kanten und Faltstellen dieses Nachkriegspapiers sind mit den Jahren brüchig geworden. Aus der verblassenden Kinderhandschrift ist der Vermerk zu entziffern: Das ist ein Andenken an A. im Emsland, an meine zweite Erholungsreise. Gemalt am 3. Mai 1947.

Im Mittelpunkt des Bildes steht, in leuchtendem Rot gemalt, ein kleines geklinkertes Bauernhaus. Gelbe Gardinen hinter den Fensterscheiben vermitteln einen freundlichen, sonnigen Eindruck; jeweils zwei Blumentöpfe mit rotblühenden Geranien verstärken ihn wohltuend. Aus dem Oberfenster der Haustür leuchten weißgrundige, blaugetupfte Tüllgardinen, und dem Schornstein entquillt dicker Rauch. Die Giebelseite des Hauses ist perspektivisch nicht richtig gezeichnet. Doch der Rundbogen über dem mächtigen, grüngestrichenen Tennentor sowie die Stallfenster sind recht gut gelungen. Auch die kleine Klappe im rechten unteren Torflügel wurde nicht vergessen, damit der Hund, die Katze und das Hühnervolk jederzeit beliebig aus- und einschlüpfen können.

Die Bäume ringsum sind noch unbelaubt, trotzdem sitzt auf einem bereits ein brütender Vogel in seinem Nest. Das junge Bäumchen auf dem Hofplatz hat hingegen schon Blätter bekommen. Die Johannisbeer- und Stachelbeersträucher im Vorgarten schmückt ebenfalls frisches Grün.

Um besseren Einblick in den Garten zu gewähren, wurde er in kindlicher Unbekümmertheit einfach aus der Vogelschau gezeichnet und an die untere Kante des Hauses angehängt. An der schützenden Hauswand blühen bereits Blumen. Die Gemüsebeete sind in Reih und Glied bepflanzt; da und dort schaut der helle Sandboden noch zwischen der sprießenden Saat hervor. An den rosaroten Stengeln und großen, sich entrollenden Blättern erkennt man den Rhabarber.

Ein eingepferchtes Stück Wiese mit einem Pfuhl, in dem sich sonst die Schweine sielen, befindet sich neben dem Haus. Doch die Schweine wurden in den Stall verbannt. An zwei in den Boden gerammten Eisenpflöcken hängen lange Ketten. Bei schräg einfallendem Licht entdecke ich, daß an dieser Stelle radiert worden ist. Die dazugehörenden Tiere wurden in der Bretterbude untergebracht. Daß es sich um Ziegen handelt, zeigt ein hinter der um einen Spalt breit geöffneten Tür auftauchender bärtiger Kopf.

Auch auf dem Hof, gleich neben dem Hackeklotz, befindet sich eine sorgfältig übermalte Stelle. Hier hatte wohl der Schäferhund bereits seinen Platz gefunden; da er jedoch dem Kind ebenso wie die Ziegen, die Schweine und das Geflügel beim Zeichnen mißglückt war, mußte er mit Hilfe des Radiergummis weichen.

Zur Linken biegt eben ein Fuhrwerk von der Straße in den von zahllosen jungen Kiefern gesäumten Waldweg ein. Hinerich steht auf dem Wagen, der von einem hundeähnlichen Tier gezogen wird. Doch dieser Hund soll ein Pferd sein. Wer es noch nicht bemerkt haben sollte, sieht es spätestens jetzt: Dem Kind fällt es schwer, Tiere zu malen, und dieser Nachteil stört es selbst ganz erheblich.

Hinter dem Haus dehnen sich endlose Felder; bis über den leicht hügeligen Horizont hinaus grünt die Saat. Die Straße führt, sich verengend, in die linke Bildecke empor und deutet damit an, daß das von hohen Bäumen umstandene Dorf ein wenig abseits liegt. Die Kirche, die mit bunten Fenstern und mit einem Wetterhahn versehen ist, wie auch die benachbarten Höfe sind rotleuchtende Klinkerbauten.

Auf der rechten oberen Bildhälfte ist noch eine Grube zu erwähnen. Dort wird der feine, weiße Sand geholt, den man hierzulande über den Ziegelboden der Küche streut, um ihn nach dem Essenkochen zu reinigen. Wie auf beinahe allen Kinderzeichnungen leuchtet aus einer Bildecke heraus eine freundliche, aber etwas matte Sonne, die zeigt, wie zögernd der Frühling so hoch im Norden an

Kraft gewinnt. Auch dieses Kind hat den Himmel hell belassen und dafür die Wolken blau gemalt. Ja, es hat den Buntstift so kräftig aufgesetzt, daß die Jahresringe jener Holzplatte, die als Unterlage diente, in den Wolkenschiffen abgedrückt sichtbar geblieben sind.

Und nun sehe ich das Kind selbst wieder: Es sitzt am gescheuerten Küchentisch und malt gerade an dem Bild. Die alte Hausmutter hängt inzwischen den schwarzen Feuerkessel an seinen Haken zurück, setzt die blitzenden Herdringe an ihren Platz und poliert die Platte spiegelblank. Dann geht sie in ihren gedämpft klappernden Holzpantinen hin und her und streut sauberen Sand über den Küchenboden. Immer wieder bleibt sie bei ihrem Ferienkind stehen, schaut ihm über die Schulter und freut sich, wieviel Sorgfalt es auf das einfache, kleine Bauernhaus verwendet.

An die Blumen, an die Gardinen, an den gefegten Hof, an jedes Beet im Garten hat es gedacht und dabei keine Farbe und keine Form verwechselt. So gesehen sieht das Haus recht schön und garnicht nach armen Leuten aus. Der reiche Nachbar, der Bauer Westerkamp, wirkt hier, in die Ecke gerückt, auf einmal nicht mehr so groß, so reich und so protzig. Wirklich, die alte Mutter kann nicht oft genug ihre Arbeit unterbrechen, was sonst gegen ihre Gewohnheit ist, um ganz verliebt das schmucke Anwesen zu betrachten, das dieses fremde Kind hier aufs Papier gezaubert hat. Noch nie war ihr Haus so schön gemalt worden! Es war überhaupt noch nie gemalt worden. Nur auf ein paar kleinformatigen, unscharfen Schwarzweißfotos hatte es früher einmal jemand festgehalten.

Zum Schluß schreibt das Kind mit krakeligen Buchstaben die Bildüberschrift und malt jeden einzelnen in einer anderen Farbe an, daß es aussieht wie eine Sammlung aneinandergereihter Ostereier, die zwischen den Wolken hängt. Die alte Mutter holt eigens ihre Brille aus dem Küchenschrank, putzt die Gläser umständlich mit dem Schürzenzipfel blank, setzt sie im Nähertreten auf und liest: Das ist Wilkens Wirtschaft!

Ihr Lächeln erlischt, ihre Stirne umwölkt sich, und mit enttäuschtem Ton sagt sie:

»Wir sind zwar nur kleine Leute, aber eine Wirtschaft haben wir nun wirklich nicht. Nein, das kannst du so nicht nachhause schicken. Was soll denn deine Mutter von uns denken?«

»Mir gefällt es ja gerade, weil hier alles so klein ist«, antwortet das Kind, »deshalb habt Ihr aber trotzdem eine Wirtschaft.«

»O Gott, dieses Kind!« stöhnt die alte Frau. Und dann verteidigt sie sich:

»Wenn wir auch arm sind, auf Sauberkeit habe ich immer geachtet!«

»Das habe ich ja auch genauso gemalt«, entgegnet das Kind. »Sehen Sie, Mutter Wilkens, der Hof ist gefegt, die Beete sind schön gerade angelegt und ohne Unkraut. Nirgends liegt etwas herum. Aber warum gefällt Ihnen denn das Bild auf einmal nicht mehr?«

»Das Bild gefällt mir schon«, meint die alte Frau, »aber über das häßliche Wort ›Wirtschaft‹ ärgere ich mich. Und ich meine, es ist nicht berechtigt. Womit habe ich das verdient?«

Plötzlich begreift das Kind, und es beginnt zu lachen. Wirtschaft war in Schlesien eine gebräuchliche Abkürzung für Landwirtschaft, hier aber wird es nur angewendet, wenn etwas ungepflegt und verwahrlost aussieht.

Eine gemeinsame Sprache! Und dennoch Fremde! Dieselben Wörter! Doch sie ändern ihre Bedeutung anscheinend mit der Landschaft, in der sie gesprochen werden. Etwas Heimtückisches, die Menschen Verwirrendes und Entzweiendes lag darin verborgen, und das Kind wird ernst. Wie oft waren dadurch Mißverständnisse und trennende Verstimmungen aufgetreten; auch ohne diese Worte war das Sprechen miteinander schwer genug.

Inzwischen hat die alte Mutter verstanden, und ihre Miene hellt sich wieder auf. Nun ist sie nicht mehr beleidigt, jedoch besteht sie darauf, daß das Kind noch einmal den Radiergummi nimmt, damit dem ungewohnten Wort den Garaus macht und es durch das einfache ›Haus‹ ersetzt. Über den freien Platz, den die zweite ausradierte Silbe hinterlassen hat, läßt das Kind mit raschen Strichen eine Wolke ziehen.

In einem jedoch mag es sich nicht zu einer Änderung bewegen lassen. Nachdem es den Begleitbrief geschrieben und ihn, wie gewohnt, zur Fahndung nach irgendwelchen Fehlern für Erwachsenenaugen freigegeben hat, meint die Frau:

»Daß du abends immer Heimweh bekommst, solltest du lieber nicht schreiben!«

»Ich muß und ich will aber immer die Wahrheit sagen«, entgegnet das Kind unnachgiebig, »ob ich nun spreche oder schreibe.«

Ich sehe, wie sich jetzt die Kammertür öffnet. Eine helle Wand mit langen Ketten ausgeblasener Vogeleier wird sichtbar. Peter, ein zwölfjähriger Flüchtlingsjunge, der im Krieg beide Eltern verloren und hier eine Heimstatt gefunden hat, schwenkt zwei Flaschen in den Händen.

»Komm, wir gehen in den Wald!« ruft er.

Ich entdecke die Kinder später zwischen lichten Birkenstämmen; Peter tauscht geschickt die vollen Flaschen gegen die leeren aus und reicht sie zum Halten hinüber.

»Trink' mal! Birkenwasser schmeckt süß«, sagt er, und damit ist er bereits flink wie ein Eichhörnchen an einem Stamm emporgeklettert. Beinahe ebenso schnell steht er wieder neben dem Kind.

»Das ist für meine Sammlung«, erklärt er, öffnet ein wenig seine schmutzige Jungenhand, die sehr behutsam ein braungesprenkeltes Vogelei umschließt. »Ich nehme immer nur eines und passe auf, daß ich dabei kein anderes berühre, denn der fremde Geruch meiner Hand würde die Vogelmutter ängstigen und vertreiben.«

Von der Erschütterung, die sich vom dünnen Stamm ausgehend über Äste und Zweige bis zu den jungen Blättern fortgesetzt hat, wird ein verfrühter Maikäfer vom Baum geschüttelt. Er ist der erste des Jahres; die Kinder bücken sich zur gleichen Zeit nach ihm. Mit ihrem warmen Atem wecken sie ihn aus der Starre und sehen gespannt zu, wie er Fühler und Beine zu regen und auf dem Arm des Kindes zu krabbeln beginnt. Endlich scheint ihm die Welt zu gefallen. Er pumpt und pumpt und schwirrt schließlich in schwerfälligem Fluge davon. Sie schauen ihm nach, und das Kind singt dazu: »Maikäfer flieg! Der Vater ist im Krieg. Die Mutter ist im Pommerland. Pommerland ist abgebrannt! Maikäfer flieg!«

»Ja, genauso ist es gewesen!« ruft Peter mit ungewohnter Heftigkeit, »ich bin aus Pommern. Der Vater ist im Krieg gefallen, und meine Mutter ist den Russen in die Hände gefallen und dann war sie tot!«

Er ballt seine Fäuste und zerbricht dabei das Vogelei. Es läuft aus, tropft auf den moosigen Waldboden. Die Schalen fallen daneben, zerbrochen. Peter stürmt durch den Wald davon. Das Kind ruft ihm nach, aber er hört es nicht. Langsam bückt es sich nach den Flaschen mit Birkenwasser. Die Melodie des Maikäferliedes klingt noch nach, doch es weiß nun, daß sie zu etwas gehört, das gar kein Kinderlied ist.

Die einfache Zeichnung scheint sich über den Rand des Papiers hinweg auszuweiten. Der Wald steht dichter, die hellen Sandwege werden verschlungener, das Dorf wächst zu einer Ansammlung stattlicher Höfe und einfacher Katen an, die zwischen den vielen Bäumen beinahe untertaucht. Dahinter dehnt sich die Heide. In einer Waldlichtung liegen mächtige Hünensteine, jene Zeugen aus Urweltzeiten, die in den Köpfen der Bauern seit altersher in seltsamen Geschichten und Sagen umherspuken.

Ich sehe die Kinder barfüßig zur Schule trotten, die Ranzen lässig über die Schultern gehängt. Die großen, über die volle Breite des Bauernlaibs geschnittenen Brotscheiben müssen mit beiden Händen gehalten werden. Über eine dicke Rutschbahn aus Butter fließt der Honig über die braune Kruste, über die klebrigen Finger hinweg goldgelb in den sonnendurchwärmten Sand.

Aus den geöffneten Klassenfenstern höre ich später das Singen der Kinder, sehe ich das taktierende Auf und Ab der fleischigen Arme ihrer Lehrerin, beobachte auch, wie beim elften Schlag der Kirchturmuhr die Klassentür aufgerissen wird. Breitbeinig steht der Briefträger unter dem Rahmen. Seine Dienstmütze in den Nacken zurückgeschoben, schwenkt er eine Handvoll Briefe und Postkarten. Augenblicklich verstummt der Gesang. In schwer verständlichem Plattdeutsch schnarrt er die Namen der Postempfänger herunter, Namen von Leuten, die hinter braunen Heiden versteckt auf ihren Einödshöfen leben. Er wirft den Kindern geschickt die Sendungen zu, tippt mit zwei Fingern kurz gegen die Mütze und verschwindet, ohne ein weiteres Wort zu verlieren.

Am frühen Abend finde ich die Kinder am blankgescheuerten Küchentisch sitzend wieder. Die erwachsenen Töchter haben sich ebenfalls eingefunden: die blonde, rundliche Maria hebt eben ihr Milchglas und trinkt dem Kind aufmunternd zu. Von der schmalen, spitznasigen Anna erhält sie dafür einen verweisenden Blick, denn das sich endlos hinziehende Tischgebet hat sie bisher noch nicht beendet. Neben Peter ist Hinerichs Platz.

Um die gesunde Heimkehr ihres Sohnes zu erwirken, hatte die Mutter den Himmel bestürmt, hatte Gott darüber hinaus auch das Angebot gemacht, daß sie als Gegengabe ein elternloses Kind aufnehmen wolle. Hinerich kam wieder, einarmig zwar, aber sonst doch wohlbehalten. Und die Mutter, die wegen des verlorenen Armes mit Gott nicht engherzig rechnete und knauserte, erfüllte sogleich und ohne Abzug ihr Gelübde, obgleich, weiß der Himmel wie dringend, auf einem Bauernhof jedermann mehr als zwei Arme gebrauchen konnte. Darüber hinaus nahm sie sogar hin und wieder ein armes Ferienkind auf, um es herauszufüttern, und sie stand darin dem reichen Bauern Westerkamp in der Nachbarschaft keineswegs nach.

Die Pfanne mit den fetttriefenden Bratkartoffeln und den köstlich gebratenen Speckwürfeln prangt mitten auf dem Tisch. Jedes Essen ist ein fröhliches, gemeinsames Angelspiel. Das Kind blickt zunächst etwas erstaunt in die Runde, bevor es seine Gabel gleichfalls mitten in den Kartoffelberg stößt.

Nach dem Abendläuten hat es die Hausmutter eilig. Anna betet dann laut vor. Doch während die Mutter die Hände faltet, Maria es gottergeben seufzend auch tut, Hinerich seine Hand still auf die Brust legt, blickt sie kurz zu Peter hinüber. Auf dieses Signal hin springt er auf, von Annas strafenden Blicken verfolgt. Er packt das Kind leicht an beiden Zöpfen und rennt mit ihm zu den angepflockten Ziegen hinaus.

Allabendlich spielt sich nun die gleiche Szene ab: Während Westerkamps Hofglocke die Familie, ihr Ferienkind, die Knechte und das Hausgesinde des Großbauern um den üppig gedeckten Tisch versammelt, macht Peter die Ziegen los, gibt dem Kind auch einen Strick in die Hand, und dann geht es ab in Westerkamps frische Saat. Das Kind hat Mühe, die genäschige Ziege zu halten, so sehr ist diese darauf erpicht, mit hängender Zunge und rollenden Augen an das gewohnte Festmahl zu gelangen.

»Ich weiß nicht recht«, hat das Kind einmal die Hausmutter gefragt, »sind das nicht Westerkamps Felder? Und schadet das nicht, wenn wir mit den Ziegen darübertrampeln und die Tiere täglich so viel davon fressen lassen?«

»Nun paß einmal auf, Kind!« antwortet die alte Frau, »wer läßt das Getreide wachsen, der Bauer Westerkamp oder der liebe Gott? — Na also! Und vor Gott sind wir alle gleich, nicht wahr? Er gibt es uns bestimmt genau so gern wie dem Bauern Westerkamp, meinst du nicht auch? Und was unsere Ziegen wegfressen, das läßt er den Reichen doppelt und dreifach wieder nachwachsen.«

Was die alte Mutter so spricht, klingt recht einleuchtend, und das Kind widersetzt sich auch nicht, aber als es später im Bett liegt und die Augen schließt, erwachen erneut Zweifel und Bedenken.

Und das Heimweh erwacht auch. Oft weckt es das Kind nochmals auf, wenn die anderen bereits fest schlafen. Manchmal stößt das Kind gegen den spitzen Ellbogen, der zu Anna gehört. Viel lieber läge es neben der warmen, rundlichen Maria, doch die schläft gegenüber mit ihrer Mutter zusammen. In der Nebenkammer liegt Hinerich mit Peter in einem Bett. Im ganzen Haus sind die Türen nur angelehnt, und das Kind kann nun alle Geräusche unterscheiden, die leisen Laute, welche Menschen und Tiere im Schlaf von sich geben. Das Kind ist nicht unglücklich; trotzdem hat es Heimweh, und manchmal weint es still vor sich hin.

Dann erhebt sich draußen auf der Tenne der Schäferhund aus seinem hellhörigen Schlaf, tappt auf leisen Pfoten in die Kammer, steht vor dem Bett, legt die Schnauze auf das Kopfkissen, schnaubt dem Kind sanft ins Ohr, leckt ihm wieder und wieder über Gesicht und Hände, bis es sich die Tränen aus den Augen wischt und im Bett aufrichtet.

Und es blickt in das treue Hundegesicht, sieht in den schönen, ruhigen Augen sich Mond und Sterne widerspiegeln, sieht die samtige Nacht wie einen Mantel darübersinken und fällt geborgen und getröstet in erholholsamen Schlaf.

Habe ich mich zu weit von jenem Ort entfernt, den es aufzuspüren gilt? Habe ich einer einfachen Kinderzeichnung wegen mein Ziel aus den Augen verloren? Bin ich zu lange abseits der sich rechtwinkelig kreuzenden Straßengeraden auf der Suche gewesen nach einem anderen Ort, der hinter Kiefern- und Birkenwäldern, zwischen braunen Heideflächen mit Ginster- und Wacholderbüschen verborgen lag?

Einem Ort, vor dessen sandigen Wegen der Krieg mit seinen Militärkolonnen anscheinend kapitulierte, und in dessen abgeschiedene Stille dennoch Rufe drangen, Rufe, die vernommen wurden und ihr Echo fanden? Ein Ort, der seit jeher abseits der Errungenschaften der Zeit lag, gleichsam neben ihnen herlebte, der weder an ihren tödlichen noch an ihren segensreichen Seiten Anteil hatte. Soll man ihn deshalb wirklichkeitsfremd nennen?

Er hatte sein Reaktionsvermögen bewahrt, war aus dem Scheinschlaf erwacht, als sich die Sinne ringsum als abgestumpft erwiesen und vor der unabsehbaren Flut der Not Türen und Fenster verschlossen. Immer wieder rief er aus Notstandsgebieten Menschen zu sich, vor allem Kinder, die dort für vier Wochen oder gar für immer probeleben durften. Die sich dort erinnerten, wie es war, an einem Tisch mit vollen Schüsseln zu sitzen oder sich mit kleckernden Honigschnitten auf offener Straße zeigen zu können. Wie es war, mit ungedämpften Schritten und fröhlichen Stimmen durch die Häuser, über die Dorfstraßen und durch die Wälder stürmen zu dürfen.

Hinter den Hünengräbern des Ortes A. im Emsland lag die gute, alte Zeit ebensowenig begraben wie sie hinter den Hünensteinen des Ortes D. im Südoldenburgischen begraben lag.

Auch dort hätte die Kinderzeichnung entstanden sein können. Vielleicht wären die Dächer dann breiter und behäbiger, der Kirchturm höher, die Baumstämme knorriger, ihr Geäst ausladender, die Ernten üppiger ausgefallen. Vielleicht wären in den Geschichten, die dieses Bild zu erzählen gehabt hätte, die handelnden Personen wohlhabender, stolzer und selbstbewußter gewesen, was deren Hilfsbereitschaft nur um so erstaunlicher hervorgehoben hätte. Im Grunde jedoch ähnelten die Orte einander sehr.

Es hat noch mehr Zeichnungen gegeben, die auf die Sielstraße geschickt worden sind, doch sie sind im Laufe der Jahre verlorengegangen; die Bilder aber, die sie hinterließen, sind nicht vergessen worden.

Mit Hilfe des Ortes A. und des Ortes D. beginne ich, jenen Ort immer enger einzukreisen, dem ich andauernd auf die Spur gerate. Noch immer bin ich auf seinen Straßen unterwegs, kreuze die Wege von gestern. Die Januarstürme haben sie freigelegt, die Regengüsse sie unwirtlich gemacht. Es begegnet mir kaum jemand, der nicht die Szenen von damals hätte bevölkern können.

Auch das Kind sehe ich wieder bei seinen vielen vergeblichen Versuchen, über den Deich hinweg den Strom zu erreichen. Hafenanlagen und Fabrikgelände halten große Uferstrecken besetzt. Heute mehr als damals.

Früher gingen wir gern zur Werftstraße hinaus. Von dort aus konnte man über den Deich und über feuchte Weiden hinweg zum Wasser gelangen. Es war keineswegs das schönste Uferstück. Zu beiden Seiten von Industrieanlagen beschnitten, bekam man, bei Ebbe durch den Schlick watend, damals schon ölverschmierte Füße. Doch wir Kinder störten uns nicht daran.

Hinter dem Deich lagen die Baracken. Während des Krieges hatten sie den Zwangsdienstverpflichteten, die in den nahen Fabriken in der Rüstungsindustrie arbeiten mußten, als Unterkünfte gedient. Jetzt lebten hier, eng zusammengedrängt, viele Flüchtlingsfamilien. Zwar waren die Wände nicht mehr wetterbeständig und dafür sehr hellhörig, doch sie waren so etwas ähnliches wie eigene vier Wände. Alle Bewohner hatten ein schweres Schicksal erfahren, sie alle schlugen sich mit den gleichen Problemen herum. Das schmiedete zusammen, und man ertrug das Provisorische des Wohnens leichter als diejenigen, die in festen Häusern lebten und unter den Schikanen ihrer Wirte zu leiden hatten. Zu den üblichen Abwertungen kam zwar der üble Leumund, Barackenbewohner zu sein, noch hinzu, doch fiel das kaum mehr ins Gewicht.

Sonntags wanderten wir manchmal zu unseren Freunden in die Siedlung hinaus. Hin und wieder kamen wir gerade dazu, wie sie singend und erzählend beisammensaßen. Keiner war damals im Besitz eines Radios, deshalb wurde jede Unterhaltung selbst bestritten. Wir wurden gern in ihren Kreis aufgenommen und erlebten anheimelnde Stunden.

Ermüdet vom Spiel am Deich, abgekühlt vom Schwimmen im Strom, gesellten wir Kinder uns zu den Erwachsenen, hörten ihre Geschichten, erlernten ihre Lieder und fühlten, während wir beisammen waren, einen Hauch von Zuhausesein.

Das Kind, das an einer geschützten Stelle des Deiches saß, brauchte nur den Kopf ein wenig zu wenden, so hatte es den breiten Strom vor Augen. Wellen drängten meerwärts vorüber, sonnenblitzend. Die rote Schwimmboje zeigte schrägliegend an, daß die Zeit des ablaufenden Wassers begonnen hatte. Die Ebbe trug Lastkähne und Schiffe zur Mündung und weiter hinaus bis ins offene Meer, übergab sodann ihr Regiment der Flut, die von fernher die Ozeanriesen sammelte und zu den geschützten Häfen brachte.

Die Gezeiten, ein unergründliches Geheimnis der Natur, waren Teil der gewaltigen Schöpfung selbst.

Das Kind hatte einen Text für die Schule auswendig zu lernen: Die Entstehung von Ebbe und Flut! Zum wiederholten Male murmelte es die Worte vor sich hin und griff nur noch selten nach dem Blatt, auf dem die Sage geschrieben stand. Schließlich richtete es sich auf, rief laut und deutlich seinen Text den Schafen zu, die unten an der Deichsohle weideten und nur ab und zu leise bähend und verwundert ihre Köpfe nach ihm drehten.

»Einst wohnten die Götter, von den Friesen Asen genannt, im Götterhimmel Asgard. Eine bunte Brücke, der Regenbogen, führte hinunter nach Midgard, dem Lande der Menschen.

Einmal ward in Midgard eine furchtbare Giftschlange geboren; diese wuchs und wuchs und wurde immer länger und fürchterlicher.

Die Götter hatten Angst, die Schlange könnte ihnen Unheil bringen. Deshalb befahl Wodan, die Schlange zu ergreifen und sie ins äußerste Meer zu werfen, damit sie darin umkomme. Aber die Schlange ertrank nicht; sie wuchs vielmehr weiter und wurde so groß, daß sie wie ein Gürtel die ganze Erde umfaßte.

Zweimal täglich schnürte sie die Erde zusammen, dann trat das Wasser über die Ufer. Wenn sie nachließ, so dehnte sich die Erde wieder aus, und dann sank das Wasser zurück.

So dachten sich die Friesen die Entstehung von Ebbe und Flut.«

Das Kind, an der Deichschräge im Sonnenschein liegend, glaubte zu spüren, wie die Erde unter seinem Rücken sich leise dehnte. Ein wundervolles und zugleich beängstigendes Grauen begann von ihm Besitz zu ergreifen. Es blickte aus dem Strandhafer zum Himmel hinauf und vermochte die Weite des Horizonts nicht zu fassen. Der Wind spielte ihm dicht am Ohr seine Grasmusik vor, die Halme auf- und abwellend.

Oben im Blau griff er kraftvoller zu, schob die Wolken ineinander, türmte sie hoch auf, teilte sie wieder und ließ sie zergehen, um sie an einer anderen Stelle neu zusammenzuballen. Doch nur flüchtig blieben diese Gebilde bestehen. Wie durch Zauber berührt, formten sich phantasievolle Tiere, Götter- und Menschengestalten, fremdartige Pflanzen und Inselreiche mit Strahlensäumen daraus.

Ein Meer war das All, durch das die weißen Wolkenschiffe jagten, deren Fracht und Segel ewig veränderlich blieben. Heimgekehrt in das fremde Land, auf diese fremde Erde mit den fremden Göttern neben sich.

Das Kind, zwischen die sich dehnende Erde und die wechselnden Bilder des Himmels gespannt, reckte die Arme weit nach oben. Und obgleich es dabei nur in die Luft griff, während die Erde unter ihm deutlich faßbar blieb, fühlte es sich doch beiden gleichermaßen verbunden.

Es gab auch im Spätherbst noch milde Tage am Deich, wenn die Sonnenwärme des Sommers aus dem Wasser stieg, das blasse Blau des Himmels mit leisem Dunst verhängte und das Jahr in der Schwebe hielt.

Das Kind stand hier oft, der Stadt den Rücken zugekehrt, und blickte den Wellen der steigenden Flut nach.

Suchte, landeinwärts gerichtet dem Strom folgend, die endlose Weite ab. Prüfte die beinahe leere Zeile des jenseitigen Ufers, die zwischen Himmel und Wasser lag, sie messerscharf trennte, und fand genügend Raum, um seine Orte dort anzusiedeln.

Orte, die es gesehen hatte! In denen Menschen wohnten, die es liebte und denen es zuwinken wollte. Irgendwo dort drüben mußten sich diese Orte verankern lassen.

Das Lastauto hatte das Kind, seine Mutter, den alten Pappkoffer und ein paar Leute aus der Stadt gegen ein geringes Entgelt als Zuladung mitgenommen. So waren sie nach Westfalen zu Tante Hubertina gelangt.

Tante Hubertina! Das Kind breitete die Arme aus, faßte aber nichts als den Wind, der von Osten herüberwehte. Doch es ließ sie noch einmal über den weitläufigen Hof gehen und folgte ihr mit sehnsüchtigen Blicken. Hochaufgerichtet schritt sie dahin; immer blieb sie von den anderen deutlich zu unterscheiden, und wenn sich hundert Schwestern ihr beigesellt hätten. Die Mutter, die neben dem Kind am Fenster stand, bemerkte es ebenfalls und sagte: »Sie geht wie keine andere, und sie ist wie keine andere. Sie hat besondere Kräfte.«

Alle, die sich dort auf dem weiten Platz oder im anschließenden Park aufhielten, blickten ihr nach, riefen ihr etwas zu. Und sie näherte sich jeder Bank, jedem Rollstuhl, auch jenen, die das offene Sonnenlicht noch scheuten und hinter den hellgrünen Vorhängen der Trauerweiden zurückgezogen warteten.

Ein Schloß, ein Haus, ein Park, ein Garten, eine Gymnastikhalle, ein Schwimmbecken voller Kriegsversehrter. Versehrte —, das klang abgemildert und hatte nicht die Schärfe des Wortes Krüppel.

Da waren sie, die immer wechselnden Heere von Krüppeln. Sie saßen in der Sonne mit den Resten, die ihnen der Krieg gelassen hatte und übten mit ihnen, sich in ihr neues Leben einzubalancieren. Versuchten, ihr Gleichgewicht wiederzufinden, nicht aus dem Rollstuhl zu kippen, mit den Fußzehen oder mit dem Munde zu greifen oder zu schreiben. Versuchten mit den Ersatzteilen, die in den Orthopädischen Werkstätten nebenan für sie angefertigt wurden, mit der kalten Metallhand, mit dem künstlichen Bein, die mit schützenden Einlagen und Lederteilen versehen waren, fertig zu werden. Ohne Fleisch von ihrem Fleisch, ohne Blut von ihrem Blut wurde das fremde Ding vorsichtig ihren Stümpfen angepaßt, auf ihre vernarbten Wunden gesetzt, in denen die Nervenenden mit Schmerzen rebellierend ihre verlorenen Gliedmaßen rücksichtslos einklagten. Die Schmerzen würden immer wiederkehren, Jahr um Jahr ihr Eigentum heftiger zurückfordern, auch dann, wenn äußerlich nur noch ein leichtes Hinken die Behinderung ahnen ließ.

Das Kind ließ jetzt Tante Hubertina mit den Schwestern und mit dem hohen Besuch hinter die Sonnenuhr treten, genau an die Stelle, an der das Foto damals entstanden war. Ein Schattenzeiger maß die Zeit.

Die Zeit, vor der nichts Bestand hatte, auch Mutters schöne, alte Seidenbluse nicht. Dieses einzige teure, gerettete Stück! Zu diesem besonderen Anlaß hatte Mutter sie angezogen, weil alle die Klosterjahre in schwarzer Kutte Tante Hubertinas Schönheitssinn nicht zu begraben vermocht hatten.

Und ausgerechnet jetzt war die Zeit der Seide abgelaufen. Ohne ersichtlichen Grund begann sie zu reißen und rettungslos zu zerfasern. Das Kind bemerkte Mutters niedergeschlagene Augen, die leichte Röte ihres Gesichtes, als sie vor den Besuch treten mußte, um ihm vorgestellt zu werden. Es wollte weinen, um ihre Scham auszulöschen, schob aber nur seine kleine Hand in die ihre und schluckte die Tränen hinunter.

Von dem Besuch befragt, hob es den Kopf, blickte ihm gerade und fest in die Augen, gab ihm eine vorlaute, freche Antwort und rächte sich so für Mutters erlittene Scham. Auf Tante Hubertinas Gesicht, das anschließend fragend erforscht wurde, erschien kein Zeichen des Unwillens. Ihre Augen lächelten gleichbleibend liebevoll.

Ein paar Tage später die nächtliche Rückreise im Führerhaus eines anderen Lastwagens: Der Pappkoffer war jetzt prall gefüllt. Weil Tante Hubertina als Ordensfrau nichts besitzen durfte, hatte sie immer viel zu verschenken.

Der Lastwagenfahrer sprach und erklärte ausdauernd, denn das hielt ihn wach. Er nahm gern Leute mit und auch das, was Tante Hubertina ihm persönlich zugesteckt hatte. Er wies auf den Teutoburger Wald, der sich vor dem untergehenden Mond schwarz vor ihnen aufzurichten schien. Er zeigte auf den dunklen Schatten, das Hermannsdenkmal, auf dem der Cheruskerfürst noch immer siegreich stand, mochte auch Krieg um Krieg die Welt in Brand setzen und mochten noch immer die ungezählten Toten zu Füßen der steinernen Helden liegen.

Zwischen drei und vier Uhr früh, die Dämmerung hatte noch nicht begonnen, setzte sie der Lastwagenfahrer in einer fremden Kleinstadt ab. Übermüdet von der kalten, schlaflosen Nacht, durchgefroren von der scharfen Luft des kommenden Morgens, warteten sie nicht auf den Sonnenaufgang, sondern winkten, als die ersten Scheinwerfer aus dem Dunkel aufleuchteten. Der Wagen bremste. Ein Mann stieg aus, half der Frau und dem zögernden Kind, ergriff den Koffer, hievte ihn mit ausholendem Schwung neben den Sarg und fuhr weiter. Das Kind, dicht an die Mutter gedrängt, verbarg das Gesicht an ihrer Schulter.

»Die Toten, mein Kind, haben wir am wenigsten zu fürchten auf dieser Welt«, sagte sie.

Der Leichenwagen transportierte sie nordwärts. In den Morgenstunden erreichten sie einen Hafen, fanden dort ein Schiff und fuhren mit ihm zurück.

Noch war am jenseitigen Ufer genügend Raum, um weitere Orte dort anzusiedeln, fremdartige, aber schöne Kulissen mit Bergen und Wäldern dahinter aufzubauen, in die letzte Reihe die vom Neuschnee leuchtende Alpenkette zu türmen, einen tiefblauen Himmel darüberzuwölben, aus dessen herbstlicher Klarheit jeder Dunst, jede Trübung weggefiltert worden war.

Mit zusammengekniffenen Augen konnte das Kind die Wiesen erkennen, die Allgäuhöfe, das Dorf, dessen bunt bemalte Häuser sich um seine barocke Kirche scharten wie um die himmlische Herrlichkeit selbst. Durch die Windstille drang das Geläut der braunen Herden, das Gesumm der Bienen und Hummeln, die aus der letzten Blüte des Jahres ihren Wintervorrat einholten. Unterhalb des Dorfes schlängelte sich ein ungestümer, kleiner Fluß durch die Wiesen. Wie die Biele sprang er mit blitzenden Wellen von Stein zu Stein, bis ihn unmittelbar vor der Stadt ein Wehr zur Mäßigung zwang.

Dem Kind gelang es, auch diesen Ort etwas seitab auf die leere Uferzeile zu setzen, ihn inmitten seiner Hügel einzubetten und seine Türme und alten Tore weithin sichtbar zu errichten. Und es glückte ihm, den Zugang zu finden. Durch einen der Tortürme trat es ein, lief durch die verwunschenen Straßen, hüpfte über das Katzenkopfpflaster an plätschernden Brunnen vorbei, stand lange am mit reichlichem Zierart geschmückten Rathaus, stand länger noch in den Bilderbuchstraßen und las die bunten Häuserzeilen mit ihren Erkern und windschiefen Giebeln. Las ebenfalls die verschiedenen Straßennamen, fand verwundert eine Paradiesstraße darunter und wollte sie unbedingt betreten. Dort hielt es vor einem seltsamen Wandgemälde an und betrachtete es eingehend:

Ein Segelschiff schaukelte auf den weißen Schaumkronen der aufgebracht kochenden See. Gerade wurde Jonas kopfüber ins Meer geworfen. Nur mit einem einfachen Gewand bekleidet und barfüßig stürzte er dem herbeischwimmenden Wal in den bereits für ihn geöffneten Rachen. In der Fortsetzung zeigte die Bildergeschichte, wie der Wal den Jonas an einem unwirtlichen Strand wieder ausspie. Unbeschadet, wie man sah, konnte er das Land erreichen. War der Gefahr entronnen und hatte zudem rote Stiefel an. Hatte im dunklen Bauche des Ungeheuers nicht nur um seine Rettung gebetet, sondern sich auch selbst bedient, sich allerdings nur von dem, was ihm am nötigsten fehlte, genommen und in der Dunkelheit ausgerechnet nach dem hübschesten Stiefelpaar gegriffen, das man sich nur vorstellen konnte. — Rote Stiefel, die es im Herbst 1947 selbst in dieser vom Krieg unberührten Stadt nirgends zu kaufen gab!

Nun, da das Kind alles wieder lebendig vor Augen hatte, begann es die Stadt und das Dorf zu bevölkern, ließ auch über die Straße, die den Fluß begleitete, vereinzelte Fuhrwerke fahren und Menschen wandern: Gerade sieht es seine Mutter, Onkel Franz und sich selbst die Stadt verlassen. Die Obstbäume zu beiden Seiten der Landstraße sind dicht besetzt von reifen Früchten. Lange Stangen stützen die Äste, helfen ihnen den überquellenden Segen tragen. Hin und wieder löst sich ein rotbackiger Apfel, und man vernimmt seinen leisen Aufschlag im Gras. So still ist es ringsum.

Und einer fällt auf den schmalen Grasstreifen des Straßenrandes, rollt von dort weiter, rollt über den Asphalt und stößt gegen eine Schuhspitze des Kindes. Entzückt sieht es den Apfel auf sich zukommen, starrt jetzt gebannt auf ihn nieder, als er gerade zu seinen Füßen anhält. Onkel Franz ermuntert das Kind, den Apfel doch endlich aufzuheben. Tatsächlich, hier darf man es wagen, sich nach dem Fallobst, das auf die Straße rollt, zu bükken und es aufzuessen.

Das kleine, hellgrüne Schindelhaus, das Onkel Franz mieten konnte, steht samt seinem Gemüsegarten mitten in einer Wiese. Tante Frieda hat bereits das Gartenpförtchen geöffnet und kommt ihnen mit ausgebreiteten Armen entgegen. Sie lacht ihnen zu, doch ihre Augen stehen voller Tränen. Mutter weint ebenfalls, Onkel Franz wischt sich verstohlen über die Augen. Vor Wiedersehensfreude, vor Glück, daß sie leben und aus Trauer über das, was inzwischen geschehen ist, wie sie dem erschrockenen Kinde erklären.

Vier wundervolle Wochen beginnen. Zwar wird das Kind am nächsten Morgen zur Schule begleitet, doch nach einem kurzen, prüfenden Blick durch seine dicken Brillengläser meint der Lehrer gutmütig, bei dieser Magerkeit würden ihm Schlafen, Essen und Spielen im Freien bekömmlicher sein, als die Schulbank zu drücken. Beim ersten Male haben sie ihn nicht ganz verstanden, und er wiederholt jetzt seine Worte in nahezu einwandfreiem Hochdeutsch.

»Außerdem«, fügt er hinzu, »würdest du uns sowieso nicht verstehen, es dauert schon ein paar Wochen, um unsere Mundart zu erlernen!«

Damit ist das Kind freigesprochen und freut sich der zusätzlichen Ferien. Die Tage im Herbst sind hier warm wie im Sommer. Morgens begleitet es Onkel Franz beim Gang durch die taunassen Wiesen. Er kommt hier immer kurz vor dem Altbauern her, um die in Kreisen angesiedelten Champignons zu schneiden. Der Bauer ist froh, daß er sich nicht mehr selbst danach bücken muß, denn Pilzen gegenüber hegt er, wie beinahe alle Leute hier, ein tiefes Mißtrauen. Ehe seine Kühe auf die Weiden getrieben werden, pflegt er zur Vorsicht alle Pilze auszureißen und über den Zaun zu werfen.

Die Pilzgerichte, die Tante Frieda nach Art ihrer ostpreußischen Heimat zubereitet, schmecken köstlich. Überhaupt sind die Töpfe hier gut gefüllt. Die Bauern des Dorfes wechseln sich im Notschlachten ab; es wird immer ein fadenscheiniger Grund dafür gefunden bis zum Apfel, der im Hals einer Kuh steckenbleibt, so daß selbst an Fleisch selten Mangel herrscht. Auch die wenigen Zugezogenen des Ortes werden nicht ausgeschlossen und kommen meistens ebenfalls zu ihrem Teil.

Manchmal geht das Kind mit auf die Höfe, und man versucht, sich mit ihm zu verständigen. Verwundert hört es seine Aussprache loben. Obwohl es doch so weit her und zudem noch ein Flüchtling sei, spreche es schon so gut deutsch.

Doch hin und wieder erschrickt es darüber, was ihm die Leute mit freundlicher Miene, aber im Brustton der Überzeugung sagen:

»Ihr seid aus der Heimat vertrieben worden, habt alles verloren? Gott wird euch gestraft haben! Uns jedenfalls konnte das nicht passieren; wir haben immer viel zuviel gebetet!«

Das Kind bleibt stumm, weiß keine Antwort. Es fühlt sich auf einmal unbehaglich und fremd. Es möchte fort. Weit weg von der Vollkommenheit dieser Leute, die nicht einmal der liebe Gott zu prüfen wagt in der Weise, wie er den armen Hiob und sie selbst geprüft hat.

Daß immer Worte das schöne Bild zerreißen müssen. Es bleibt der Zöllner, der, an die Brust schlagend, im Hintergrund stehenbleibt, während sich der andere mit erhobenem Haupte vor den Altar stellt und mit Gott zu rechten beginnt.

Und am jenseitigen Ufer bleibt die leere Zeile zwischen Himmel und Wasser zurück.

Vergeblich versucht das Kind, sie wieder zu bebauen, Dorf und Stadt dort noch einmal anzusiedeln, zwischen den Weiden, dem Fluß und den fernen Bergen. Doch es will ihm heute nicht mehr gelingen. Die Häuser haben ihre bunten Bilder eingebüßt, die Berge ihren Glanz verloren. Das Grün der Wiesen ist vorwinterlich stumpf, die Bläue des Himmels verblaßt. Und die Bäume haben Früchte und Laub abgeworfen, stehen ebenso kahl und windgebeugt wie hier die schiefgewachsenen Bäume in den Alleen.

Doch die Menschen, die es liebt, zurückzurufen, gelingt dem Kinde wieder: die große, starke Gestalt von Onkel Franz, seine hohe, breite Stirn, seine blauen Kinderaugen, seine warme Stimme, die beruhigend zu ihm spricht. Tante Frieda, klein und noch zarter geworden als früher. Ihr Gesicht, ihre Hände, wie feines zerbrechliches Porzellan, im Kontrast zu den dunkelbraunen Augen, die jedoch nie strafend blicken. Dann sind da noch der Sohn, seine junge Frau, ihr kleines Mädchen und die vielen Cousinen. Am Sonntag versammeln sie sich wie gewohnt bei den Eltern im hellgrünen Schindelhäuschen. An den beiden Jüngsten merkt man, wieviel Zeit seit damals vergangen ist, sagen die Erwachsenen. Die Heidersdorfer Schaukel, hätte sie nicht der Krieg verbrannt, bliebe wohl leer.

Überhaupt wechselt in einem fort der Hintergrund, der die Personen begleitet. Einmal erscheint kurz das Schindelhaus, dann rückt das Heidersdorfer Haus an seine Stelle. Kaum ist es mit all seinen Fenstern und Türen, mit seiner vorgebauten Veranda erstanden, stürzt es zusammen und nur seine Ruine, sein Schornstein und eine Brandmauer bleiben eine Weile sichtbar. Und in welchem Garten hat sich die Familie gerade versammelt? Um die Heidersdorfer Tannen sollte sie sich gruppieren. Aber die Tannen fehlen, sie sind für immer fort. Am Zaun erkennt jetzt das Kind den fremden Garten.

Doch ein Garten, sei er auch noch so fremd, wächst einem zu. Wenn man ihn nur betreten darf! Hier aber darf es nur vor Zäunen stehen, vor diesen abgezirkelten Grenzen, die unwillig Einblick gewähren.

Es ist nicht der Blick in das Paradies, aus dem es vertrieben wurde, und das ihm doch nicht verloren ist.

In all diesen Orten, die sich das Kind ans jenseitige Ufer verlegte, die es baute und türmte, in Landschaften stellte, gab es Annäherungen und Ähnlichkeiten, doch den einen Ort, den es suchte, fand es nicht. Mochten ein Wiesenstück, die Linie eines Hügels, ein Waldrand, die Krümmung eines Flußlaufs, der Zwiebelturm einer Kirche, die Wölbung eines Walmdaches oder ein blühender Akazienbaum ihre Täuschung versuchen, immer zerriß der

Vorhang vor seinen Augen, bevor das Kind sagen konnte: Hier ist es! — und das gesamte Bild wurde sichtbar.

So schön dieses Bild auch sein mochte, schöner vielleicht als das gesuchte, es blieb etwas nicht Greifbares, Fremdes in ihm. Jene leise Distanz, die zwischen ihm und dem Beschauer bestehen bleiben muß, wenn der Funke nicht überzuspringen vermag. Diesem Funken allein aber könnte es gelingen, den Mangel auszulöschen oder ihn wenigstens zu überbrücken, der sich in dem Wort: »Es ist nur ein Bild« verdeutlicht.

Trotzdem liebte das Kind seine einsamen Spiele am Deich und diese ferne, leere Zeile am jenseitigen Ufer des Stromes.

Daß es sich nicht an Täuschungen verlor, dafür sorgten die nüchterne Sachlichkeit der Stadt und die Überschaubarkeit des Marschlandes mit seiner von nichts unterbrochenen Ebene. Daraus weckten es heftige Wetterstürze mit Regengüssen und klärenden Stürmen. Den sich anschließenden Sonnentagen ohne sengende Hitze blieb die frische, salzige Luft der nahen Küste erhalten.

Immer zeigte bei all seinen wechselnden Bildern in gedämpften Farben der nördliche Himmel dem Kind seine Weite, seine kühle und schöne Wirklichkeit.

Wie es Tante Lena in ihrem Brief vom 12. Oktober 1947 vorausgesehen hatte, mußten wir einen weiteren schrecklichen Winter in der engen Dachkammer auf der Sielstraße verbringen. Es war gut, daß wir damals noch nicht wußten, daß es immer noch nicht der letzte sein würde.

Wir bestürmten das Wohnungsamt — vergeblich! Immer aufs neue stellten wir Anträge auf Umsiedlung in die französische Besatzungszone. Onkel Franz war uns bei der Suche nach einer bescheidenen Unterkunft behilflich. Aber wir erhielten die nötigen Stempel dennoch nicht.

Dreieinhalb weitere Jahre verzögerte sich die Abreise nach Süddeutschland, blieben wir die Gefangenen unseres unwirtlichen Quartiers.

Während Mutter die immer fadenscheiniger werdende Wäsche mit unverminderter Sorgfalt und Ausdauer flickte, die Leintücher zerschnitt und an den weniger abgenutzten Außenkanten zusammennähte, Mäntel und Kleider wendete, sie enger machte, die längst heruntergelassenen Säume der Kinderkleider kunstvoll mit verlängernden Blenden versah, schwärmte sie noch immer von der süddeutschen Landschaft.

Unaufhörlich wanderten ihre Gedanken über Höhenrücken, die sie den schneebedeckten Alpengipfeln näherbrachten, sie durchstreiften Wälder, aus denen sie Beeren, Pilze, Tannenzapfen und Klaubholz heimtragen konnte, und sie verweilte bei ihren Lieben dort, denen sie in gegenseitiger Sorge und Hilfsbereitschaft nahesein wollte.

Vor Tante Lena war bereits ein vollständiges Bild entstanden, das es in zäher Beharrlichkeit anzusteuern galt. Doch es schien, als brächte uns keiner der von ihr gewissenhaft in mindestens zwei Sprachen ausgefüllten Fragebogen unserem Ziele näher.

Als die feuchte Winterkälte uns erneut zuzusetzen begann, schmerzte ihr Rücken, den sie sich durch die

Zwangsarbeit im Eisersdorfer Steinbruch verdorben hatte, hartnäckiger als sonst. Mutter plagte das Rheuma so sehr, daß sie immer wieder längere Zeit steif wie ein Brett liegen mußte.

Gegen Ausgang des Winters, während verheerende Sturmfluten vor der Stadt gegen die Deichtore wüteten und die Vorfrühlingsstürme in blinder Raserei an den Dächern rüttelten, begannen sich die langen Hungerwochen bemerkbar zu machen, denn längst hatten sie die im Herbst neu gesammelten Kräfte aufgezehrt.

Ich sehe jetzt die besorgten Blicke, die Mutter und Tante Lena miteinander wechselten, als das Kind eines Morgens beim Aufstehen ohne Kraft auf den Strohsack zurückfiel. Ich sehe ihre vergeblichen Versuche, es aufzurichten, doch seine zitternden Beine vermochten es nicht mehr zu tragen. Es lag blaß und mit geschlossenen Augen zwischen den Kissen.

Und ich vernehme den Ruf, mit dem die Jünger im sturmgeschüttelten Boot ihren Meister zu wecken versuchten. Nur riefen ihn jetzt Mutter und Tante Lena gemeinsam, während der Sturm um die Dachkammer orgelte: »Herr, rette uns, denn wir gehen verloren!«

Der Hausarzt, ein feiner, alter Herr, begab sich auf den beschwerlichen Weg über die Atenser Allee in die Sielstraße. Doch die Medizin, die er zu verschreiben hatte, konnten weder er noch die beiden besorgten Frauen herbeischaffen: ausreichende, vitaminhaltige Nahrung. Es mußte zusätzlich etwas zum Essen aufgetrieben werden, noch bevor sich die Versorgungslage wieder gebessert haben würde.

Doch es war unmöglich für die beiden, deren Kräfte bereits selbst durch die Unterernährung stark beeinträchtigt waren, sich gegen die Stürme zu den weit auseinanderliegenden Marschhöfen durchzukämpfen.

Das Kind dämmerte vor sich hin: Die Zeit verrann auf den Oderwiesen und bei den schwarzen Schwänen am Breslauer Stadtgraben. Von der Pergola vor der Jahrhunderthalle schaukelten die feurigen Ranken des wilden Weins. Auf der Rolltreppe bei Wertheim schwebte es auf und ab.

Dann wieder spürte es die schützende Mulde hoch auf dem Akazienberg, und es hörte die murmelnden Stimmen seiner Freunde von dort. Aus dem geöffneten Fenster des Nachbarhauses drang leise Musik, Herrn Böhms Klavierspiel. Und es schaute in die Gärten seiner Kindheit, in den benachbarten Schloßpark mit den verzauberten Wasserrosen drüben im Teich, auf die Biele, die rastlos immerzu unterwegs war. Unterwegs wohin? Und wozu?

Warum floß das Wasser so und nicht in umgekehrter Richtung? Warum ging die Zeit mit ihm davon, blieb niemals stehen?

Nachts, während die Stürme noch immer über die Ebene jagten, erschreckten Träume vom Feuer das Kind erneut. Feuer fiel vom Himmel und entzündete die Städte, Feuer raste durch die Straßen und griff nach den Flüchtenden, Feuer zerfraß das Nachbarhaus und die Häuser, in denen es gewohnt hatte. Und Feuer verschlang die Menschen, die von Hitler verfolgt wurden. Doch diese Schuld fraß kein Feuer auf!

Denn das Kind hatte Berichte gelesen. Während Mutter und Tante Lena unterwegs gewesen waren, hatte es aus den alten Zeitungen, die für Papierbriketts gesammelt worden waren, schreckliche Dinge erfahren. Und nun, in der Nacht, irritiert von den vielfältigen Geräuschen rings um das Haus, die der Sturm hervorrief, ängstigte es sich vor dem Fieber, in dem die Unterscheidung von Traum und Wirklichkeit nicht mehr gelang.

Es war nicht mehr so klein, wie die Erwachsenen annahmen, die oft nur in Andeutungen sprachen, um es zu schonen. Sein Körper war zwar kraftlos, aber in seinem Innern lebten Kräfte genug um nachzudenken, um zu trauern, wenn auch niemand es sehen sollte.

Bisher hatte es geglaubt, das Ungeheuer sei endgültig tot. Mit Hitler sei der Krieg für immer besiegt, und die verbrannten Städte könnten irgendwann wieder erstehen. Aber nun flammten andernorts bereits neue Kriege auf. Im Sommer 1945, so stand in einem Bericht, hatte das gewaltigste Feuer der Welt gewütet. Hiroshima, das es auf seiner Landkarte nicht finden konnte, war auf der anderen Seite der weiten Erde mit seinen ungezählten Toten zu Asche zerfallen.

Sollte jene furchtbare Schlange, die selbst die Götter in Asgard einst fürchteten, immer noch wachsen und die Erde in ihrer tödlichen Umklammerung halten? Sollten Ebbe und Flut nur ihr Atem sein, ihr regelmäßiger Atem, der Krieg und Frieden, Krieg und Frieden brachte, fortnahm und wiederbrachte? Dann litt die Erde an einer unheilbaren Krankheit! Und das Schlimmste war, daß das Gift auf viele Menschen ansteckend wirkte. Wer würde endlich die Schlange finden und sie für immer besiegen?

Wenn das die Schmerzen waren, die man spürte, wenn man erwachsen wurde, dann waren diese weit ärger als die Schmerzen des Körpers, die sich jetzt manchmal bemerkbar machten.

Das Kind lag mit offenen Augen und lauschte auf die Sturmflut, die draußen an der Küste und an der Mündung des Stromes wütete, ohne daß jemand dem Wüten Einhalt gebieten konnte. War die Schlange so überaus mächtig geworden, so über alle Maßen gewachsen?

Angst überfiel es, und die Angst half ihm auf. Stunde um Stunde saß es tief in der Nacht am Fenster, beobachtete den Kanal und den Schotterweg und erwartete das Eindringen der alles verheerenden Flutwelle. Im ärgsten Tosen dieses erbarmungslosen Sturmes fiel ihm Einer ein, der Einhalt gebieten konnte. Einer, der stärker war als die Schlange, und das Kind sprach in die tobende Schwärze hinein: »Herr, rette uns, denn wir gehen verloren!« Dann legte es sich auf seinen Strohsack zurück und fiel in tiefen Schlaf.

Der Gezeitenwechsel brachte gegen Morgen Stille über das Land. Abgebrochene Äste, heruntergeschleuderte Dachplatten und entwurzelte Bäume aber gaben Zeugnis von der Gewalt des Sturms. Ohne sie hätte man glauben müssen, ein gemeinsamer Albtraum habe die Küstenbewohner tagelang mit Angst und Schrecken in Schach gehalten.

Spät am Morgen wachte das Kind erst auf, und es wunderte sich nicht über die Stille ringsum. Es sprach ein Dankgebet und schaute umher. Tante Lena war bereits leise gegangen, Mutter hantierte im Hintergrund.

»Wenn ich nur Zwiebeln haben könnte«, sagte das Kind zu ihr, »ich möchte zu gern ein paar Zwiebeln essen.«

Während Mutter den Malzkaffee brühte und die Steckrüben aufwärmte, sprach das Kind wiederholt von Zwiebeln. Mutter wollte ihr Glück damit versuchen. Jetzt, da sich das Wetter so unerwartet gewendet hatte, konnte sie es wagen, wieder über Land zu gehen. Sie blieb viele Stunden fort.

Zeit genug also, um in dem Altpapierbündel nach weiteren Berichten zu suchen und sie zu lesen. »Inge macht ihr Glück!« stand in fetten Buchstaben gedruckt. Anlaß dazu gab ein junger amerikanischer Soldat, der beinahe den Hund dieses Mädchens überfahren hatte und auf diese Weise mit beiden bekannt geworden war. Nach einem halben Jahr, so stand in dem Zeitungsbericht, war er wiedergekommen, um im Einverständnis mit seinen eigenen und Inges Eltern das Mädchen mitsamt dem Hund für immer nach Amerika mitzunehmen.

Das Kind schloß eine Weile die Augen und überdachte dieses Glück des Flüchtlingskindes, das von Fremde zu Fremde führte. Und es erschrak vor der Schrecklichkeit dieses Glücks.

Später blätterte es weiter und entdeckte in der Ausgabe vom 29. Juni 1946, inmitten von Tauschangeboten, zwei Anzeigen: »Einjähriger Knabe als Eigenkind abzugeben!« lautete die erste. Die andere war um zwei Wörter teurer gewesen. Sie bot an: »Eineinhalbjähriges Mädchen, gesund, blond, als Eigenkind abzugeben.«

Diese wenigen Worte trafen das Kind. Vor ihm tauchte das Wandgemälde auf, welches es damals so lange an jener Hauswand betrachtet hatte. Es war ihm, als sei dasselbe Schiff in der vergangenen Nacht, als die Schlange die Erde in ihrem Würgegriff hielt, über das sturmgepeitschte Meer gefahren. Und in der höchsten Gefahr, weil sie in der Not nicht ein noch aus wußten, hätten sie die beiden Kinder in die schäumenden Fluten geworfen, ebenso wie sie den unschuldigen Jonas einst wehrlos der Nacht und dem Tode überantwortet hatten.

Doch es gab Einen, der sich erbarmte und dem Jonas Hilfe sandte. Früher war das Kind immer verwundert gewesen, warum die Rettung auf solch eine schreckliche Art und Weise geschah. Aber nun verstand es. Wie Schuppen fiel es ihm von den Augen. Denn daß ein Ungeheuer die Rettung brachte, verdeutlichte erst das Furchtbare, das Jonas angetan worden war. Diese schreckliche Tat wurde in ihrem vollen Ausmaß offenbar im bergenden Schutz, den das Untier gewährte. Die Menschen aber, welche die Tat begangen hatten, wurden zu todbringenden Schreckgestalten, vor denen nur die Flucht in den aufgerissenen Rachen des Wals übrigblieb.

Das Kind ängstigte sich um den fremden Knaben und um das unbekannte Mädchen. Wer würde sie retten? Wer würde zugreifen und sie mit sich nehmen? Und wohin? Wem wären sie ausgeliefert? In diesem Meer von Möglichkeiten türmten sich Schrecken und Ungeheuer.

Wo mochten die Kinder inzwischen geblieben sein? Denn die Zeitung war alt, so fiel ihm jetzt ein, und der üble Handel war längst abgeschlossen worden. Wer aber waren diese Mütter, die ihn angezettelt hatten? Hatte die Not sie zu jenen entsetzlichen Wesen werden lassen, die ihre eigenen Kinder verstießen?

Von Reue geplagt, irrten sie vielleicht umher, um sie mit dem Judaslohn zurückzukaufen. Doch sie könnten nichts mehr rückgängig machen, selbst wenn sie ihnen wieder begegnen würden. Weder sie noch die Kinder würden je wiederbekommen, was vertan und für immer verloren war.

Das Kind weinte vor der Ausweglosigkeit, in die seine Gedanken es hineingerissen hatten. Es mußte, um die Kleinen und um sich selbst zu retten, die Tat umzudenken versuchen, auch, damit diese fremden Frauen doch Mütter bleiben konnten.

Die Not war so übergroß gewesen, daß die Mütter ihre Kinder nicht mehr zu ernähren vermochten. Deshalb trennten sie sich von ihnen, die sie doch am allermeisten auf dieser Welt liebten.

Der weise König Salomon hatte die richtige Mutter erkannt, als sie vor seinem Schwert ihr Kind verlassen wollte, um dessen Leben zu retten. Dieses Bild brachte dem Kind etwas Trost, und es schien ganz ruhig, als seine Mutter gegen Abend zurückkam.

Keine Mühe, keinen Weg hatte sie gescheut, um den Wunsch zu erfüllen, von dem so viel abhängen konnte. Ja, vielleicht hingen seine Gesundheit, sein Leben daran und daß sie beide das Schwert des weisen Königs Salomon niemals erblicken müßten.

Für eine einzige Handvoll Zwiebeln war Mutter viele Stunden gegangen, hatte zuvor vergeblich an viele Türen geklopft und meistens Absagen erhalten. Doch keine der demütigenden Worte vermochte sie von ihrem Ziel abzubringen. Sogar ein paar Scheiben Brot hatte sie schließlich mitgebracht.

Mutter schälte die Zwiebeln, schnitt sie auf und reichte sie mit einem Brotstück herüber. Das Kind aß heißhungrig und schlief sofort wieder ein.

Noch einmal tauchten der kleine Junge und das kleine Mädchen im Traum des Kindes auf, aber sie winkten ihm freundlich zu, und sein Schlaf blieb ruhig. Bereits am nächsten Morgen stand das Kind auf und war gesund.

Doch vergaß es nie mehr, was es während dieser kranken Tage erfahren hatte: Daß man sein Denken und sein Schicksal überantworten konnte — zur Rettung wie auch zum Untergang. Daß man das konnte, über ein und dieselbe Sache in verschiedenen Richtungen nachzudenken! Daß man seine Gedanken irren lassen oder aber zwingen konnte, einen Ausweg zu suchen, sich unter einen mächtigen Schutz zu begeben, darin verbarg sich eine starke Tat.

Wie gestern durch mein neues Taschenradio in der Wettervorhersage bereits angekündigt worden war, liegt heute der gesamte Küstenbereich in einer dichten Nebelzone.

Es ist windstill. Durch die feuchte Luft dringen Geräusche zu mir herauf: der entfernte Verkehrslärm der Atenser Allee. Die vielfältigsten Laute von der Großbaustelle jenseits des Parks verkünden, daß die Stadt am Strom noch weiter in die Marschweiden hineinwächst. Ich vernehme den eiligen Rhythmus vieler Füße dicht unter meinem Fenster. Aus den Nebelschwaden tauchen Menschen auf, die im Morgentraining ihren Körper für die Zukunft zu gewinnen suchen.

In den Zeitplan der arbeitenden Stadt eingespannt, verlasse ich das Hotel ziemlich früh. Die Schiffsirenen, die Nebelhörner, die Fabriksirenen bestätigen mir die vollständige Anwesenheit der Stadt und des Hafens. Verraten mir darüber hinaus Ankunft und Abfahrt von Unbekanntem. In den großen Strommündungen steht die Zeit nie still. Mit den Gezeiten schwillt sie an und ab, wirkt drängend oder bedrängt und scheint wieder gelassener zu werden.

Ich durchquere die Stadt von West nach Ost. Auf dem Deich begegnet mir niemand. Nur ich selbst bin zwischen den schiefgewachsenen Alleebäumen für Augenblicke aus den ziehenden Nebeln aufgetaucht.

Ich gehe auf dem Deich entlang, obwohl das jenseitige Ufer nicht sichtbar ist — oder gerade deswegen. Jene beinahe leere Zeile, die das Kind, das ich gewesen bin, beliebig zu bebauen und zu besiedeln vermochte. Dieses Kind, das in Bildern überlebte, ist jetzt ebenfalls nicht mehr zu sehen.

Auch der Strom ist verhüllt, aber ich vernehme den Anschlag der Wellen gegen seine Ufer. Und ich spüre die verlockenden Wiederholungen der Gezeiten, den unheimlichen Sog des ablaufenden Wassers bei Ebbe und die durch nichts aufzuhaltende Flut, die in die Winternebel steigt.

Auch diese beinahe leere Zeile zwischen Himmel und Wasser, die ebenfalls so vieles bewirkte, ob sie nun sichtbar war oder unsichtbar blieb.

Im Jahre 1948 nahm sich einer der Eisersdorfer Handwerker das Leben. Ein Jahr später schwemmte die steigende Flut die Leiche einer jungen Frau an, die ebenfalls zu unserer Gemeinde gehört hatte. Und mit dem hoffnungsvollen Beginn eines neuen Jahrzehnts, in der ersten Januarhälfte des Jahres 1950, waren allein in dieser Stadt acht Selbstmorde zu verzeichnen. In der gleichen Zeitungsausgabe, in der darüber berichtet wurde, fand ich die ausführliche Beschreibung einer der großen Wintersturmfluten unter dem Titel: Die salzige See verschlang fünf Hektar Land.

Trotzdem ging es im ganzen gesehen aufwärts. Ein Fortschritt mit Rückschlägen, mit dem Unterliegen derjenigen, die dem ewigen Kampf nicht gewachsen waren und kurz vor dem Ziel aufgaben. Eine ganz normale Reaktion auf die in Geburtswehen liegende neue Zeit, könnte man sagen.

Noch gab es wegen der Demontage der Fabriken in diesen Januartagen fünftausend zusätzliche Arbeitslose. Und siebentausend Personen hatten Anträge auf Umsiedlung gestellt. Immer wieder aber trafen neue Transporte mit heimatlos gewordenen Menschen ein, enthielt die Verschollenenliste endlose Namenreihen, waren längst nicht alle erwarteten Heimkehrer zurückgekommen. Und noch waren Verbrecher, die das Elend mitverursacht hatten, auf freiem Fuß und würden immer frei und uneinsichtig bleiben.

Noch war die Abrechnung dieses entsetzlichen Krieges nicht gemacht, noch waren alle seine Toten nicht gezählt, alle seine Ruinen nicht abgetragen und durch neue Häuser ersetzt, seine Bunker und Gaskammern nicht gesprengt, noch war all das verlorene Land nicht vermessen, all das verdorbene und geraubte Gut nicht abgeschätzt, waren alle Schicksale nicht gewogen worden — und es würde auch niemals geschehen.

Dennoch wurde bereits während dieser ersten Monate des neuen Jahrzehnts der technische Fortschritt des Menschen durch die Zündung der Wasserstoffbombe gekrönt. Noch waren die Wunden dieses entsetzlichen Krieges nicht verheilt, nicht einmal vernarbt, noch wurden die Betroffenen von Angstträumen geschüttelt, als schon wieder wirksamere Waffen ersonnen, grausame Kriege entfesselt, unschuldige Menschen getötet und vertrieben wurden.

Es war, als könne sich der Nebel nicht lichten, in dem die einen untertauchten, um ihr zerstörerisches Werk fortzusetzen, in dem andere, umherirrend, Richtung und Ziel verloren und wieder andere in ihrem Einsatz für den Frieden in einer menschlicheren Welt nicht gesehen und beachtet wurden.

Zu dieser Zeit einten sich bereits jene Millionen, die

durch Gewalt ihre Heimat verloren hatten, zu einem in der Menschheitsgeschichte beispiellosen Gelöbnis. In der Charta vom 5. August 1950 verzichteten sie auf Vergeltung und Gewalt. Ihre Heimat hinter den von Krieg und Schuld aufgetürmten Grenzen würde zwar ihre angestammte Heimat bleiben, doch denjenigen, die jetzt dort lebten, dort in ihren Häusern geboren wurden, in ihren Gärten aufwuchsen, wollte man das am eigenen Leibe erduldete Schicksal in Zukunft ersparen. Versuche zum Frieden.

Noch immer hat sich der Nebel nicht gelichtet. Doch die Baumreihe, die den Deich begleitet, scheint länger geworden zu sein. Durch ihr Geäst ziehen weißgraue Schwaden. Die Stadt verkündet mir immer wieder ihre Anwesenheit. Auf den nahen Bahngeleisen werden nach den Anordnungen des unsichtbaren Stellwerks die Weichen gestellt für Ankünfte und Abfahrten. Die Schranken sind geschlossen, verwehren mir den Zugang zum Pier.

Ich kehre in die Stadt zurück. Zwischen den Häusern verliert der Nebel seine Dichte, bleibt in perlenden Tropfen an den Zäunen der Vorgärten und am kahlen Gesträuch hängen, vertieft auch das Rot der Klinkermauern.

Aus einer Seitenstraße ertönt Kindergeschrei. Dort ist ein Privatkrieg im Gange. Mit glänzenden Augen und mit vor Eifer geröteten Wangen nehmen ein paar kleine Jungen, bis an die Zähne bewaffnet, die Verfolgung einer anderen Gruppe auf. Die Flüchtenden kreuzen meinen

Weg mit ihren Spielzeugpistolen, mit ihren täuschend echt aussehenden Gewehren, die ihnen das vergangene Weihnachtsfest beschert hat.

Ein strohblondes Bürschchen findet gerade noch Zeit, mich im Vorüberjagen aufs Korn zu nehmen. Es hebt die Waffe, visiert mich scharf an und erledigt mich. Mit Triumphgeheul stürzt es den anderen nach.

Es ist nur ein Spiel, ein uraltes und in aller Welt beliebtes Kinderspiel. Dennoch bleibt jener letzte Rest lähmenden Entsetzens von damals wirksam, als die Miliz mir die Mündung ihres Gewehrlaufs dicht unter die Augen hielt. Damals war ich ein Kind der Verfolgten. Die Waffe war echt, und es war kein Spiel. Doch die Bewegungen von damals und heute gleichen sich bis ins kleinste.

Krieg übt man nicht erst auf Kasernenhöfen. Spielerisch erlernt sich das Handwerk des Tötens. Noch bevor eine neue Generation im Lesen und Schreiben unterrichtet wird, bevor sie ihr Tun abzuschätzen beginnt und verantwortlich sein kann, gibt man ihr zum Einüben dieses Spielzeug in die Hand, teure, getreue Nachbildungen des jeweiligen Standes der Kriegskultur. Und mit Lust greifen die kleinen Hände danach und lernen, mitten in die Gesichter der Mitmenschen zu zielen.

Eben kehren die Kinder zurück. Dieses Mal sind die Verfolger von vorhin die Verfolgten. Das Kriegsgeschrei schwillt an. Die Hauswände mit ihren nebelblinden Fenstern werfen es sich als Echo zu. Ein alter Mann bleibt stehen, schaut den Kindern nach, in selige Erinnerungen versunken. Sieg und Niederlage, und den Tod vor Augen. Es will alles gelernt sein.

Meine Ansichten sind nicht zeitgemäß. Ich werde von allen Seiten beruhigt, wenn ich im heutigen Spiel künftigen Ernst sehen muß, werde belächelt wegen meiner Besorgtheit, meiner Überempfindlichkeit gegenüber Waffen in Kinderhänden. Man ist unangenehm berührt wegen meines schrecklichen Erinnerungsvermögens.

Eifrige erklären mir geduldig die Notwendigkeit dieser kindlichen Kämpfe. Sie scheinen mir am ehrlichsten zu sein, ohne zu wissen, in welche Richtung ihre Behauptung zielt. Immer wieder werde ich darauf hingewiesen, »wie friedlich diese Kinder doch Krieg spielten und wie vertieft sie seien in ihr schönes Spiel«.

Mich aber ängstigt diese fanatische Hingabe, und ich bleibe der Spielverderber, der nicht nur die kindliche Freude an einem harmlosen Spiel, sondern zudem ganze Industriezweige ruinieren will.

Ein letztes Mal noch gehe ich die Bahnhofstraße entlang, komme am alles überragenden Fernsehturm vorüber, an dem jetzt, gegen Mittag, der Nebel emporzuklettern beginnt. Der Blick auf die hinter ihre Vorgärten gerückten Häuser wird freier.

Damals ging es langsam, aber ständig aufwärts. Ende 1950 hatten wir so viel zusammengespart, daß wir mit Hilfe einer Haushaltsrate des Lastenausgleichs ein Küchenbufett, einen Tisch und drei Stühle erstehen konnten. Inzwischen hatten wir gute Aussichten, daß im kommenden Jahr unsere Umsiedlung endlich stattfinden könnte.

Wir waren überglücklich, diese einfachen Möbelstücke zu besitzen, die in unserer Dachkammer mit ihren schrägen Wänden natürlich keinen Platz fanden. Wir baten deshalb unsere Wirtin, uns vorläufig eine kleine Ecke auf ihrer Bühne freizuräumen und freuten uns schon, bei jedem Ein- und Ausgehen vom Anblick unseres neuen, bescheidenen Besitzes begrüßt zu werden.

Unsere Wirtin erlaubte jedoch nicht, daß die Möbel heraufgeschafft wurden. Sie hatte Angst um ihre Treppe und geriet außer sich, als Tante Lena ihr vorsichtig den Vorschlag zu unterbreiten versuchte. Mutter winkte schließlich ab. Aufregungen dieser Art konnte sie nicht mehr vertragen. Der Händler zeigte Verständnis. Er behielt die Möbel gegen eine geringfügige Miete in seinem Lagerhaus.

Am Morgen vor meiner Abreise erfahre ich durch mein Radio, daß sich vergangene Nacht draußen vor der Stadt ein Schiffsunglück ereignet hat. Zwei schwere Tanker rammten einander; auf dem einen brach Feuer aus. Die Rettungsarbeiten wurden durch den dichten Nebel erschwert, dennoch gelang es, den Brand einzudämmen, ihn schließlich zu löschen, den schwer angeschlagenen Kahn ins Schlepptau zu nehmen, während der andere aus eigener Kraft den Hafen erreichte. Die Schiffbrüchigen gingen vor der schlafenden Stadt an Land. Es wurde für sie gesorgt, leise und unauffällig, mit der kühlen, aber wohltuenden Sachlichkeit, die verrät, daß man an derartige Ereignisse gewöhnt ist und stets auf sie gefaßt sein muß. Ohne die Menschen aus dem Schlaf zu schrecken, bleiben die Katastrophen für den Bürger der Stadt in einer Distanz, die dem Leben in solch einer Nachbarschaft nichts von seinen Annehmlichkeiten nimmt. Es wird durch sie keine wesentliche Störung verursacht.

Damals krochen wir wie Schiffbrüchige ans Land, nachdem uns die große Flutwelle angeschwemmt hatte. Wir überrollten die Stadt, doch Fenster und Türen blieben geschlossen. Neugier und Sensationslust sind seit damals nicht gewachsen. Als wir der später verebbenden Flutwelle, den Heimkehrern, auf den Straßen der Stadt begegneten, sahen wir Kinder uns nach ihnen um. Diejenigen, die später kamen, erschreckten uns mit ihren von Wassersucht entstellten Gesichtern und mit ihren aufgedunsenen Leibern. Sie schlurften in einem seltsam monotonen Rhythmus, der an Ketten zu liegen schien, über die Pflastersteine.

Ihre Pelzmützen, ihre wattierten Mäntel störten damals bereits das Straßenbild, das sich zu normalisieren begann. Sie sahen aus wie verirrte sibirische Wölfe, deren Heulen verstummt, deren Biß kraftlos geworden war. Dennoch hielten wir uns scheu von ihnen fern, wagten nicht, sie anzusprechen, teilten höchstens ein Stück Brot mit ihnen und versuchten dabei, das grundlose Zittern unserer Hände zu verbergen.

Die Straßen der Stadt waren für diese Heimkehrer Wege der Freiheit, die sie zunächst unsicher begingen. Wir aber kosteten etwas von dem Rest dieser unerhörten Hoffnung, die sie genährt hatte wie eine Speise. Und sie probierten zögernd unser Brot.

Nachdem sie es in den Händen gehalten und lange betrachtet hatten, hoben sie es empor, um seinen Duft einzuatmen, die Härte seiner Rinde sorgsam zu betasten. Dann aßen sie. Schweigend und in Andacht versunken und bedächtig kauend. Wie sie es in den Jahren der Beschränkung erprobt hatten, verloren sie sich nie an den Genuß, aßen nie zuende, sondern verwahrten den Rest in den weiten Taschen ihrer wattierten Mäntel.

Wir kannten diese vorsichtige Art zu essen aus der jüngsten Vergangenheit. Jedes Stück trockenes Brot, jede Kartoffel waren Gottesgaben von seltener Kostbarkeit für uns gewesen. Deshalb schauten wir den Heimkehrern aus einer gewissen Entfernung in aller Selbstverständlichkeit zu und wunderten uns nicht über ihre Eßweise.

Es waren Väter, Brüder und Söhne unter ihnen. Viele waren fremd und heimatlos und wußten nicht, wohin. Von niemandem erwartet, wurden sie ihre Verkleidungen nicht los, selbst nachdem sie in normale, wenn auch viel zu weite Anzüge gesteckt worden waren. Für die anderen war es leichter, sofern ihr Platz nicht inzwischen besetzt war und falls ihr Aussehen ihre leiblichen Kinder, denen sie fremd geworden waren, nicht zu sehr erschreckte. Manche liefen schreiend vor ihren Vätern davon oder warfen sich zwischen Vater und Mutter, um eine Umarmung der beiden zu verhindern.

Die Kriegsgefangenen, die früher gekommen waren, hatten sich dem Leben bereits wieder angepaßt, und diesen würde es ebenfalls gelingen, so vertröstete man sie. Auch Eisersdorfer fanden den Weg hierher, und in der Freude über das Wiedersehen mit ihren Angehörigen übersahen sie zunächst den Verlust ihrer Heimat, fühlten sich vielmehr auf einer Station zwischen Fremde und Fremde in Empfang genommen.

Böhms hatten nach all ihren Verlusten einen ihrer drei Söhne wiedererhalten, zwei waren gefallen. Webers Söhne kehrten nicht zurück. Doch Jaschkes einziger Sohn fand wohlbehalten zu seinen Eltern und zu seiner Schwester. Sie waren jenseits des Stroms in einem der entlegenen Marschhöfe untergebracht worden. Die Tochter arbeitete die Woche über in der Stadt.

Sie hatten gemeinsam das Wiedersehen gefeiert, und am Morgen, als das Unglück geschah, herrschte dasselbe feuchtkalte Nebelwetter wie heute. Es war noch dunkel und vor Beendigung der Sperrstunde, als die Geschwister aufbrachen, um den weiten Weg bewältigen zu können. Ihre Schatten am Deich, danach an der Schilfwand neben dem Wassergraben, sowie die ungewohnten Geräusche erschreckten einen jungen Besatzungssoldaten, der in der Nähe patrouillierte.

Unmittelbar nach seinem Warnruf folgte der Schuß. Voreiligkeit der Angst, die nicht zu prüfen vermochte. Der Bruder wurde getroffen und starb neben seiner Schwester, als er eben den Fuß auf die kleine Brücke setzen wollte.

Ein sinnloser Tod, wie alle Tode dieses Krieges sinnlos gewesen waren.

Dieser eine Schritt durch den Nebel diesseits der Rettung! Doch die Übung des Tötens hielt sich an keinen Waffenstillstand, und die Übergriffe des Krieges zeigten, daß er Begrenzungen nicht anerkennt. Der Tote und der Wachsoldat, sie waren beide seine verspäteten Opfer.

Mein Koffer wäre rasch gepackt. Doch jene Briefe, meine Aufzeichnungen und Unterlagen lassen sich nicht wie Kleidungsstücke verstauen. Sie geraten immer wieder zwischen mein Hantieren mit den alltäglichen Dingen. Ich blättere noch einmal zurück, bleibe an Bildern und Briefzeilen hängen, an Zeitungsausschnitten, die der langen Bahnfahrt vorbehalten sein sollten.

Wir hatten damals unsere wenigen Habseligkeiten ebenfalls schnell zusammengepackt. Die kümmerlichen Reste unseres einstigen Besitzes hatten sich um ein wenig Hausrat und Wäsche, um ein paar Wolldecken und Kleidungsstücke, um die wenigen Möbel, vor allem aber um eine beträchtliche Menge Bücher vermehrt. Wir verstauten diese in jener dunkelgrün gestrichenen Apfelsinenkiste, die uns als Bücherschrank gedient hatte.

Am Tage vor unserer Umsiedlung fuhr der Container auf der Sielstraße vor. Er war bereits mit den fünf Möbelstücken aus dem Lagerhaus beladen, und wir begannen nun, vorsichtig unser Gepäck hinunterzutragen und den Männern zuzureichen, die es ebenfalls im Container stapelten. Es blieb noch eine Menge freier Raum übrig, als sie damit in Richtung Bahnhof weiterfuhren.

Während unseres Auszugs stand unsere Wirtin unten im Hausflur und beobachtete uns ebenso argwöhnisch wie vor fünf Jahren, als wir zum ersten Male ihre Treppe hinaufgestiegen waren. Wir hatten während der langen Zeit keinen Schaden angerichtet, doch sie konnte es sich nicht verkneifen, uns auch jetzt noch zu ermahnen:

»Passen Sie bloß auf die Treppe auf! Sie ist frisch renoviert!« Wir hatten es uns abgewöhnt, ihr daraufhin noch eine Antwort zu geben, und sie erwartete es wohl auch nicht. Dieses Mal zog sie sich jedoch nicht wie sonst in ihre Küche zurück. In ihrer Freude über unsere Abreise verwickelte sie uns im Treppenhaus in ein längeres Gespräch. Mit aller Freundlichkeit, die ihr zur Verfügung stand, meinte sie abschließend:

»Mit ein paar Säcken sind Sie vor fünf Jahren hergekommen, mit einem ganzen Container ziehen Sie weg!«

»Wie schön, daß Sie sich mit uns darüber freuen!« warf Tante Lena rasch dazwischen.

Diese Antwort schien unsere Wirtin einen Augenblick lang zu verwirren. Doch dann fuhr sie fort:

»Mir hat niemand geholfen, niemand etwas geschenkt! Als Kriegerwitwe habe ich mich und die beiden Kinder ganz allein durchbringen müssen.«

Mutter wies sie dieses Mal nicht darauf hin, daß sie ebenfalls Witwe sei, sie sagte nur:

»Bei allem Kummer, den Sie gehabt haben, vergessen Sie nicht, dafür dankbar zu sein, daß Sie Ihr Haus und Ihre Heimat behalten durften.«

»Ach, Heimat! Was ist das schon?« rief die Wirtin aus.

Wir antworteten nicht und zogen uns zum letzten Male in unsere enge Dachkammer zurück.

Eng zusammengerückt saßen wir auf der Bettkante,

starrten auf die abgeschabte Wachstuchplatte des wurmstichigen Tisches und schwiegen lange. Doch jeder dachte dasselbe: Wir dachten an unsere Heimat, die den anderen nichts bedeutete und die auf diesem begrenzten Raum fünf Jahre lang unser kostbarster, wenn auch unsichtbarer Besitz gewesen war. Von hier aus, so hatten wir gehofft, würden wir nach Schlesien zurückkehren dürfen. Doch es war anders gekommen.

Mutter, deren Gedanken und Stimmungen jederzeit auf ihrem Gesicht ablesbar waren, verriet sich zudem mit dem Ausruf: »Aber im Allgäu gibt es Berge und Wälder, Dörfer und Städte wie bei uns daheim! Und unsere Lieben erwarten uns dort! Sie werden uns das Eingewöhnen erleichtern!«

Wir nickten stumm und versuchten, uns alles, was auf uns zukam, recht lebhaft vorzustellen, und wir machten erwartungsfrohe Gesichter. Wir malten uns gegenseitig die Berge und Wälder, die Dörfer und Städte, die uns in Zukunft umgeben würden, in den schönsten Farben aus, aber vor unseren Augen erstanden ganz andere Bilder:

Aus den hochgetürmten Bergen wurde die sanfte, schön geschwungene Kammlinie der Glatzer Höhenzüge, erstanden die Weißkoppe und der Akazienberg. Und statt des wilden Gebirgsbaches floß die muntere Biele durch ein Dorf, das in allem Eiersdorf glich. Eiersdorf, das zwei Wegstunden lang die Biele auf ihrem weiten Weg aus dem Schneegebirge nach Glatz und weiter über die Glatzer Neiße bis zur Oder begleitete. Eiersdorf, das zu beiden Seiten von Feldern und Wäldern gesäumt wurde. Seinen Mittelpunkt bildete die kleine, weiße Barockkirche mit ihrem Zwiebelturm, stolz und schön wurde es durch seine beiden Schlösser, geheimnisvoll durch seinen verwunschenen Park und die verfallenen Kalköfen, vertraut durch die Häuser und Gärten der Nachbarn und geliebt durch das Haus und seinen blühenden Garten.

Dieses einzige Haus auf der Welt, in dem wir zu wohnen wünschten!

Und während wir uns die künftigen Städte vorstellten, all ihren Schmuck, ihre süddeutsche Behaglichkeit, ihre vergängliche Pracht lobten, erstand in unserem Innern das tausendjährige, vieltürmige Glatz, das inmitten eines Bergkessels lag und von seiner alten Festung bewacht wurde.

Breslau tauchte vor unseren Augen auf, und wir sprachen nicht weiter und wußten eine Weile an nichts anderes zu denken als an seine ehrwürdigen Kirchen, an sein berühmtes, spitzgiebeliges Rathaus, an seinen weiten Ring mit seinen stolzen Bürgerhäusern, an seine Brunnen und Plätze, an seine vornehmen Straßen und verwinkelten Gassen, an seine Brücken und Brückchen, die sich über die Oder und über ihre Nebenarme spannten, welche die Stadt vielfach umschlungen hielten.

Es gab nichts mehr zu tun. Doch hin und wieder hörten wir unter unserem Fenster unsere Namen rufen. Menschen, die wir liebgewonnen hatten, kamen, um sich von uns zu verabschieden. Es waren vor allem Eisersdorfer, aber auch die Freunde aus der Barackensiedlung. Es waren Schulkameraden und Jans Mutter, die damals als erste zu uns in die Dachkammer gefunden hatte, um uns eine Schüssel ihres schönen Hochzeitsservices zu schenken.

Und es kam die einzige Familie von der Sielstraße, die nur ein paar Häuser weiter wohnte und immer in aller Öffentlichkeit freundlich mit uns gesprochen hatte.

Sie alle schüttelten uns die Hände, wünschten uns Glück für unseren Neubeginn in einer anderen, schöneren Fremde. Doch wer würden dort unsere Nachbarn sein?

Zuletzt kam Ingas älteste Schwester zu uns. Sie schenkte mir die Zeichnung, auf der sie mich im vergangenen Winter festgehalten hatte, während ich, in ihrem gemütlichen Zimmer sitzend, eines ums andere ihrer Bücher lesen durfte. Sie trennte sich schweren Herzens von dem Bild, denn es war ihr am besten von allen Portraits, die sie versucht hatte, gelungen. Inga wackelte immer ungeduldig hin und her, wenn sie gezeichnet werden sollte, die jüngste Schwester fragte in einem fort, ob sie aufstehen dürfe, und die Erwachsenen hatten zu wenig Zeit, um über Stunden hinweg Modell sitzen zu können. Schließlich war ihre Wahl auf eine Leseratte gefallen.

Es ist eines der letzten Versuche von ihrer Hand. Kurz nach unserem Wegzug heiratete Ingas Schwester, und im folgenden Jahr starb sie bei der Geburt ihres ersten Kindes.

Ich halte die Zeichnung in den Händen und schaue auf das Gesicht, von dem mich inzwischen drei Jahrzehnte entfernt haben. Doch trägt es bereits Züge des heutigen, das mir, wie gewohnt, morgens auf dem Spiegel entgegenblickt. Ich erkenne in dem Gesicht des lesenden Mädchens aber auch jenes Kind wieder, das gebannt auf Bilder schaut, die es an jedem beliebigen Platz aufbauen kann, um darin zu leben und in ihnen heimisch zu werden.

Doch ist auch etwas Fremdes, Unbekanntes in ihm, von dem ich mich scheue zu sagen: Das bin ich! Jene schweigenden Übergänge! Wie könnte ich sie noch einmal bewegen, beides zugleich sein zu wollen? Ich werde das Kind, dem ich so oft begegnet bin, nicht mehr rufen. Aber ich spüre seine leise Gegenwart.

Vielleicht steht es drüben am Deich und schaut auf die beinahe leere Zeile des jenseitigen Ufers hinüber, die jetzt in den lichter gewordenen Nebeln wieder sichtbar sein müßte.

Mein Handkoffer ist leicht, und bis zur Abfahrt des Zuges ist noch genügend Zeit. Weil die Schranken dieses Mal nicht geschlossen sind, gehe ich zum Pier hinüber, während hinter mir auf dem Bahnsteig bereits unauffällig voneinander Abschied genommen wird.

Am Pier empfängt mich die kühle Weite des Stroms und des grauweißen Winterhimmels. Die Kräne, die den Hafen und die Stadt überragen, greifen nach den letzten Nebelfetzen. Drüben liegt der ausgebrannte Tanker, und ich ertappe mich bei dem Gedanken, der sich in dieser Atmosphäre nach Katastrophen wie von selbst zu entwickeln scheint: Wie gut, daß ich nicht unter den Schiffbrüchigen bin! — Dieses Mal jedenfalls nicht! —

Ganze Heerscharen von Eisschollen treiben auf dem Strom. Ganze Heerscharen sind dem Sog der Ebbe verfallen, ziehen unaufhaltsam meerwärts. Einige sind beim Gezeitenwechsel jedoch angeschwemmt worden, umlagern die eingerammten Eisenpfähle des Piers, ankern vor dem ausgebrannten Wrack und häufen sich in bizarren Formen übereinandergetürmt, so weit das Auge reicht, am Ufer.

Jede einzelne Eisscholle bedeutet nicht viel, vereint aber bilden sie eine drohende Versammlung, die draußen vor der Stadt an ihren Deichtoren lagert, um unter den Winterstürmen lebendig zu werden.

Doch keine der Sturmfluten wird der gleichen, die 1946 über den Deich zu steigen begann und die Stadt überschwemmte.

Die Weite um mich wäre in ihrer Winterstarre beängstigend. Aber diese eine schmale Zeile, die sich jetzt am jenseitigen Ufer aus dem Nebel schiebt, genügt, um ihre Wegelosigkeit zu begrenzen und begehbar zu machen. Ertönte nicht eben vom Bahnhof her das Signal, das die Einfahrt meines Zuges ankündigt, so würde es mir möglicherweise mit Hilfe des Kindes noch einmal gelingen, sie zu besiedeln.

Und auch hier würde für mich die Fremde bewohnbar sein.

Literatur im Quell Verlag Stuttgart

WILLY KRAMP

Wider die Krebsangst
Chronik einer Genesung
240 Seiten. Fest gebunden

Lebens-Zeichen
Meditationen, Bilder, Reden
168 Seiten. Fest gebunden

Ich habe gesehen
Gedichte
64 Seiten. Fest gebunden

Alle Kreatur
Ausgewählte Erzählungen und Betrachtungen
208 Seiten. Fest gebunden

Das Versteck
Erzählung
212 Seiten. Fest gebunden

Literatur im Quell Verlag Stuttgart

RUDOLF OTTO WIEMER

Häuser aus denen ich kam
Ungeschriebene Briefe
224 Seiten. Fest gebunden

Ausflug ins Grüne
Erzählungen
256 Seiten. Fest gebunden

Es müssen nicht Männer mit Flügeln sein
Geschichten und Gedichte zur Weihnachtszeit
112 Seiten. Mit 12 Farbholzschnitten
von Alfred Pohl. Format 21 x 23 cm.
Fest gebunden

Literatur im Quell Verlag Stuttgart

DETLEV BLOCK

Hinterland
Gesammelte Gedichte
328 Seiten. Fest gebunden

»Hier werden über 270 Gedichte aus 20 Jahren vorgelegt, dieses vornehme Buch nimmt einen sofort gefangen. Jedes Gedicht ist eine kurze und prägnante Momentaufnahme und sagt doch so vieles aus dem Hintergrund, aus dem verdämmernden ›Hinterland‹ aus, daß man aufmerken und aufhorchen muß. In feinster Eleganz und mit einer einfachen Sprache werden Geheimnisse angesprochen und angeleuchtet, die man so leicht in der Blindheit der Augen und des Herzens übersieht. Oft ist es nur eine Handvoll Worte, die plötzlich ein Geheimnis unseres Lebens aus dem Hinterland der Sprachlosigkeit zeichenhaft aufsteigen lassen. Diese Gedichte sind eine vornehme und auch leise Einladung, der Natur und ihren vielen Formen, aber auch den Begegnungen unter Menschen und ihren vielen Spielarten offener und sehender entgegenzutreten. Diese Offenheit bringt uns der Wahrheit und der Hoffnung, aus der wir alle leben, näher.« *P. H. Wallhoff in ferment*